Gaea

GAEA

Gaea

Gaea

功夫

CITYFEAR 5 都市恐怖病

九把刀 著
Giddens
漢寶包 插畫

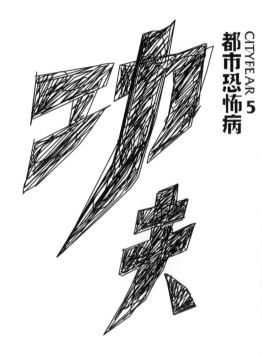

功夫

CITYFEAR 5 都市恐怖病

目錄

來世英雄再見。
今天凌晨，彰化市發生了一起離奇命案……
信二怎麼還沒有回來？
快求我教你功夫！
練劍。
看到了嗎？要告訴師父喔！

楔子

一九八六年。

那年，我十三歲，一個不吉利的年紀。

那年，張雨生還沒死，王傑正紅，方季惟還是軍中最佳情人。

他們的歌整天掛在我的房間裡。

那年，我遇見了他。

那年，功夫。

01 老人

我這個人蠻枯燥的，至少在朋友的眼中，我是個沒有特色、中規中矩的國一生。國一沒什麼功課壓力，沒什麼值得煩惱的事，但因爲年代的侷限跟自己個性拘束的關係，一些現在年輕人覺得很屌的玩意兒，像是嗑藥、飆車砍人大賽等等都跟我一點干係也沒。

我也不是刻意將自己搞成這麼枯燥，只能說不同的個性會有不同的排遣方法，而我這個娛樂庸才在放學後的重大消遣，就是到書店站著看書。

站著看書，不代表我沒錢買書。事實上我家是間紡織代工公司，在八〇年代末期還算是個挺賺錢的行業，但是我根本就不想回到了無生氣的家裡。

當我爸的豬朋狗友霸佔我家的客廳，把我家當酒家亂聲呼喝時，我都會低著頭閃過他們，溜到書店看小說。

一站，常常就是兩個小時。

我看小說的品味也平凡得緊，不是金庸就是古龍，他們筆下的武俠世界深深吸引了我。一個拿著劍就可以痛殺壞蛋的簡單世界，比我家可愛多了。

還記得那一天黃昏，我依舊靠在沉重高大的書櫃旁，翻閱著金庸的《鹿鼎記》，看韋小寶怎麼跟白癡俄國佬簽尼布楚條約，如何將清、俄、天地會三方耍得團團轉。

《鹿鼎記》要是看完了，金庸的武俠小說我就全看過一遍了。

「要不要看這本？」一個略帶沙啞的聲音。

我抬起頭來，發現一個老頭正在旁邊看著我，手裡還拿著一本書。是金庸的《笑傲江湖》，我早看過了。

「謝謝，那套我都看過了。」我微笑道，隨即又回到書裡的世界。

但我隱隱發覺，老人的身影仍舊佇立在我身旁，一雙眼睛看得我發麻。

「那這本呢？很好看喔！」又是老人的聲音。

貌。

我只好抬起頭來，看看老人手中的書。嗯，是金庸的《俠客行》。

「那本我也看過了，謝謝。」我彬彬有禮地說。一個平凡的人，如我，總是擁有恰如其分的禮貌。

禮貌之餘，這次我稍微注意到老人的樣子。

老人的年紀我看不太出來，因爲我分辨年齡的能力一直很差，不過他肯定是個老人，他穿著破舊的綠色唐裝，臉上的污垢跟不明分泌物質掩蓋了表達歲月的皺紋，但蒼老還是不免從酸酸的臭氣中流露出來。

我有點懷疑，這老人是不是店家請來的臨時幫手，暗示我不要整天杵在店裡看白書？這樣一想，心中有些不好意思。

我開始猶疑是否要馬上離開，卻又怕……萬一這老人只是熱心向我推薦書籍，我這一走豈不是讓他難堪？

我的個性一向善良膽小，予他人難堪的事我是絕不做的。大家都說我怕事，也有人說我好欺負，更有人說我龜毛。所以我拿著書，心中卻盤算著何時離開？該不該離開？怎麼離開比較不丟臉？一時拿不定主意。

「這本呢？精彩喔！」老人又拿著一本武俠小說在我面前亂晃，我窘迫地看著那本書，是古龍的《流星蝴蝶劍》，坦白說，那套略嫌枯燥了些。

「那套我也看過了，眞是不好意思。」我看著熱心的老人，心中微感抱歉。

或許我應該假裝沒看過，順著他的意思翻一翻吧？

但老人沒有絲毫氣餒之意，神色間反而有些讚許。

「年紀輕輕就涉獵不少啊！很好，很好。那這本呢？」老人從書櫃上抄起一本佈滿灰塵的《蜀山劍俠傳》，期待著我的答案。

啊，這套我的確是沒看過，因爲《蜀山劍俠傳》實在是太長了！長到我完全不清楚它有幾本？七十本？八十本？還珠樓主婆婆媽媽的長篇寫法，我一向敬謝不敏。

「嗯，這套我沒看過，我看完《鹿鼎記》以後一定會看。」我誠懇地說。

不料這老人眼睛閃耀著異光，揚聲笑道：「很好、很好！小小年紀就知道去蕪存菁，分優辨劣！這蜀山狗屎傳滿篇胡言亂語！什麼劍仙、血魔！什麼山精、什麼湖怪！看了大失元神，不看也罷啊！」語畢，竟將手中的《蜀山劍俠傳》從中撕裂，雙手一揚，斷裂的紙片在書店內化作翩翩紙蝶。

我當時心中的驚詫，現在也忘不了。

一生中遇到的第一個眞實的瘋子，這種記憶誰也無法抹滅。

不過我可以肯定的是，這老人應該不是老闆派來提點我的幫手，因爲我看見氣急敗壞的老闆踱步過來，手裡還揮舞著掃把。

「出去、出去！要不然就賠我的書錢來！」老闆壓抑著怒火，低聲喝令著老人，幾個書店的客人好奇地朝這裡張望。

那老闆是個明理的人，一眼就看出那老人絕無可能付錢，要強送他進警局，卻也可憐這精神失常的老叟。

那老人深深一鞠躬，語氣頗爲後悔：「眞是失禮，我一時太過興奮，卻把您的書給撕壞了，我瞧這樣吧，我身上錢帶得不夠，趕明兒我帶齊書錢，一定雙手奉還。」

那老人一口外省腔調，至於是山東還是陝西、山西的，我就不知道了。

「快出去，別妨礙我做生意！出去、出去！」老闆的臉色一沉。

老人歉疚地摸著頭，蹲在地上撿拾散落一地的書頁，我很自然地跟著蹲了下來，幫老人將碎紙蒐集起來。

「不必、不必！你快點出去就是幫著我了！」老闆不耐地說，催促著渾身酸臭的老人離去。

老人只好愧疚地站了起來，深深一揖後，便快步離開書店，留下雙耳發燙的我繼續撿拾滿地碎紙。

老闆拿著掃把將碎紙掃進畚箕後，我悻悻地看了十幾分鐘的小說，便胡亂買了兩枝螢光筆，臉一陣青一陣白逃離了書店。

其實從頭到尾我都沒錯，出狀況的也不是我，但我的個性很怕尷尬，發生這樣令人窘迫的事會把我的細胞快速毒死的。

我走在回家的路上，腦中還揮不去剛才的怪事。

那個可憐的老人其實還蠻有禮貌的，只是奇怪了點，看不出來有什麼傷害人的企圖。

他這麼熱心介紹小說給我看，眞是奇哉怪也。

算了。

這只是人生裡一個問號加一個驚歎號，連構成一個句子都辦不到。

我走在離家只剩三百公尺的小巷裡，路燈接觸不良地閃爍，我的影子忽深忽淺，不過我早已習慣了這條夜路，什麼鬼鬼怪怪的我從沒放在心上。

但，此時我的心跳突然加快……不由自主地加快。

一種很壓迫的感覺滾上胸口，就像全身被一個巨人的手掌給緊握在掌心似的。

我勉強深深吸了一口氣，加快腳步往前走；莫名其妙地，一向討厭回家的我，此刻卻想疾衝回家。

這條小巷怪怪的。

說不出的令人反胃。

而一切，才剛剛開始。

□

一路上，我都被異常沉重的氣氛壓迫著，直到我推開家裡的鋼門，方才那一路緊迫盯人的壓力在我進門的瞬間驟然消失，我鬆了一口氣，好像剛剛從深海裡冒出頭的舒暢，感到一種方才完全是錯覺的恍惚感。

「我回來了。」我低著頭，將鞋子亂脫一通，只想從玄關衝回房間。

但我知道這是不可能的。一個想從諾曼第搶灘的軍人免不了要挨上幾顆子彈，這是基本的覺悟。

「淵仔！快過來喝茶！從大陸帶過來的高檔貨啊！」一個禿頭肥佬大聲咆哮著。

這個禿頭肥佬老是自稱從大陸帶來一堆高檔貨，每個小東西都給他吹捧得像全世界僅此一件的奇珍異寶，但我看他都是在誆我老爸的。他一臉奸臣樣，我卻必須叫他王伯伯。

爸爸那些酒肉損友大力招呼我過去沙發上坐坐，看他們品玩千古難覓的茶壺和百年難得一見的好茶餅，還努力地教我怎樣辨別好貨跟爛貨，我看他們還是先教我爸爸怎麼樣選朋友比較實際點。

呼喝聲中，我心裡雖然是一堆糞便，但是臉上還是裝出「各位叔叔伯伯教得眞好」的樣子，這不是因爲我學他們裝老奸，而是我的個性問題。我不願意讓任何人難堪罷了。

我在菸臭熏天的客廳中待了一個半小時，才勉力逃回久違的臥房，我實在是累了。

前幾天聽我爸說，他過幾個月就要到大陸去設廠，因爲紡織在台灣快變成一種學名叫「夕陽工業」的沒前途產業了。我眞希望他能趕快去大陸，開幾個廠都沒關係，賠點錢也無所謂，總之不要再跟這些亂七八糟的叔伯聯手毀滅我的生活。

我洗完澡後，隨便看點書，就上床睡覺了。就跟平常一樣。

這幾天睡前我都在想，是不是該補習了？不過這不是課業壓力的問題，而是一旦補習的話，我就可以理所當然更晚回家了。

還是算了。我咕噥著。

繼續去書店看小說吧，我想。大不了把排山倒海的《蜀山劍俠傳》看完，那一定很有成就感。

當時，我以爲我的一九八六年會在空虛的空虛中度過，什麼都沒有留下，也不會帶走什麼。空白的一張紙。

但是！

快要睡著前，我突然想起一件很怪異的事。

我翻出被窩，拿起一本大約一百多頁的小說，用力從中間一撕。

跟我想的一樣，我根本沒辦法撕下去。

如果從小說的中間，也就是黏著膠水的部分猛撕的話，要把一本厚書拆成「前後兩本」是很可能的。

但是，要抓住書面的兩端，像撕一張紙一樣將整本書撕成「破碎不齊的兩大塊紙」的話，這簡直無法辦到！就算只有一百多頁的小說，也絕難如此說撕就撕！

我撕到雙腕都發疼了，也奈何不了一百多頁的薄書。

今晚在書店裡遇到的老人，他的腕力眞有一套！將一本將近三百頁的小說，在大笑間從中稀鬆平常地扯爛，眞是老當益壯得恐怖！

「怪人。」我喃喃自語後，終於慢慢睡著。

對於不可思議的事，感嘆一下就可以了，若要花時間深究就太愚蠢了。

好奇心這種特質，在我身上也是稀薄的存在。

□

止。

隔天我一如往常騎腳踏車上學，但是，一如往常的部分，只到我踩著腳踏車奔出家門的一刻爲止。

那天，腳踏車的踏板彷彿綁上磚頭，我每踏一步都很吃力，才騎了五分鐘，我在紅綠燈前停下時已是氣喘如牛。

我猜想，也許我快死了。

不健康的家庭對青少年的戕害竟是如此之鉅，對我的心臟產生致命的老化現象，我爸媽知道以後，不知道會不會讓我在外面租房子獨立生活，好改善病情。

我胡思亂想著，突然間，我的心跳再度急速蹦跳，我幾乎可以感覺到血管在胸口擴張的感覺！

這感覺似乎跟昨晚在巷子裡沒有兩樣！

我的眼睛閉了起來，因爲鹹鹹的汗水從眉毛滴下，刺進眼裡。

是冷汗。

我的媽呀，難道我眞的有心臟病不成？

「是冷汗嗎？」

似曾相識的聲音。

我張開眼睛，看見昨晚書店裡的怪老人站在馬路旁，認眞又急切地問我。

我有點迷惘，也有點錯愕。

「不知道，對不起，我要去上學了。」我趕緊踩下踏板，要不然被老人纏上就麻煩了。

這一踩，滑過了斑馬線，我卻覺得車子瞬間變得好重。

我往回一看，嚇了一大跳。

那怪怪的老人坐在我腳踏車的後座，兩隻眼睛正瞪著我看，目光霍霍。

要是你，你會怎麼做？

停下車，然後痛扁老人一頓嗎？

我沒有，因爲我摔車了。畢竟我受到很大、很大的驚嚇。

我連尖叫都來不及，車子往左一偏就倒，我的左膝蓋咚一聲撞到地面，將藍色褲子劃破了口，我的左手腕也擦傷了。

老人呢？

好端端地站在我的旁邊，低著頭問我：

「剛剛那是冷汗嗎？」

這次我也不管尷尬了，畢竟鬼鬼祟祟跳上我的

腳踏車，簡直是匪夷所思！簡直是變態！甚至是謀殺！

「你有毛病啊?!」我一拐一拐地將腳踏車扶起，咬著牙斥責怪異的老人。這時我一點都不客氣，一股委屈正要宣洩。

老人似乎不關心我的傷勢，更不覺得自己有什麼不對，他只在意一個問題。

「你額頭上的汗，是冷汗嗎？」老人的問題平凡無聊，令我覺得他是個不、折、不、扣的瘋子。

不知道哪個賢哲說過，好的答案來自好的問題，一個平庸的提問，是絕無法帶來精闢回應的。這個賢哲說得不錯。

「是冷汗。你不要再煩我了！」我火大了，語氣卻儘量保持彈性。

那老人一聽，眼睛都亮了，點頭如搗蒜說：「很好啊，年紀輕輕的，平日一般的修爲就有基本功了，資質上佳！」

我、一、點、也、不、爽、鳥、你！

「不要跟過來啊！」我又跳上腳踏車，這次我一邊回頭看老人的動靜，一邊踩著踏板。再被嚇一次的話，我的心臟準會裂開、流出膿來的。

我看著若有所思的老人站在街口來回踱步，趕緊上學去。

眞是個倒楣的早晨。

02 可怕的糾纏

早自習，我坐在位子上偷偷吃早餐，我的老師是個瘋婆子，她不准學生在早自習時間吃東西，因爲美好的早晨是用來寫考卷、背單字，跟砸壞一整天心情的。

「咚咚咚。」我的背上被原子筆刺著。

「你受傷啦？」後座的女孩子問道。

是乙晶。一個總是喜歡在早自習拿東西刺我的背，然後跟我偷偷聊天的女孩子。

你沒猜錯，不管是什麼故事總是需要一個可愛的女主角，在這個故事、我的生命裡，我當然是很喜歡她的，不過國中生對愛情能有多深的體悟？

也許是因爲班上只有十一個女生，所以我才會喜歡班上公認第二可愛的女孩子。

公認第一可愛的女孩，小咪，是我好友阿

綸發誓要得手的女生，所以我一點興趣都提不起來。

「我跟妳說，今天早上我遇到一個瘋子，居然偷偷跳上我的腳踏車坐在後面，天，嚇了我一大跳。」我一邊咬著水煎包，一邊看看教室外面忙著跟男老師打屁的班導。

「好倒楣喔，他幹嘛跳上去啊？」乙晶看著我抽屜裡的另一顆水煎包，又說：「有沒有加辣？」

我照往例，將一杯冰米漿和水煎包遞給乙晶，說：「一點點。」

我跟乙晶上星期打賭英文月考的成績，賭注是兩個星期的早餐。

這是我跟乙晶之間的遊戲，賭的多是考試或課堂作文的成績，目前爲止的勝負幾乎是一面倒的局面，我以三勝十七敗不幸狂輸。

乙晶接過早餐，又問：「說啊，是什麼樣的瘋子？」

我將昨晚在書店發生的怪事簡述給乙晶聽，又將今早的鳥事詳細說了一遍。

乙晶奇道：「你在騙我吧？怎麼可能他跳上你的腳踏車，你卻不知道？不是會震動很大？」

我一愣，說：「對喔！那眞是怪怪的，我當時只是覺得車子突然變得很重，才會回頭的……應該是我最近身體不好，所以才會感覺不到吧。」

乙晶說：「那個老人也眞是怪，不過他的手勁眞大。」

我點點頭，說：「我昨晚試了幾分鐘，都沒辦法把書撕裂成兩塊。」

乙晶嘻嘻一笑，說：「那你眞是好狗運，那老人對你是手下留情了。」

我疑問：「爲什麼？」

乙晶說：「要是那老人躲在你腳踏車後面，用他的手把你的脖子喀擦喀擦扭斷的話……」

我怪道：「不會這麼惡劣吧？我又沒惹到他，無緣無故地他幹嘛扭我的脖子？」

這時一隻紙飛機撞上我的腦袋，我看著紙飛機的作者——阿綸，他擠眉弄眼示意我打開飛機。

我打開用作業紙摺成的紙飛機，裡面寫著：「早自習不要談戀愛。P.S.：小咪忘了帶我的早餐，所以我決定徵收你的三明治。」

我看了阿綸一眼。他可眞是眼尖啊，一眼就發現了我多買的三明治。

我拿起三明治空投向阿綸，阿綸一把就抓住了。

這裡要提提阿綸跟阿義。

阿綸跟阿義是我在班上的好夥伴，阿綸十分早熟，這也許跟他父母早死有關吧，他跟我說過，他早在國小三年級就決定要娶我們班上的小咪了，眞是小大人，這份怪異的執著跟那老人有拚。

阿義則是一個會在作文題目「我的志願」後面，洋洋灑灑寫上將來要當流氓的人，既然志願是當流氓，阿義當然很會打架，他還有個特異功能，就是一次可以吸十根香菸。我跟阿義打賭，要是他四十歲前沒得肺癌嗝屁的話，可以跟我伸手討一百萬。不過要是他得肺癌的話，我也不想跟他討什麼，那已經夠慘了。

升旗回教室時，我也跟阿綸和阿義說一遍那老人的事。

「那老人手勁這麼強，很好，叫他來跟我打。」阿義漫不經心地說。每次阿義開口說話，菸臭味都從他的嘴巴裡流出。

「好歹對方也是個老人耶，你有點自尊心好不好？」阿綸不以爲然。

「我真的很衰，膝蓋到現在還在痛，還要爬山路。」我說。

我念的學校——彰化國中，要命地位於八卦山山腰上，眞是折磨人的跋涉。

說著說著，我的腳步開始沉重了起來。

又開始了？

我的呼吸變得混濁，心臟揪了起來。

阿綸察覺我的腳步凌亂，看著我說：「不舒服啊？你的臉有夠蒼白的！」

我的額頭冒出冷汗，手心也變得濕濕冷冷的。

「昨晚跟今天早上的感覺……又發作了。」我咬著牙說：「你們先回教室吧，我自己慢慢走。」

「那保重。」阿義說走就走。

阿綸笑道：「這一招不錯，我也裝個病，看看小咪會不會關心我。」

我苦著一張臉，說：「我是眞的不舒服，我還在考慮是不是要請假回家咧。」

阿綸不以為然地說：「你回你那個家養病，只會英年早逝。」

我點點頭深表認同，說：「那我去醫院一趟吧，照X光看看我的心臟是不是哪裡破了一個洞。」

這時一雙枯槁的大手突如其來搭上我的肩，我嚇了一跳，轉過頭來。

竟是早上害我摔了一跤的怪老人！

我驚嚇之餘，竟忘記生氣還是害怕，只是傻咚咚地站在原地不動，連嘴巴是不是打開的都不知道。

阿綸也當機了幾秒，但他馬上就喝道：「你幹什麼？」立刻將我拉了過去，問：「是不是這個怪老頭？早上作弄你的那個？」

我點點頭，我想我當時應該開始憤怒了。我看著突然出現的老人，他仍穿著破舊的綠色唐裝，污垢混濁了他的臉，卻藏不住他喜不自勝的眼神。

「你到底想怎樣？」我有氣無力地說。

「你是不是身體不太舒服？」老人端詳著我。

我猛力點頭，說：「每次我看到你就不舒服，所以請你不要再來煩我了，你推薦的書我會再去看的，我用我的人格保證。」這時我們的身邊已經有好幾個同學圍過來，好奇地看看發生了什麼事。

老人搔搔頭，笑著說：「那現在好點了嗎？」

又是個笨問題！

當我正要發怒時，身體卻一下子放鬆起來，好像泡在不斷流動的溫水裡一樣舒服，心臟也掙脫出莫名其妙的壓力。

我啞口無言，不知道該說什麼，卻聽見阿綸說：「老伯伯，請你不要再煩他了，我們等一下就要上課了。」

老人好像沒聽見阿綸說話，只是熱切地看著我。

我只好勉強點點頭，說：「突然好很多了。」

快求求我教你功夫！
然後我再假裝考慮一下！

老人欣喜若狂，抓著我的雙臂大聲道：「那就這樣決定了！你拜我爲師吧！快跪下來！」

這次我一點猶豫、一點遲疑都沒有，大叫：「拜個屁！」

老人一愣，也跟著大叫道：「快求求我教你武功！然後我再假裝考慮一下！」這模樣像極了《天龍八部》裡，南海鱷神勒令段譽拜師學武的滑稽橋段。

我的手臂被老人捏得痛極，一時卻掙脫不開，但我的嘴巴可沒被搗著。我大叫：「你這個瘋子教我什麼武功！教我發瘋啊！」

阿綸大罵：「死老頭有種別走！我有個朋友專門打架的！」說完轉身跑去找阿義。

老人不理會圍觀的同學，愼重地看著我說：「你資質很高啊！但我不知道有沒有時間教你武功，讓我看看你的誠心吧。」

我勃然大怒，狂吼：「你在瘋什麼？我才沒求你教！」

老人歪著頭，傻氣地說：「看在你這麼誠心誠意，那就跪在我旁邊三天三夜，讓我仔細斟酌、思量。」

我雙手被抓，於是一腳踢向老人的肚子，大叫：「誰去叫訓導主任過來啦！」

老人被我一腳踹在肚子上，卻若無其事般地說：「這一腳剛柔不分，亂中無序，可見你自己盲練不進，是謂裹足不前，徒務近功，的確是欠缺良師教導。」

我怒極，一腳踢向老人的足脛骨，卻見老人飛快抬腳、縮膝、輕踢，破舊的鞋子正好跟我踢出的腳底貼在一起。

老人搖搖頭嘆道：「這一腳攻其有備，是謂大錯特錯，錯後未能補過，更是錯上加錯，若要無

錯，至少得跟我學上一年凌霄畫步蹤。」

「畫你媽！」

阿義咬著菸，低著頭，眼神極爲陰狠地走過來。

阿綸好意說道：「老伯你還不快走，我朋友很無恥的，連小孩子、孕婦、老頭子、殘障，個個都揍。」

老人看著阿義，不置可否：「年少氣盛是兵家大忌，乃走火入魔先兆矣。不過你錯歸錯，我可沒工夫教你上乘武功。」

阿義推開阿綸，狠狠地說：「放開劭淵，不然把你葬在那棵樹下。」阿義指著走廊旁的鳳凰木，所有旁觀的人都竊笑不已，還有人幫忙把風。

老人嘆了口氣，鬆開了我，說：「看樣子今天是拜不成了，那你改天再來苦苦拜師吧，我住在……」

阿義把菸彈向老人的臉上，一拳迅雷不及掩耳地扁向老人的小腹，老人受痛蹲下，阿義猛然一腳踢在老人臉上，大喝：「還不快滾！」一點都沒有敬老尊賢地留力。

這時我反而同情起老人，畢竟他年歲已大，又受了阿義的蠻打……

「算了。」我跟阿綸拉住阿義，我看著倒在地上的老人嘆道：「不要再煩我了，眞的。」

我蹲在老人身旁，遮住圍觀同學的眼光，快速從口袋拿出幾張一百元的鈔票塞在老人手裡，輕聲說：「老先生，我不是看你不起，只是想幫幫你幾頓飯。不過別再來煩我了，行不行？我是個二十世紀末的國中學生，這個時代的學生是要念書而不是去深山習武的。眞的很抱歉。」

我就是這麼沒個性的人。有人說我婆婆媽媽，像個雜唸的大姑娘。

我看著老人，老人眼中泛著淚光，我深怕自己已傷了老人的自尊心。

不料老人卻緊緊抓住我的手，感激地說：「束脩而後教之，你的誠意爲師很感動，學費我就先收下了，該教你的功夫一招也不會少！這也算是緣份。」

我簡直要暈倒。

此時鐘聲響起，阿綸似笑非笑地將我拉回教室，我一邊責怪阿義過火的拳腳相向，一邊想著怪異到了極點的老人。

那怪異的老人，應該是個被子女丟在街上的可憐老人吧?!

或許正因爲子女遺棄了他，才使他整天裝瘋賣傻地搏人同情……

我上著地理課，腦子卻無法抹去老人被揍倒在地上的可憐情景，忍不住遙遙向趴著睡覺的阿義比了個中指手勢。實在太過分了。

□

那天放學時，我同乙晶走在阿綸跟小咪的後面，漫步下山。

「那老人眞的好奇怪，說不定等一下你又會遇見他了。」乙晶說。

「坦白說，今天早上阿義揍他一頓，讓我心情鬱悶了一整天，雪特。」我說。

「你就是太善良了，才會老被別人欺負。」乙晶一邊看著記滿英文單字的小冊子，一邊拾階下山。

「不管怎麼說，打一個老人總是令人愉快不起來。」我埋怨道：「本來我可以一直抱怨那老人的，但是現在卻反而有點同情他。」

乙晶點點頭。她一直是很了解我的。

也許是年少情懷，我對乙晶一直抱有純純的好感，每天放學後一起走下八卦山的時光是我一天的精華，也許，我根本就是爲了跟乙晶一起放學才來上學的。

但一個國中生對另一個國中生的純純好感，也只限於——嗯，純純好感。

我完全同意。

八卦山的林道是很美的，夕陽的金黃在樹葉間來回穿梭，偶爾有陣輕風帶起地上的脆葉，沙沙聲在兩人的影子下流過。這才是像樣的青春。

乙晶是個沒有心機的女孩，也許，她還沒準備好談戀愛。沒關係，我也還沒有準備。就這樣平凡地度過我們模糊的青春吧。

就在我胡思亂想、亂感嘆的時候，我陡然重心不穩，差點從石階上摔倒，幸好乙晶及時扶住我。

我抓著胸口，額冒冷汗。

沒錯，又是那股討厭的心悸感！

乙晶扶著我，慢慢坐在石階上。乙晶蹙眉問道：「怎麼會這樣子？你今天早上說的情形就是這樣嗎？」

我點點頭，喘著氣說：「昨晚、今早上學、今早升旗後，還有現在……」

這時，我突然發覺一件毛骨悚然的怪事。

我緊張地四處環顧，手不自覺地緊捏乙晶的手。

「怎麼了？不要嚇我！」乙晶緊張地說：「我去前面叫阿綸跟小咪！」

乙晶說完便甩開我的手，放下書包衝下石階，竟留下我一人。

竟留下開始害怕的我！

我腦中思緒隨著不斷被擠迫的心臟，開始清晰與銳利。

每次我身體發生異狀的時間，都跟那老人的出現有著詭異的關聯……

多麼令人不安的關聯。

我機警地環顧四周，看看那老人是否就在附近。

黃昏的金黃美景，彷彿在我不安的尋找中凝結成藍色調。肅殺的壓迫令我喘息不已，我在林木間搜尋老人的身影，竟是害怕發現老人多過於沒發現老人。

沒有。

沒有。

這裡也沒有。

那邊……那邊也沒有。

後面……也……還好，也沒有。

我稍稍鬆了口氣。也許，我真的需要去看醫生。

正當我低下頭時，我全身的寒毛都豎了起來。

麻麻的電流在身上每個毛細孔間共振著，這股強烈的不安感從我的頭頂直灌入體，我抬起頭，發現……

發現頭頂上的樹幹上，站著那穿著綠色唐裝的怪老頭！

「啊！」我慘叫著。

我這一叫，使老人的眼神從銳利遽然轉成喜悅的一條線。

「你到底想幹什麼！不要靠過來！」我尖叫著，幾乎跌下石階。

「仁者無敵，心無所懼。」老人說著，腳下踏著隨風晃動的長枝幹。

我歇斯底里大叫：「你快走開！！快走開！！」

老人也跟著大叫：「仁者無敵，心無所懼！」

老人的叫聲宛如鐘聲般擴散開來，震得我耳朵發燙。

「怎麼了?!」

阿綸揹著書包衝上台階，小咪跟乙晶也快步跟在後面，我趕忙指著老……

老人呢？

我的手指指著空蕩蕩的樹枝。

樹枝，還微微晃動著。

「會不會死掉?!」阿綸摸著我的額頭。

我呆呆看著空無一物的樹枝上，茫然張望，也沒有老人的蹤跡。

「我好像有幻視。」我喃喃自語。

乙晶喘著氣，狐疑地看著我。

「我……我好像沒事了。」我抓著頭髮說。

站在樹枝上的老人……

是我的幻覺？

□

「你的身體沒問題，只是有點睡眠不足。」醫生看著X光片說。

「謝謝。」我揹起書包。

「你給我直接回家睡覺。」乙晶敲著我的腦袋。

我站在書店前，不知道要不要進去。

回家，只會被菸臭跟冰冷的熱情淹沒。

不回家，又怕遇到嚇死我的老人。

踢著腳下的小石子，我想起了乙晶的警告。

「我從六點開始，每隔一小時就打電話去你家，檢查你在不在。」乙晶認眞地說：「別忘記我們賭了下次月考的排名，你給我待在家裡好好念書，我可不想勝之不武。」

我無奈地搖著書包，騎著腳踏車回家。

但腦中轉著乙晶諄諄告誡的認眞表情，卻讓我慢慢展開笑顏。

「王媽已經走了，菜在桌上，自己熱著吃吧，碰。」

媽碰了張牌，繼續將臉埋在麻將堆裡。

「嗯。」我草草在冷清的桌上吃完晚餐，趁老爸的豬朋狗友還沒湊齊前溜進房裡。

缺乏家庭溫暖的小孩，就是在說我這種人吧。

我盯著電話，五點五十八分。

我盯著電話，讓時間繼續轉動一分鐘。

然後再一分鐘。

盯著，然後又一分鐘。

終於，電話響了。

「你好，我找劭淵。」乙晶的聲音。

「遲了一分鐘。」我整個人摔在床上。

「那是因爲我們的時鐘不一樣。」乙晶道。也對。

「我要開始念書了。」我蹺著腿說。

「那再見啦！」乙晶輕快地說。

我們同時掛上電話，沒有任何拖拖拉拉。

我不禁莞爾，看著電風扇飛快的扇葉，心中不禁感到奇怪……愛情小說裡那些既有趣又澎湃哲理的對話是怎麼來的？

我跟乙晶好像永遠不會有愛情小說中的對話。

我也想不透，現實生活中真的有人會那樣肉麻兮兮地講話嗎？那樣不會很奇怪、很彆扭嗎？

也許，在這個故事裡，我扮演的不是談戀愛的角色，更或許，這個故事根本不是愛情故事。更也許，是乙晶對我根本沒有所謂的喜歡不喜歡，所以我們之間才不會出現那些夢幻對話。

我躺在床上，打了個哈欠。

正當我想小睡片刻時，突然全身墜入掛滿荊棘的冰窖裡。

熟悉的壓迫感加倍襲來！

我閃電般地從床上躍起，驚惶地站在枕頭上，兩隻眼睛瞪著窗外。

我懂了。

霎時，我懂了。

這是一個千眞萬確、不折不扣的恐怖故事。

不幸的是，我在這個故事中扮演了配角的受害角色。

而加害人，恐怖故事的主角，此刻正貼在我房間的窗戶上，身體緊黏著玻璃，瞪視著肝膽俱裂的我。

老人。

「啊——」我尖叫著，用盡全身的力量尖叫！

窗外的老人凝視著我，歪著頭，端詳著他的獵物。

不知道我什麼時候鎮定下來的，但當我停止無謂的尖叫時，我的手裡已經拿著一雙扯鈴用的木棒。

「你在幹什麼?!你爬到我家窗戶幹什麼！」我怒斥著老當益壯的老人，一個看起來沒用任何工具、就攀爬到三樓窗戶外的老人。

老人不說話，只是張開嘴巴在窗戶玻璃上呵氣，讓玻璃蒙上濕濕的白霧，老人用手指在玻璃上寫著：「跟我學功夫」五個字。

我搖搖頭，此刻，我的心情惡劣到了極點。

怎麼會有如此不講理的怪人！

我拿起電話，撥了一一〇。

「喂，對不起，我要報案，我家在永樂街五號，有一個壞人像蜘蛛人一樣爬上我家三樓的窗戶，好像要偷東西，可不可以麻煩你們過來一趟，嗯，不，不是開玩笑，請你們馬上過來。」我看

著貼在窗外的老人，把電話掛上。

老人熱切地看著我，而我身上的壓迫感不知何時已經解除了。

這個老人也許會被我一通電話送進警察局裡盤問，也許還得吃上官司，在監獄裡關上幾個月，以他這種亂七八糟的瘋狀，一定會被別的囚犯欺負的。

這樣會不會太殘忍了？我這樣問我自己。

不過，他也太過分了吧！竟然貼在我房間的窗戶上嚇我，要是我正好坐在床前書桌上念書的話，一定會被嚇到心臟痲痺。

我幾乎敢肯定，這次若是放過報警抓他的機會，他還是會變本加厲地想辦法嚇我。所以，我決定橫著心了。

「叮咚叮咚。」

我趕忙搶步開門出房下樓，果然看見兩個警察站在玄關上。

「你們家小孩報案說有人爬在你們家三樓的窗戶，我們過來看一看。」一個警察說。

我爸愣了一下，說：「沒有啊，是小孩子無聊亂報案啦！」

王伯伯頂著他的大肚子笑道：「對啦、對啦！淵仔就是那麼調皮，兩位警察辛苦了，一起泡個茶吧！」

我氣得大叫：「在我房間的窗戶外啦！警察先生，你們快跟我上去！」

警察相視一眼，只得脫鞋拔槍跟我上樓，而我爸跟他四個朋友也好奇地跟在後面。

我打開房門，指著窗戶外……

怪了？

沒有人？

我大叫：「剛剛明明還在的！我還被嚇到尖叫！你們都沒聽到嗎？」

爸狐疑地說：「尖叫？什麼尖叫？」

我緊緊握著拳頭，恨得說不出話來。

陳伯伯在一旁笑說：「淵仔從小就喜歡這樣頑皮，警察先生不要生氣啊，一起下樓泡個茶吧。」

警察冷冷地看著我說：「再亂報案的話，就把你關起來！」說完，便同爸他們下樓。

我氣憤地將電話摔在床上，用力關上房門。

我看著窗外，心中氣憤難平。

但我究竟在氣些什麼呢？我氣的已經不是那怪不可言的老人了。

而是那些忙著打屁聊天，根本沒聽到我尖叫的腐爛大人們。

□

我忿忿地坐在床上，拿起電話急撥。

「你好，我找潘乙晶。」我試圖冷靜下來。

「還沒七點啊？要跟我報備什麼？」乙晶的聲音。

我看著空洞黑暗的窗戶，說：「剛剛那個奇怪的老人又來找我了。」

乙晶吃驚地說：「什麼？他知道你家在哪兒啊？你告訴他的？」

我咬著牙說：「誰會告訴他！他大概是跟蹤我吧，而且，妳猜猜看那老人是怎麼樣來找我的。」

乙晶遲疑了一會兒，說道：「聽你這樣說，應該不是敲門或按門鈴吧？」

「嗯。」我應道。

「從書包裡跳出來？」乙晶的聲音很認眞。

「……」我無語。

「藏在衣櫃裡？」乙晶悶悶地說。

「他貼在我房間外的窗戶上，兩隻眼睛死魚般盯著我。」我嘆了口氣。

「啊？你房間不是在三樓嗎？」乙晶茫然問道。

「所以格外恐怖啊！他貼在窗戶玻璃上的臉，足夠讓我作一星期的噩夢。」我恨道。

「後來呢？他摔下去了嗎？」乙晶關切地問。

「應該不是，他身手好像非常矯捷，在我報警以後就匆匆逃走了。」我說，不禁又回想起那些叔叔伯伯油渣渣的嘴臉。

「嗯，希望如此，總比他不小心摔下去好多了。」乙晶說。

「沒錯，希望如此。但他每次出現都讓我渾身不舒服，不知道是怎麼回事，我有夠倒楣的。」

我說著說著，將今天放學時我突然聯想到的恐怖關聯告訴乙晶。

乙晶靜靜地聽著，並沒有痛斥我胡說八道。

「聽你這麼說，那個老人好像準備跟你糾纏不清了，說不定對你下什麼符咒之類的？還是紮小稻草人對你做法啊？」乙晶認眞的推論透過話筒傳到我耳朵中，竟令我渾身不自在。

不僅不自在，還打了個冷顫。

「怎麼不說話了？我嚇到你了喔？」乙晶微感抱歉。

「不……不是。」我縮在床邊，身體又起了陣雞皮疙瘩。

我緊緊抓著話筒，一時之間，神智竟有些恍惚。

我爲什麼要這樣緊抓著話筒？

話筒把手上，爲什麼會有我的手汗？

我……爲什麼不敢把頭抬起來？

答案就在兩個地方。

一個答案，就藏在我急速顫抖的心跳中。

另一個答案，就在我不敢抬頭觀看的……窗戶。

窗戶。

我咬著嘴唇，緩緩地抬起頭來，看著黑夜中的玻璃窗戶。

一張枯槁的老臉，緊緊地貼著玻璃，兩隻深沉的眼珠子，正看著我。

正看著我。

「哇——」我本想這麼尖叫。

但我沒有，我根本沒有力氣張口大叫。

我能做的，只是緊緊抓著話筒。

我連閉上眼睛，逃開這張擠在玻璃窗上扭曲的臉的勇氣，都沒有。

「你怎麼都不說話？」乙晶狐疑地說。

「我……」我的視線一直無法從老人的臉上移開。

「你身體又不舒服了嗎？」乙晶有點警覺。

「嗯。」我說。老人的眼睛一動也不動。

「也就是說？」乙晶的腦筋動得很快。

「嗯。」我含糊地說。我彷彿看見老人的瞳孔正在急速收縮。

「好可怕！我幫你打電話給警察！」乙晶趕忙掛上電話。

此刻我的腦子已經冷靜下來了。

其實，這個老人有什麼可怕的呢？

不過就是個老人罷了。

雖然他舉止怪異，甚至不停地跟蹤我、嚇我，但……他不過就是個遲暮之年的老人罷了！

奇怪的是，雖然我的腦子已經可以正常運作，也開始擺脫莫名其妙的恐懼，但我的心跳卻從未停止劇烈的顫抖。

是本能吧？

但，我的本能在試圖告訴我什麼呢？

我應該害怕？

老人又開始在玻璃上哈氣。

老人又開始在白霧上寫字。

「求我當你師父。」左右顛倒的字。

我窩在床邊，搖搖頭。

老人一臉茫然，好像不能理解我堅定的態度。

隔著一面三樓陽台上的玻璃，一個癡呆老人，一個心臟快爆破的少年，就這麼樣對看著。對峙。

門鈴響了。

我想，一定是據報趕來的警察。

這次我不會再放過這個老人了。

我死盯著老人，甚至，我還試圖擠出友善的微笑。

樓下充滿高聲交談的聲響，似乎，那些死大人們正在騷動，似乎，他們正在妄自判斷一個國中生的人格。

沒關係，過不久眞相就大白了。

我靜靜等著敲門的聲音，期待著那些死大人驚訝的表情與一連串的道歉。

老人繼續死貼著玻璃。

我的心臟繼續狂顫。

不知道是不是氣氛的關係，我覺得時間過得好慢，太慢了。

度日如年也許就是這個意思，不過，死大人們爲何遲遲不上樓解救我呢？

你猜，最後我等到那些僵化、古板、自以爲是、冷漠的大人嗎？

我注意到樓下的嘈雜聲逐漸散去。

我想，那些警察多半被爸他們請走了。

我知道我再一次被家人放棄。

「叩叩叩！叩叩叩！」

是我期待的敲門聲！

我壓抑住滿腔的喜悅，慢慢地走向門邊，以免嚇跑了老人。

我打開門，是媽。

「媽，妳看！有個奇怪的老人貼在窗戶上！嚇死我了！」我指著玻璃，這次，老人只是傻傻地看著我，並沒有閃電般逃走。

媽一身的菸味與酒氣，眼神散亂，她胡亂地塞給我一把千元鈔票後，說：「剛剛贏了不少，給你吃紅啦，自己去買喜歡的東西還是存起來……」

我抓著媽的手，急切地說：「媽，妳快看看我的窗戶！有人貼在上面！」

媽頭歪歪的，隨意朝我房裡看了看，說：「喔。」接著，媽就歪歪斜斜地走下樓了。

就這樣走下樓了。

悲哀的感覺徹底取代了恐懼。我看著房門被冷冰冰地帶上。

關住我自己，一個人。

我坐在地上，看著唯一陪伴我的老人。

是的，是陪伴。

在我的家人背棄我以後，我的心算是陰暗灰冷了。死了算了。

那老人似乎看出我的悲哀，於是乎，他的眼睛從死魚眼變成滄桑，變成一個老人該有的眼神。

不知道是不是這樣，我原本躁亂狂奔的心臟，不知何時已經平息下來。

老人又開始在玻璃窗上哈氣，接著又用手指寫著：「別難過」。

我無神地搖搖頭。

老人，我，就這樣莫名其妙地結束對峙，開始一整夜的默然對視。
一整夜，我都在老人滄桑的瞳孔裡度過。
老人，也這樣貼著玻璃，與我同在。

03 沒有牆壁的房間

「一整個晚上？」

「或許三分之二，或是四分之三吧，總之，我後來睡著了。」

「鬧鐘叫醒你的？」

「嗯，醒來時，我的身邊還披了張毛毯。」

「喔？」

乙晶托著下巴，不能置信地問，筷子停在滷蛋上。

我看了看阿綸、阿義、小咪，繼續說道：「不是我家人披的，是那個老人。」

「你那麼確定？他打破玻璃進去？」阿綸吃著小咪帶給他的便當。

「可以這麼說。」我瞧著乙晶。

「可以這麼說？也就是說，他不是打破玻璃進去的？」小咪的觀察總是很仔細。

「我的玻璃不是被打破的，而是整塊碎成碎片。」我繼續說：「非常小的碎片，我醒來時，那些碎片已經收拾好，用日曆紙包好放在垃圾桶裡。」

「那就是玻璃被打破。」阿義一邊說，一邊把滷蛋戳得亂七八糟。

「不是，玻璃被打破的話，我一定會醒過來，何況是將防盜的強化玻璃打碎。」我想我的表情一定很古怪。

「那個老人是個妖怪？」小咪說。

「妖怪個頭，要是他是妖怪的話，阿義才打不贏他。」阿綸說。

阿義哼了一聲，說：「妖怪我也照打不誤。」

乙晶端詳著我，說：「你快天亮才睡，睡那麼少，怎麼上午都沒看見你打哈欠還是偷睡啊？」

小咪嘻嘻笑說：「妳怎麼這麼清楚？上課都在看劭淵啊？」

乙晶也許臉紅了，但我不敢看她，趕緊說：「對喔，我一整天精神都很好，眼睛甚至沒有乾乾澀澀的感覺，唱國歌也特別大聲。」

阿義歪著頭說：「好了不起，你該不會中邪了吧！」

阿綸將便當吃個精光，嘴裡含著菜飯說：「沒事就好，如果眞的是那老人把玻璃……嗯……弄碎，進去你房間幫你蓋被子，卻沒殺掉你的話，那他一定對你沒惡意才是。」

小咪點點頭，說：「嗯，下次他要是繼續躲在窗戶外面嚇你，你就打電話給阿義嘛，叫他幫你趕走他。」

阿義得意地說：「嗯，我很閒。」

我沒有回答。

我並不想爲難那老人。

也許，是因爲在家人背棄我的時刻，那老人及時陪伴著我寂寞心靈的緣故吧。

「下次那老人這樣嚇你的話，你就打電話給我吧。」乙晶認眞地說。

「謝謝。」我笑笑。

□

放學的路上，我格外注意老人的蹤影，或許，他正在不遠處窺伺著我。或許沒有，因爲我的心臟跳得好好的。

「你家那麼有錢，幹嘛不買任天堂？」乙晶踢著小石子。

「看武俠小說比較有趣啊。」我說，雖然我並不介意買一台任天堂。只要乙晶想玩。

「小說總有一天會看完的。」乙晶皺著眉頭，又說：「阿義，你不要邊走邊抽菸啦，臭都臭死了。」

我看著阿義滿不在乎的眼神，說：「你的頭髮該剪了，明天升旗要檢查。」

阿義哼了一聲，將菸彈到石階下，說：「不過說眞的，你趕快買一台任天堂，省得我常常花錢去雜貨店打瑪莉兄弟，以後去你家打就好了。」

我不置可否，摸摸口袋裡的鈔票。昨晚媽給的。

傍晚，我抱了台任天堂回家。雖然不是我的初衷，但也不由得對這台遊戲機感到興趣與好奇，所以我趕著回家試試。

輕輕地打開門，很幸運，進門後並沒有看到爸爸，以及他那群爛朋友，也沒聽到媽媽那群牌友的搓牌聲。

只不過媽媽的房間裡卻傳來細微的聲響。

是呻吟聲。

「小孩子沒那麼快回來……」媽細細的聲音。

拜阿義不定時的性教育開導之賜，我不是個對男女房事一竅不通的少年。

「這才像個家。」我心想，躡手躡腳地從媽的房間旁，輕輕走到樓上書房。

進了房間，我正把任天堂放在床上時，不禁笑自己是個阿呆。

笨死了，我房間裡根本沒電視，玩個大頭鬼。

我想到儲藏室還有一台去年抽獎抽到、沒有拆封的新電視，於是打開房門，想下樓搬電視。

一開門，我站在樓梯彎口，愣住了。

王伯伯一邊整理褲帶，一邊大大方方地從媽的房間出來。

我的拳頭……

握著。

媽慵懶地跟在王伯伯的後面，撥弄著頭髮。

我的呼吸靜止，胸口被靜止的心跳震裂。

「什麼時候還可以再……嘻嘻……」王伯伯的髒手抓揉著媽的屁股。

「什麼還可以？快快快出去，淵仔快回來了……」媽把王伯伯的髒手拿開，一臉不耐。

王伯伯陪著笑臉，在玄關穿上鞋子。

我看著這難以置信、噁心的一幕，內心沒有悲慟，沒有憤怒。

只有一個字——

殺。

媽走進大廳看電視，我茫然地回到房間，將門輕帶。

我吐不出一個字，發不出任何聲音。

我的眼睛沒有淚水，也許眼白已暴出青筋。

這是我這輩子最屈辱的一刻。

我媽，王伯……

王八蛋！

我的指關節格格作響，怒火煮沸了指骨裡的血液。

冷風從沒有玻璃的窗戶吹了進來，我看著血色夕陽。

「我要殺了你。」

我悶哼一聲，一掌打在書桌上。碰。

異常沉悶厚實的聲響，接著，書桌塌了。

沒有聲音，四隻桌腳內八字地折斷。

書桌的桌面，留下一個破爛的掌形，掌緣猶自冒著細微白霧。

訝異如怒濤般衝垮我心中的怨恨，然後變成莫名的恐慌。

我很生氣，是啊！

但這張桌子……雖然是木桌，但也才剛買一年多啊！

「我有這麼生氣?!」我一邊喃喃自語，一邊蹲下來檢視桌腳跟桌面之間的崩口。

「不是生氣，是殺氣。」

我愣了一下。

老人的聲音？

我警戒地環顧小小的房間四周。

我有幻聽？

「是殺氣啊！」

「你在哪裡？」我忿忿地說，此時我的心已容不下恐懼這類的廢物情緒。

「櫃子。」

當然是櫃子。

我的房間就只有櫃子跟床底藏得了人。

櫃子緩緩打開。

老人從黑暗的細縫中，慢慢吞吞地走出來。

「你怎麼躲在這裡？」我問，雖然是白問。
「因為你的房間就只有櫃子跟床底可以裝得下我啊！」老人似是而非地回答。
「你要嚇我、纏我、煩我到什麼時候?!」我冷冷地說。
有些人在遭遇到某些事，某些足以構成人生重大挫折的事後，就會徹底改變。

我正站在人生的懸崖、地獄的風口上。

也許，我會變成一個冷漠的人，幾年後，治平專案就會出現我的名字。

「我沒有嚇過你，我只是想教你功夫，我一身的功夫。」

老人深邃的眼睛，誠摯地看著我。

「不必。」我狠狠地看著老人。

「正義需要功夫。」老人眼中泛著淚光。

「功夫？我一掌就砸了這張桌子！還要學功夫！」我對老人的耐性至此消失殆盡。

「要！然後你就可以劈山斷河，鋤強濟弱！」老人揹著雙手，夕陽餘暉照在墨綠色的唐裝上，老人的皺紋反射著金黃的光輝。

「你劈山斷河給我看看！劈倒了八卦山，我跪著拜你爲師！」我吼著，已管不著媽是否聽見。

「那……」老人有些侷促，發窘道：「那只是形容一下……」

我大叫：「滾！」手指著窗戶外。

老人搖搖頭，說：「要是在幾年前，我還眞不願勉強你拜師！我的時間……」

我一掌奮力拍在窗戶旁的牆上，大叫：「你把這牆給劈倒啊！劈倒我就拜你爲師！劈不倒就……」

老人一腳踏步向前，右手以奇異的速度、似快實慢地在牆上印下一掌。

「就……」我的聲音凝結在空氣中。

凝結在空空蕩蕩、沒有牆壁的空氣中。

□

我的房間失去了牆壁。

我對失去牆壁這種事，是完全沒有概念的。完全。

所以，我只是呆呆看著寒風灌進我的房間。如果失去一面牆壁的房間還叫房間的話。

「轟轟隆……筐筐……蹦！」

牆壁大概砸在我爸的車上吧。

「跪下！」

老人慢慢收起右掌，氣定神閒中頗有得意之色。

或許我雙膝發軟，但是一時間還無法從超現實中醒覺過來，我只是呆站著。

「男子漢說話算話，快些跪下！我傳你一身好本領！」老人喜孜孜地來回踱步，又說：「你好好學藝，別說倒一面牆，想倒幾面牆就倒幾面牆！」

我歪著頭，呆呆地說：「你……你怎麼弄的？」

老人正要開口，卻聽見媽疾步上樓的聲音，老人拔身一縱，躍出空蕩蕩的……空蕩蕩的超巨大破口，我急忙往下一看，老人已在巷子的另一頭，化成一個綠色的小點。

「怎麼回事！你的房間？」媽驚呼說。

「不知道，我回來就這樣了。」我淡淡地說。

「你……你什麼時候回來的？」媽侷促地說。

「剛剛。」我把媽推出房門，扣鎖。

對於我媽，我的心算是死了。

我徹底放棄這個家。

寧願待在一個沒有牆壁的房間。

在很多年以後，我一直後悔當時這樣幼稚的決定。

有時候，人不會明白自己眞正的情感，一旦被深深傷害了，自暴自棄就成爲唯一的選項；殊不知，其實能令自己悲傷的，正是自己最珍貴的感情，因爲珍貴，所以永遠都不能放棄，永遠都不該掉頭就走。

領悟到這個道理時，人，多半已經失去所珍惜的感情了。

多年以後，我想回家。

□

原來爸去大陸了。

沒差，去嫖吧，然後把病射給我媽，再傳染給王伯伯。

至於我那面重創我爸賓士轎車的牆壁，被怪手搬走了。

媽要我先住到客房，她再請人幫我砌一面新牆，我拒絕了。

「要我搬，要砌牆，我就蹺家。」我說，穿著毛衣在寒風中念書。

「你……你什麼時候開始用這種口氣跟我說話！」媽氣得發抖。

「是妳太久沒跟我說話。」我算著代數。

「你爸回來有你……」媽氣道。

「妳去打妳的牌，我的房間怎樣是我的事。」我皺眉。

「你要睡覺給鄰居看？都十一月了！你會感冒！」媽瞪著我。

「妳再不出去，我就從這個破洞跳下去，反正妳過了一個月才會發現我不見了。」我冷言冷語道。

「你說這什麼話?!」媽咆哮著。

「數到三，我就跳下去。一！」我說，放下數學講義，走到破洞旁。

媽一愣，只好留下我一個人。

其實這個房間還滿應景的。

破了個大洞，跟我的心一樣。

冰涼的感覺也一樣。

這還多虧了老人那一掌，把我原本崩潰的家，再敲出一個大洞，讓我看看外面的世界。

我站在破洞前，看著天上殘缺的月亮。

「乙晶應該還沒睡吧？」我看著電話筒。

一道快速的身影在巷口飛奔，踩著我爸的爛賓士跳上大破洞。

綠色唐裝的老人。

果然。

「你到底是誰？」我心中已無訝異的感覺，只想知道這老人的來歷。

這老人一身骯髒，但絕不是簡單人物。

簡單人物不會推倒牆壁。

「你師父。」老人清癯的臉龐，自信說道。

「嗯。」我跪了下來。

這個心態上的轉變，不是單純的「男子漢之間的盟約」，而是混合了想對自己前途投下原子彈的願望。

沒錯，一切的跡象都顯示，眼前的老頭的的確確身懷高強武功，就跟漫畫《七龍珠》裡的龜仙人一樣。但是在升學主義當道的台灣社會中，拜師學武功，不管師父多厲害，這條道路必遭人恥笑非議，絕對是毀滅前途的原子彈。有句話叫「行行出狀元」，可惜這句話是放屁。

我叩下第一個響頭，額頭隱隱生疼。

再見了，我的家，不，我根本不需要向他們道別。

第二個響頭，鏗鏘有力。

我踏上一條亂七八糟的路，拜了一個精神失常的武林高手爲師，這點可以令我的家人傷心、難過，很好。不，他們根本不會在意。

我用力敲下第三個響頭，非常用力。

我的腦袋有些昏沉沉的，這樣很好，我將來不再需要清醒的腦袋，我打算將我的一生過得晦暗不明。

在過去，我沒有個性。

在未來，我不需要未來。

「師父。」我叫得有氣無力。

老人摸著我的頭，我可以感覺到，老人堅強的手正在顫抖。

老人流淚了。

□

一九八六年。

那年，我十三歲，一個不吉利的年紀。

那年，張雨生還沒死，王傑正紅，方季惟還是軍中最佳情人。

他們的歌聲整天掛在我房裡。

那年，我遇見了他。

那年，功夫。

□

「從今以後，你就是我的大弟子，拜入凌霄派的門下。」

「啊？凌霄派？」

「很厲害的！」

「是，師父。」

零碎的月光，一個大破洞。

老人，國中生。

開啓了一個，不知道如何歸類的壯闊故事。

04 拜師

「我們開始第一課吧！我想想，先教你……」老人盤腿坐在破洞前，胡亂思索著。

「等一下，你爲什麼要選我當你徒弟？」我也盤腿坐著，不過不是因爲練功的關係。

「什麼我選你！是你求我的！」老人一絲不悅道：「還有，要叫我師父，這是再基本不過的規矩！」

我點點頭，反正我沒個性。

「師父，爲什麼我求你收我做徒弟，你很快就答應了？」我問。

我很好奇自己是怎麼被瘋子盯上的。

有武功，不代表就不是瘋子。

師父沉吟了一會兒，說：「經過我再三考驗，發現你很有潛質，不像年輕時候的我，再加上你苦苦哀求，我也不好意思拒人於千里之外。」

我疑道：「是考驗我的愛心？耐心？還是整天嚇我考驗我的心臟？我沒被嚇死就算合格了？」

師父點點頭，說：「你說得都對，但最重要的考驗，還是你潛質的部分，學武功嘛，這種事是很講究天分的。」

我茫然不解。

師父看著我，說：「還是不懂？」

我正要開口時，卻見師父目光如炬地瞪著我，不知怎地，我頓時寒毛直豎，心臟猛奔，額上竟抖落珍珠般地冒冷汗。

「看資質，不是看筋骨，不是看體魄，而是端詳一個人的本能。」師父認眞地繼續說：「一種深藏在本能中的本能，也就是察覺殺氣、深知危險所在的資質稟賦，只有洞悉危險，才能超越危險。」

說完，師父一笑，我心臟所受到的莫名擠迫跟著消失。

原來，師父一直都用殺氣在測試我對危險的感應力。

師父又說：「我先教教你基本的呼吸吐納，你一邊練習一邊聽我說。我們凌霄派威震武林，呼吸吐納雖是基本常功，門道卻是大有不同，各門各派的吐納正是功夫互異最基礎上的不同……」

凌霄派的呼吸吐納「技術」，恕我不能表露，因爲武功並不是人人都該學的，關於這點，師父以後不斷地提醒著我。

「那夜算是你我師徒有緣，我在書店偶遇了你，你當時正在看武林掌故，我試探性地介紹你一些我認爲不錯的掌故，而你……」師父滔滔說道。

「師父，我在看武俠小說，不是什麼掌故！」我疑惑道。

「偷偷告訴你一個祕密，其實那些並不全然是小說，有些是，有些不是，有些胡扯淡，像《蜀山劍俠傳》。有些則是武林中眞眞實實的典故，例如《笑傲江湖》中的令狐沖大俠，其實眞有其人，跟我們凌霄派的始祖還頗有淵源，他的獨孤九鞭曾敗於我們凌霄派始祖的劍法下……」師父津津有味地說著。

我忍不住說道：「令狐沖使的是獨孤九劍，是劍！」雖然我壓根就認定師父是個瘋子。

師父輕輕打了我的頭，說：「那是後人傳說失眞，眞是對先人不敬，好好一套威震塞北的獨孤九鞭鞭法，竟說成是劍法？貽笑大方，貽笑大方。」

「威震塞北？」我剛說出口，登時大悔。我幹嘛這麼認眞？

「令狐沖大俠帶著神鵰遠赴塞北挑戰塞北明駝木高峰，使得正是這路變幻莫測的鞭法。」師父斬釘截鐵地說。

塞北明駝木高峰？他媽的這混帳算老幾？

等等，神鵰？

「令狐沖那隻神鵰……嗯，多大隻？」我小心翼翼地問。

「好大一隻，比你還高兩個頭哩！」師父大呼。

「那隻鵰……哪兒來的？該不會是跟楊過借的吧？」我的疑惑超過了想笑出來的衝動。

「當然不是，是令狐沖從小養到大的，令狐大俠的耐心也是很夠的，眞教人肅然起敬。」師父說。

「至於《神鵰俠侶》裡面的楊過，眞的有這個人嗎？」我非問不可。太詭異的老人了。

「有哇！他的耐心更教人敬佩！鐵杵磨成繡花針這句成語，就是說他日夜苦練那把大金剛劍，揮著揮著，竟慢慢地將巨劍給揮成針了！這般的耐心，這般的精純內力！」師父天馬行空地說著。

我忍不住哈哈大笑，眞的，我好久沒這樣大笑了。

在破出家庭的第一晚，我竟然眞心哈哈大笑。

「笑什麼?怪不好意思的。」師父難為情地說，臉上掛著尷尬的笑容。

我看著師父滿是污垢的臉，卻洋溢著久違的溫暖。

「沒，只是覺得很好玩，跟自己念到的都不太一樣。」我本以為師父會斥責我，不料師父的個性怪怪的。

「史料疏脫，文字竄漏，總是在所難免，不過這不影響我們求武立志的目標，我們求的是高深精絕的功夫，寄盼的，是正義。」師父雙手輕輕放在膝上，任清風鼓蕩起兩袖，認眞說道：「郭大俠說得好，為國為民，俠之大者。」

我點點頭。

我忍不住點點頭。

師父認眞的表情令我渾身起雞皮疙瘩，令我大受感動。

一個顛三倒四的老瘋子，卻有著震盪我心的情懷。

好個瘋子。

「俠之大者……」師父慢慢地複誦著。

□

也許是氣氛吧，師父當時的樣子至今仍令我深深動容。

「當時我在看武林掌故，看的又是好的武林掌故，所以你決定收我為徒?」我問。

師父搖搖頭，說：「當時你待我有禮，令我對你頗有好感，又見你對武俠世界如此著迷，所以認爲你也許有些稟賦。」

師父繼續說道：「所以我遠遠跟蹤你回家，一路上我散發驚人的殺氣，就是爲了要試試你對危險的感應，很好，當時我聽見你腳步沉重、察覺你的呼吸不暢，資質似乎不錯，便決定要多試試你。」

我點點頭。關於這點，或許我是眞有天分吧，畢竟那種恐懼的壓迫感是相當眞實的。難怪幾乎每次師父出現時，我的心臟都快爆炸了。

師父斜著腦袋，說：「一個人若是無法察覺危險，等於沒有絲毫天分，在武林中誰跟你好好擊掌比武？這是少有的事，睡覺睡到一半頭就被摸走了！還談什麼行俠仗義？」

我應道：「這倒是很現實的問題。」雖然睡到一半頭就被摸走了這種事一點都不現實。

師父又說：「我這幾年在江湖行走，常常在人群中散發無比殺氣，結果根本沒有人對殺氣有所感應，殺氣這東西無形無色，對一般人沒有什麼傷害，但武功高手常常處於危險邊緣，怎能不對殺氣有所感悟？這些年人們都習慣逸樂，武功變成了雜耍猴戲，成了競技運動，人啊，對這種原始的求生本能都忘記了！」

我說：「所以，我是第一個被你發現能感應殺氣的人？」

師父歉然說：「那倒不是，去年我到過扶桑一趟，途中曾發現一個少年也對殺氣有極強的感應，不過當時因爲種種原因，我跟扶桑漢子起了衝突，被抓到警局裡關起來，喪失了那孩子的行蹤。後來，哼，那種地方怎麼關得住你師父？」

我笑了笑，並不介意，說：「好可惜，一個人學武功有點無聊，要是你找到那個人當我師兄，兩個人一起學應該比較好玩。」

師父不停點頭，說：「要是有兩個徒弟，那就一定可以……」

師父沉吟著，思考著什麼。

我想到了喜歡打架的阿義，說：「我有個同學對打架很感興趣，師父，你要不要也收他為徒？」

師父皺眉道：「是上次向我動手那個？」

我點點頭，問：「那次師父是故意讓他的吧？是因為怕出手打傷他？」

我心想：要是師父一掌輕拂過阿義的胸膛，阿義穩將身體裡的血吐光光。

師父抓著頭髮搔癢，說：「習武之人忌諱隨意展露武功，因為我輩要暗中行俠仗義，出了鋒頭，反而會暴露自己的底子跟行蹤，所以我當時只好忍辱逃跑；不過那孩子太暴力、蠻橫，又沒資質，誰收了他當徒弟誰沒見識。不收，不收，不收。」

我無所謂，不過看師父一直在搔癢，我忍不住建議道：「師父，你要不要洗個澡？我帶你去。」想來練武功不能防皮膚病。

師父難為情道：「會不會很麻煩你啊？」

我搖搖頭，領著師父開門下樓。

浴室在一樓轉角。

媽跟幾個牌友一邊看連續劇，一邊打麻將。

這時胭脂塗得像國劇丑角的李太太眉頭緊蹙，說：「怎麼有一股怪味？」媽等人摀著鼻子，東張西望的，看見我領著髒兮兮的師父下樓。

「啊?!淵仔你怎麼帶……」媽大吃一驚。

師父不知所措地站在我身邊，我說：「我師父。」

媽僵硬不善的臉龐勉強擠出一絲笑容，說：「是淵仔的老師啊？眞不好意思，怎麼有時間來做家庭訪問，正好我在消遣，眞是……」

師父見媽態度轉好，於是彬彬有禮說：「這孩子稟賦奇佳，能當他師父實在是我的榮幸，我一定會將孩子教好，使他成爲一個頂天立地的男兒漢，夫人切莫擔憂。」

媽、李太太、張媽、何阿姨，全都張大了嘴。

「我師父要洗澡。」我逕自拉著師父去浴室，也不向她們多解釋些什麼。

媽連師父是怎麼跑到我房間的，都渾然無覺，還須要多解釋什麼？

師父打揖後，便隨我進了浴室，我拿了洗髮精跟香皀，再到爸的房間拿了件衣服給師父，就先上樓了。

我只叮囑很髒的師父，難得洗一次澡，還是洗久一點妥當。

大約一個多小時後，我寫完數學跟英文作業後，才聽見師父的敲門聲。

這是師父第一次敲門。

「我還是習慣穿這件衣服，所以……」師父拿著爸的衣服，歉然道。

「沒關係。」我說，把爸的衣服揉成一團。

我看著剛洗過澡的師父，嗯，臉上不明分泌物已經消失，雖然一身的舊唐裝，但已經算是從遊民階級躍升到了一般老人的樣子了。

「謝謝你。」師父高興地說。

我微微笑。

該道謝的人，是我。

□

也許正義眞的是一種很急迫去實踐的東西吧，師父立即要我按照他教導的姿勢盤腿坐下，開始開班授課了。

「第一課，吐納採氣，自拓筋脈。」師父說：「昨晚我跟你對看一夜，你睡著後，我便碎窗進屋幫你大拓筋脈，以溫和的內力慢慢打通你的血氣，所以你理當精神旺健不見疲態，是嗎？」

我點點頭，說：「嗯，原來是這樣。」

師父說：「拓筋活血，是學習精深內功的起步，若能時時練習，便能開闊內力渠道，是大根基。你今天黃昏時不知何故，殺氣驚人，這是你的天生資質，加上昨晚我幫你導引血脈，所以你能一怒斷桌。」

我看著自己的手掌，頗有得色。

師父輕敲我的腦袋，說：「不要得意忘形，你現在沒有殺氣，筋脈又沒甚舒展，已經跟一般人沒有兩樣了，若要刻刻維持頂峰，便要日夜練習第一課。」

我相信師父說的這些話，於是仔細聆聽師父比手畫腳的武學說明。

這第一課眞不是蓋的，我完全無法想像氣血在體內流動的樣子，更無法體會以自己的意志導引氣血的奧祕。

「接著，從飛龍穴衝脈到棲虎穴，再從這裡的氣口慢慢散潰到九山大脈……」師父熱切地在我身上摸來摸去，這邊點點，那邊戳戳。

我忍不住摸著師父所說的「飛龍穴」，說：「這裡是膻中穴吧？每一本武俠小說都說這裡叫膻中穴。」

師父捏著我耳朵，說：「你用大腦想一想，要是武俠掌故寫的都是眞的，那現在滿街都是武林高手了！有些奧祕是不能隨便寫在書上叫賣的。膻中穴？不不不，這是貨眞價實的飛龍穴，是人體十大好穴之一。」

我感到困惑與不安。

師父武功高強，是千眞萬確的。

但師父的腦袋不清不楚，也是毋庸置疑的。

我照著師父的行氣過穴方法練功，實在太過凶險，飛龍穴那麼菜市場式的名字？什麼人體十大好穴？怪哉！我還十大好球咧，將一個瘋子說的話照單全收，我恐怕會練到腦溢血！

「發什麼呆？我一下子說太多了嗎？」師父停頓了一下，說：「那麼，你先把氣導引在肚臍上的斑馬穴上，我再繼續說下去。」

我搖搖頭，嘆道：「好難，月考以後再學好了。」

師父大吃一驚，說：「什麼？功夫無論如何都要天天精進不斷，否則怎麼能成爲一代高手?!」

我無奈道：「師父，我只要有你一成厲害就夠了。」

師父勃然變色，說道：「爲什麼？」

我戒慎恐懼地說：「身體健健康康的，不怕給壞人欺負，也就夠了。」

師父一掌抓在書櫃上，硬生生捏下書櫃一角，大怒道：「你要青出於藍！你要更勝於我！至少要能單手打贏我！」

我嚇壞了，忙說：「我會努力的！」

師父一把抓住我的肩膀，斥道：「你發誓！」

我生怕師父將我的肩膀扯下一塊肉，忙道：「我發誓我要比師父強！」

師父這才將手放下，嘆道：「不是我故意囚你、勉強你，實在是因爲，正義需要高強武功的關係。」

我點頭如搗蒜，師父見我如此害怕，說：「不需要害怕，我先讓你感受到氣行在筋脈中奔流的位置和衝擊，慢慢你就會習慣的。」

說完，師父與我盤腿坐下，師父左手搭在我的背心上，我登時感到背上貼著一團火，暖烘烘的。

「放輕鬆，閉上眼睛專心感受。」師父繼續說道：「這團火就是師父的內力，現在它要開始在你的體內走脈啦！」

我感到火團往肩背上的天宗穴（也就是師父堅稱的好漢穴）緩緩移動，心中甚是訝異，接著火團便往命門穴（也就是師父堅稱的人體十大好穴之二，寒宅穴）下方磨動，十分舒服受用。

師父的手並未隨著火團的移動而移動，想來正用奇異的手法導引著內力，我回憶起師父剛剛所說的教學，姑且不論穴道名稱多麼怪異，此刻內力緩緩奔流的位置恰恰印證著師父所說的一切。

內息奔流的感覺！就像一條滾燙的小蛇，滑溜溜鑽過一個接一個穴，一條脈接一條脈，涇渭分明。

「接下來，要到飛龍穴了，這是個好穴。」師父接著說道：「現在要急衝到棲虎穴，很有魄力的一刻，不要嚇到啦！」

我不知道可不可以開口說話，火團已經凝聚到膻中穴，嗯，飛龍穴上，我感到胸口十足鬱悶，澎湃的內息煮沸著心口，接著，我不禁大叫！

「啊——」

我暢快地大叫，這簡直是無法抵抗的快勁！飛龍穴中的內力霎時奔馳到棲虎穴上，百骸通暢無比！

「很好，叫得好！那晚我不敢使你驚醒，所以只是一般地過穴，所以你只是昏睡。」師父繼續說道：「接著，我要讓內力經由九山大脈下放到全身百穴，這就算完成一周天的拓穴，對身體大好。」

於是，師父的內力漸漸散透到我全身上下。

「想不想試試絕世武功？」

「想！」

師父新的內力，一團大火球再度攀上我的背心，這次的火球比剛剛疏導我內息的火球巨大得多，師父說：「讓你親自體驗驚世駭俗的武林絕學，凌霄毀元手！」

火球一股腦竄上右手臂上的天泉穴，而至曲澤、神門、間使、內關、大陵，最後到了掌心的勞宮與指掌的中衝穴。若翻譯成師父的專利術語，則是夜歌、九碎、牛息、鐺環、苗栗、守翼，最後來到掌心的凌渡與指掌的霄轉穴。

我不由得伸手平舉，自然而然地。

「按在哪裡都好。」師父的聲音中頗爲得意，手一刻都未離開我的背。

「不會有危險吧？」我又說：「要不要很用力拍？」

師父怫然不悅道：「輕輕按在牆上就好。」

我依言將右手掌輕輕按在牆壁上，任由師父傳來的火球震動我的手掌。

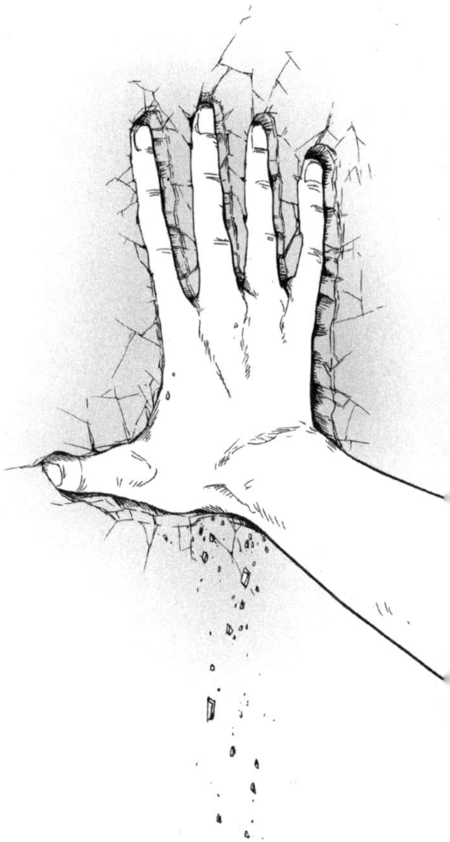

「啊！」我微微驚呼。

「了不起吧，這可是我們凌霄派的絕學之一。」師父的聲音旺健有力。

我的手掌正慢慢沒入水泥牆裡，一點一點沒入，堅硬的牆壁宛若一塊熱豆腐。

「感覺一下三年後的你。」師父嘉許道：「我天資魯鈍，當年學到沒牆貫手這一層，足足花了我五年光陰，但以你的資質，最多三年就可以辦到。」

我訝異地看著自己的手將牆壁融穿，烙下深深的掌印。

「這就是三年後的我？我會變得這麼厲害？」我無法置信，暗道。

「崩！」師父沉聲叫道，火團霎時衝出手心上的凌渡與霄轉穴，牆壁頓時散發蒸蒸熱氣，崩裂出一大塊。

大約兩個手掌大小的牆缺。

「好厲害。」我讚道。

師父開心地說：「因爲你身體無法承受我十成內力，我過嫁給你的內力只有六、七成，要是我自己使出凌霄毀元手，威力可不僅僅於此。」

我不禁佩服。

徹底佩服。

「現在，配合基本的吐納採氣，意想氣息過穴，慢慢練起。」師父的手離開我的背，站了起來。

我默默照著師父的指示，開始練功。

功夫，從此與我結下不解之緣。

儘管我身上的穴道都被師父亂改了名字，不過不打緊。

我會成爲武功蓋世的一流高手，輕易除掉王伯伯這些敗類。

一流高手。

05 初窺門徑

「你拜那老人爲師？」乙晶呆住。

「嗯，事情有點複雜。」我的心情也頗複雜。

「爲……爲什麼？難道他逼你？」乙晶的嘴巴張得好大。

「那倒不是，其實師父人還不錯。」我有點發窘。

「那……」乙晶感到困惑。

「送妳。我沒時間玩了，我要練功夫。」我拿出任天堂，看著乙晶驚訝的表情。

「不必這樣！你怪怪的！」乙晶雖然推辭，我還是將任天堂硬塞進她的抽屜。

課堂上，我暗自修練著凌霄內功。

嗯，好漢穴，溫溫的好漢穴，多虧師父過嫁些許內力給我。

「我們凌霄派的內功心法，可以經由我導引一些內力給你當根本，去觸生你自身的潛質，引發聚匯你的內力，一點一滴地鍛鍊，一點一滴培養，我再一夜一夜過繼給你高強內力，這樣一來，你的武功就會突飛猛進，事半功倍。」師父是這樣說的。

我默默將國文課本靜置在桌上，慢慢引導氣息過到寒宅穴，人體十大好穴之二，好舒服的感覺，行氣之間竟無半點窒礙。

我沒有閉上眼睛，但老師在黑板上寫的字卻已漸漸模糊，老師尖銳的聲音也稀釋在空氣中。

我似乎進入一種模糊的「定」。

承恕穴，介英穴，元鴻穴，嗯，十分順利，一穴接著一穴，終於來到號稱人體十大好穴之首的飛龍穴，我凝聚心神，放鬆體魄，一鼓作氣將溫熱的內息衝到棲虎穴！

「啊——」我忍不住放聲大叫，好過癮啊！

我滿意地將內息自棲虎穴匯聚到九山大脈，下放到全身百脈。

「哈哈哈哈哈哈哈哈哈哈哈哈哈哈哈哈哈哈哈哈！」

四周突然爆出一陣狂笑。啊？

我的背上突然一陣刺痛。

我回頭，原來是乙晶拿鉛筆刺我，不明就裡地看著我。

「顏劭淵！上課幹嘛大吼大叫，作噩夢啊！去後面罰站！」老師氣急敗壞地罵著。

我摸著頭，拿著課本站到教室後面，同學都幸災樂禍地拍手，阿綸更是笑倒在地。

的確很糗，我滿臉通紅地避開大家的眼光，站在垃圾桶旁上課。

但，我全身暖洋洋的，說不出的舒服，內功眞是神奇。

我想起師父說過：「練內功要能持續不輟，若是能時時練習，保持體內氣息循環，長久便能使穴道自動導引過脈，在無意識間也能自行增強內力，行走亦然、睡覺亦然。」

於是，我拿起國文課本，再度進入神奇的內功世界。

「所以這個白字當動詞用，不是形容詞，不過……」國文老師似乎碎碎念道。

「啊——」我舒服地大叫。

「顏劭淵！半蹲！」老師摔斷粉筆，同學大笑。

這一天，我在國文課上大叫了四次，在英文課上大叫了八次，在地理課上大叫了九次，在美勞課大叫了十二次，連上廁所上到一半也大叫了一次。

內功的進境跟大叫的次數成正比吧。

不過我也被眾老師請到訓導處，記了一支小不拉嘰的小過。

本來因爲我先前還算是個乖孩子，所以教官只打算記我一支警告，不過因爲我在訓導處又大叫了兩次，所以就滾成一支小過。

我默默計算著，照這樣的記過速度，沒多久，我就會因爲不停地大叫遭到退學的命運。

眞的是很煩人的事。

拋開「放棄未來」的衝動想法，我還是想上學。

因爲學校有乙晶。

但我也愛上了功夫啊！既然要練功夫，就要像師父一樣，當個絕頂高手才有意思！

雖然我心裡也盤算著：其實，我只要有師父一成厲害就很夠了。

後來在掃地時，乙晶難過地幫我倒垃圾，問我：「你究竟怎麼了？才短短一天，你就變了一個人。」

我不想告訴乙晶關於我媽媽通姦的事，不過，我將師父一掌轟掉我家牆壁、灌輸我驚人內力的部分鉅細靡遺地說一遍，手舞足蹈、熱切地訴說著故事。

我發現乙晶在哭。

「妳不相信我？」我一愣。

乙晶不答，只是難過地咬著嘴唇。

我沒有多做解釋。只怕，我比乙晶更難過。

「你幹嘛哭？」乙晶終於開口，看著我。

「不用再理我了。」我轉身就走。

我好痛苦，無法呼吸。

原來，不只那些死大人不願意相信我，連一直支持我的乙晶也一樣。

他們都一樣。

□

破洞，月光。

老人，男孩。

「今天練功的情況怎樣？我瞧瞧。」師父端詳著我。

我眼眶濕濕的，說：「我開始發現練功是件很好玩的事了。」

師父點點頭，說：「瞧你的氣色，內力已經有點開竅了，真是資質優異，天生的習武上才。」

我失落道：「可是，我最信任的朋友卻不相信我。」

師父嘆了口長氣，眼眶竟也濕濕的。

「豈止是你，連師父也一樣，沒人相信過師父，日子還不就這麼過來了。」師父無奈地說。

我不解，問：「師父有這樣厲害的武功，怎麼會被懷疑？我帶我的朋友見識一下師父的武功好不好？」

師父瞪著我，說：「功夫是拿來雜耍的嗎？給人看表演的嗎？」

我求道：「她是我最好的朋友，只要她一個人相信就夠了！」

師父搖搖頭，說：「學功夫，爲的，不是求個認同，爲的是正義，既然爲的是正義，我們便須隱匿絕技，即使被人看輕、受人污衊，也只能當作是心魔考驗。」

我擦擦眼淚，說：「那我以後學了一身功夫，也不能讓人知道嗎？」

師父點點頭。

我有點心酸，說：「那我一輩子不就被當成笨蛋嗎？」

師父點點頭。

我知道這是白問了，因爲師父就是一個血淋淋的例子。

我有點生氣，大叫：「那我學功夫幹嘛?!」

師父雙手緊緊抓住我的肩膀，誠摯地說：「孩子，你會知道的！」

我叫道：「我不知道！現在壞人拿的是槍！學功夫幹嘛！」

師父的手牢牢地抓著我，疼惜地說：「你會知道的！時候到了，你自然會知道何時應該展現你的功夫！」

我忿忿看著師父。

「這世上，有種東西，叫做正義。」師父的臉突然蒼老許多，沙啞地說：「它就在你的心底，澎湃著，你藏不住它，因爲它，叫做正義。」

我頹然坐下，看著沒有牆壁的空洞。

「繼續練習吧，時候會到的。」師父說，盤腿閉目。

「啊——」

「顏劭淵！我要通知你媽！」

我看著阿義抽著菸，阿綸則在遠處把風。

「你最近發神經啦？整天鬼叫，害我上課常常睡到一半就被嚇醒。」阿義說，吐著菸。

我蹲著，說：「沒法子，我有我自己的目標，好不容易有個目標。你知不知道一個國中生要立定志向是多麼不容易的事。」

阿義吐著菸圈，說：「那你幹嘛不理乙晶？你不是跟她很要好嗎？你們已經一星期沒講話了吧？」

我點點頭，看著籃球場說：「那是她不好。」

阿義說：「你這小子，到底要不要告訴我跟阿綸，你幹嘛一天到晚鬼叫？」

我堅決地搖頭，說：「我說出來的話，要是你們也不相信，我會受不了的。」

阿義笑罵道：「幹！說來聽聽！」

我堅定地說：「不說就是不說，要知道，你自己去問乙晶。」

阿義哼了一聲，說：「早問過好幾遍了，她怎樣都不肯說。」

我無言以對。

阿義忍不住又問道：「那你打算什麼時候要跟乙晶和好？」

我無奈地坐倒，說：「不知道，總不會一直這樣下去，我只是還很煩。」

這時，有兩個國三學長急急跑來，是阿義的朋友，或說是手下。

「怎樣？扁一頓了沒？」阿義拿出菸，遞給兩個國三學長。

一個學長笑著說：「陽明國中那垃圾聽了你的名號，他媽的腿都軟了，根本不敢還手，讓至民他們扁個痛快！」

另一個學長也笑道：「誰教他們要欺負我們學校的學生，幹！不識相嘛！」

阿義酷酷地說：「彰化國中有我在，馬的，看誰敢亂來！」

我坐在地上，看著威風凜凜的阿義，心中懷疑自己不知道還要練功多久，才可以打贏暴力狂阿義。

□

兩個星期又過去了，我還是不跟乙晶講話。

我想乙晶對我，也非常困惑與失望吧。

不過，幸運的是，我在課堂上突然大叫的次數急遽減低，因爲我已經能夠控制體內的內息運轉了，有時候將氣息過穴的速度降緩也是一種艱難的修練，我必須往運轉如意的境界邁進。

而師父每夜在我的體內灌輸的內力也越來越剛猛，想來是我的身體越來越能接受比較強悍的內力吧。

這時已經入冬了，天氣開始變得很冷，寒風從破洞中灌了進來，偶爾下場小雨，總讓房間極爲潮濕。不過沒關係，我有內力，周息運轉之下，身體只有更加健康。

媽幾乎以懇求的語氣要我搬到客房住，不過我還是堅持要住在家裡最破爛的地方，也不肯讓媽把牆重新砌起來。這讓鄰居看了場大笑話。

「今天，要教你凌霄派基礎中的基礎，凌霄毀元手。」師父坐在大破洞中，沒有月亮。

「基礎中的基礎？凌霄毀元手不是最厲害的嗎？」我訝然道。

「笨，就算是威震扶桑的降龍十八掌也有強弱之分，難道一學會降龍十八掌就威震天下嗎?!」

師父用力敲我的腦袋。

「喔。不過很痛耶。」我埋怨。

沒想到我這麼快就可以學攻擊的招式，眞是令人興奮。

不料，師父從今晚揹來的青色大袋子中，拿出一條蛇來，說：「爲了要讓你快點學會，這條蛇會幫你了解體內經脈的。」

我瞧著那條黑白分明、長得很像雨傘節的大蛇，說：「要我打敗牠？」

師父難爲情道：「不是，是要讓牠咬你。」

「啊？牠該不會是雨傘節吧？」我倉皇地說。

師父不好意思地摸著頭，說：「嗯，有毒的。」

我急忙滾到門邊，說：「不要！我會翻臉！」

師父認眞道：「牠咬你，可以速成你的武功。」

我大叫：「我要……我要……那個循序漸進！我要按部就班！一步一步來！」

師父急道：「難道你不想快點變成高手？」

我蒼白著臉，看著在師父手中蠕動的雨傘節，叫道：「不要喔！我眞的會翻臉！我喜歡打好根基！腳踏實地那種！你不要再靠過來！我認眞的！」

師父說：「當年楊過吃了一堆毒蛇，內力大進！」

我吼道：「那我也吃了牠！幹嘛要讓牠咬！」

師父愣了一下，說：「怎麼說那麼久還是講不聽？快把手伸出來！」

我急忙打開門，想衝下樓去，不料師父以極快的身手將門壓上，反手點了我身上的「叮咚穴」，令我動彈不得。

師父拿著雨傘節，說：「不要緊張，師父好不容易才找到了你，難道會笨到讓你死翹翹嗎？」

我看著雨傘節猙獰地吐信，嚇得牙齒急顫，忙說：「難道沒別的速成法？」

師父呆了一下，說：「有是有，雖然比較麻煩一點，效果卻是倍增。」

我哀求道：「那很好啊！麻煩不打緊！我的個性比較急，適合速成的辦法。」

師父很乾脆地說：「難得你有心，好！爲師成全你！」

我眼淚奪眶而出，說：「謝謝師父！我一定會好好努力的！」

師父將雨傘節放進青色大袋子中，隨即跳出大破洞，留下一個被點穴的國中生在寒風中大呼幸運。

師父的腦子壞掉了，居然想這樣惡整自己的徒弟！好險我苦苦哀求……拜託！搞不好我會死啊！我看著雨傘節在青色的大袋子中游移盤動，眞是說不出的噁心。

不多久，師父從大破洞躍上了房間，喜氣洋洋地說：「你看！」

我一看，差點昏死過去。

師父手上拿的，不折不扣，是條眼鏡蛇。

「兩隻一起咬，兩種毒混在一起，眞他娘的凶暴！如此要練起功來勢必麻煩得多，不過毀元手的威力可是加倍增長啊！」師父一邊喜孜孜地說，一邊把雨傘節從大袋子中拎了出來，一手一條蛇。

我無力道：「師父，你饒了我吧。」

師父只顧輕輕甩著蛇身，讓蛇頭輕拍我的手臂，還說：「這兩條都是劇毒喔，而且毒性互異，所以雙毒齊入血脈是很可怕的，幾乎是沒命。」

我努力地運氣衝撞「叮咚穴」，想衝破師父的封穴，心中焦急無比，無奈，雨傘節首先咬住我的左手前臂，一陣刺痛後，我的眼淚也掉了下來。

我急道：「幾乎會沒命幹嘛讓牠咬我？快幫我逼毒！」

師父疑惑地看著我，說：「傻子，那是一般人啊，你可是個練家子，怕什麼？以後江湖上的暗器大多淬有劇毒，現在正好練習一下，免得中了賊人暗算。」

「麻麻的，師父救我！」我慘道。

師父安慰我道：「別慌，還有另一條。」

我發誓，要是我逃過這一劫，我一定要退出師門，然後報警把師父抓起來。

我看著左前臂開始發青，急道：「快教我怎麼逼毒！」

師父喃喃自語道：「蛇毒攻你的血脈，所以你必須用內力捲住毒質，強力逼出體外，這原是求速求快的偏門，但卻是訓練你善用內力、了解體內細微穴道的妙門，啊！啊，咬上了！」

眼鏡蛇憤怒地咬住我的右前臂，我也憤怒地看著師父，說：「我死了，凌霄派就關門大吉！」

師父搖搖頭，說：「快想辦法用內力逼毒，不要慌慌張張。」

我咬著牙道：「那你快教啊！快！」我看著眼鏡蛇死咬著我的右臂，心中大怒。

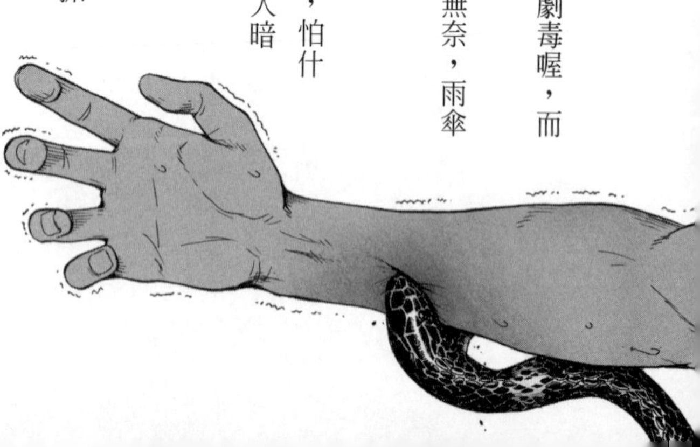

師父輕輕解開我的穴道，將兩條蛇抓進袋子裡，將袋口綁了起來。
我急忙坐在地上，問道：「快！怎麼逼毒！」
我的雙手已經麻木，腦子也開始昏沉，連脖子都感覺不自然地僵硬。
師父靜靜地說：「觀想體內氣行，想辦法找出毒血路線，慢慢催動內力，慢慢增強，以氣將毒逼出。」
這不是廢話中的廢話嗎？我知道多問無益，只好勉力運氣走脈。
我一邊觀察體內兩種毒血的交融，一邊細細問道：「師父，我不行的話，你要救我！」
師父點點頭。
我一邊欣慰地繼續觀察毒血，一邊以內力阻斷十大好穴附近的毒液，以免毒攻心房。暫時不會有生命危險。
但，隨著時間流逝，我看著手臂越來越黑，卻無法以內力繼續推送毒液，腦子也恍恍惚惚的，無法查知毒液侵入小穴道的途徑，我忙道：「師父！你準備了！」
師父點點頭。
我正感到快慰時，突然發現一件驚人的事實：師父睡著了！
師父不停地點頭、點頭、點頭，原來是在打盹！
我氣極，又無力大叫，眼看毒血就要廢了我的四肢，我開始考慮是否要放棄逼毒，用剩餘的力量爬到師父旁邊叫醒他。
師父流著口水。

一滴接著一滴。

忿恨衝擊我的腦子，竟令我清醒許多。

我只能靠自己了。

我想起師父拿蛇咬我的原始目的……凌霄毀元手。

於是，我放棄用內力阻擋毒質，索性將所有防禦的內力從十大好穴撤走，全數用來催動記憶中的凌霄毀元手。

催動。

催動。

催動——

「喝！」我咬緊牙關，眼前一黑，內力急速從夜歌、九碎、牛息、鐺環、苗栗、守翼，最後來到掌心的凌渡與指掌的霄轉穴，然後滾滾而出！

我的掌心飄著黑紅色霧氣，竟成功將毒素和著血氣蒸散。

我精神一振，雖然無法將毒素一次排出，也無法純然排出，不過我耐著性子一次次催動掌力，黑霧也愈來愈淡，我想體內的毒質已經大致排出了，而我的手臂也由黑轉灰，由灰至青。

幾個小時過去，天也漸漸亮了，我卻無法繼續將體內的餘毒散出，因為我的內力已經耗竭。

儘管我依舊非常虛弱，但我已有力氣走到師父身旁，一腳揍向師父。

「沒力啦？」師父頭一偏，躲過我這虛浮的一腳，一掌擊中我胸前的飛龍穴，我悶聲摔倒。

後來我才知道，原來師父一直醒著，裝睡不過是為了要讓我竭盡全力搶救自己，方能心無旁驚，全速鍛鍊內力。

我中掌後，原以爲師父會過來幫我逼毒，不料師父爬到我床上，蓋上棉被，說：「這次我眞的要睡了，你練功完自己上學去吧。」

我正要大罵，卻發現胸口燒著一團驚人卻友善的內力，原來是師父順著那一掌過嫁給我，用來幫我驅毒的生力軍；我趕忙運功，一掌一掌拍向牆壁，直到牆上都是黑手印，檢視過體內大小筋脈，確認無毒後，我才放心地喘了口氣。

眞是痛快！

在科技發達的西元一九八六年冬天，還能用內力逼毒療傷的，恐怕只有本人了！這種原始的優越感讓我哈哈大笑。

不過儘管痛快，我的身體還是頗爲虛弱，畢竟兩種劇毒跟我的內力交戰了一夜，已經大大耗損我的精力。

「過來。」師父瞇著眼睛，睏倦地說。

我嘻皮笑臉地走向師父，讓師父在我的背心印上火燙的一掌。

「轉個二十周天就差不多了，去吧。」師父沉沉睡去。

我一邊運氣療神，一邊整理書包。

我會笑了。

經歷了這麼令人不悅、驚惶的爛事後，我竟然還能笑。

我的個性也許正在轉變。

「你的手怎麼了？怎麼有那麼可怕的傷口？」

我看著乙晶遞過來的紙條，撕碎。

反正乙晶也不會相信。

我依稀聽到不存在的哭聲。

06 崩！

不知道從什麼時候開始，我放學只是遙遙跟在阿義、阿綸、小咪、乙晶等人後面，你問我爲什麼不自己走，非要這樣要黏不黏地跟著，其實我也說不上來，也許我一直等待著什麼吧。

今天撕碎乙晶遞過來的紙條，也許我眞的太過火了。

在下八卦山的山間小徑中，我遙遙看著乙晶，聽著他們的對話。嗯，因爲內功有點根基的關係吧，所以我依稀能聽見遠處的聲響。

這時，我的心突然揪了一下。

急促的心跳提醒著我。

是殺氣。

「師父在附近？」我狐疑地看了看四周。

不，不是師父。師父的殺氣遠不止如此。

那，是誰的殺氣？這個社會難道眞有其他的武林高手？

遠遠的，我看見一堆穿著皮衣、花格襯衫的中年人，手裡拿著捲起來的報紙筒，我算了算差不多有七、八個人，正朝著乙晶等人走過去。

殺氣騰騰，來者不善！希望他們跟阿義沒什麼關係。

我疾步走下石階時，卻看見那八個大漢已經將阿義等人圍住。

乖乖隆地咚，果然是阿義惹的禍！

「你就是帶頭的阿義？」爲首的男子臉上掛著斜斜的刀疤，瞪著阿義。

阿義沒好氣地說：「幹三小？」

這時我距離他們只有五步的距離，不過我從氣息的微弱流動中，已感受到阿義內心的惶恐，更別提乙晶等人心中極度的恐懼了。

「你們找阿義喔？他還在學校打籃球啦！」阿綸笑嘻嘻地說，搭著阿義的肩膀，又說：「聖耀，等一下去你家打電動。」

阿義機械地點點頭，一夥人，除了反應神速的阿綸外，全都緊張得臉色蒼白。

我也緊張得掌心全是汗。

「站住！」爲首的流氓男子拉住阿義，瞪著他說：「騙痟仔！你不是阿義？幹你他媽腿軟啦！敢動我陽明國中的小弟！卻他媽不敢認啊！」

阿義臉一陣青一陣白，說：「那你想怎樣？」

阿綸此時也擦著鼻頭上的冷汗，說：「各位大哥，有話好好說，讓女生先走好不好？」

一個彪形大漢露出報紙捲中的鐵棒，惡聲道：「誰都不准走，來！給我拖進林子！」

兩個流氓抓著發抖的乙晶、小咪，硬拖進山徑旁的濃密林子，阿綸跟阿義只好跟在後面，我嚇得趕緊盤算山上警察局的距離。

不行，太遠了。

「喂！你在看三小？你也給我進來！」一個脖子上刺青的漢子拿著棍子指著我，我一咬牙，眞的進了林子。

「你幹嘛進來？」阿綸細聲罵道，似乎哀嘆著失去報警的機會。

「乙晶。」我看著流氓的鐵棍。

□

林子。

很適合痛毆。

全身冒著冷汗。我的身體正在告訴我，我們正處於眞實的危險中。

「他們都是好學生，眞的不關他們的事，放……」阿義白著臉說。

「幹！」彪形大漢一腳猛力踹向阿義的肚子，阿義半跪了下來，臉色痛苦。

阿綸猶疑的表情，看著阿義，又看了看我，似乎想傳達些什麼。

我看了看乙晶跟小咪，她倆已經嚇得低著頭，眼睛都是淚水。

阿綸微微點點頭。

我懂了，沒問題。

我從皮包拿出兩張一千元，恭恭敬敬地交給爲首的刀疤流氓，說：「這是給大家花的，請大哥今天放過那些女生，不關她們的事，我們等一下再好好談。」

刀疤流氓冷冷地將錢收下，說：「當我白癡啊，放了她們叫警察啊？那麼漂亮，放了多可惜。」

阿綸跟我突然向抓著小咪跟乙晶的漢子猛撞，大叫：「妳們快跑！」

兩個流氓被我們撲倒在地，小咪跟乙晶拔腿就跑，卻被彪形大漢從後面一把抓住，我跟阿綸則被壓在地上。

阿綸大怒：「你們敢動女生，我殺光你們！」

阿義也大叫：「放他們走！我讓你們扁到爽！」

我看著掙扎的乙晶，她那恐懼的眼神……

刀疤流氓一棒敲向阿義的腦袋，鮮血登時掛滿阿義的臉。

刺青流氓踩著阿綸的頭，笑道：「幹你娘！殺？你不要先被掛了！」

我被亂腳踹著，掙扎著爬起，鮮血模糊了我的眼睛，依稀，我看見流氓毛手毛腳地摸著乙晶跟小咪。

「師父。」我勉強站了起來，調勻呼吸。

我瞥眼看見阿義被架在樹下痛扁，阿綸則抓狂地衝向小咪，卻被流氓用鐵棒伺候，兩、三下就被打趴在地。

「夜歌、九碎……」我緩緩平舉右手，流氓一棒捅向我的肚子。

我吃痛，雙腿微彎，口中仍念道：「牛息、鐺環、苗栗……守翼……」

我的腦袋迸出鮮血，但眼睛始終盯著哭泣的乙晶。

「幹！念三小！咒我們嗎?!」大漢一拳轟向我的鼻子。

「凌渡……霄轉……」我模模糊糊念道，鼻血直流。

「還咒！」大漢大罵，拿著鐵棒轟來。

「崩。」我的額頭裂開，鮮血飛濺，然而我已一掌按在大漢的胸上，神智不清地看著大漢扭曲的臉。

大漢慢慢軟倒，跪在地上。

四周頓時靜了下來。

「這世上，有一種東西，叫做正義……」我蹣跚地走向乙晶，繼續念道：「夜歌、九碎……牛息……霄轉……」

「幹！」兩個流氓舉起鐵棒，朝著我的肩膀轟下，我的肩膀吃痛，雙掌緩緩推向兩人的肚子。

「崩。」我念道，看著兩個流氓瞳孔瞪大、口吐鮮血，雙腳跪倒。

抓著乙晶跟小咪的彪形大漢吃了一驚，大叫：「鬼附身！」

為首的刀疤流氓愣了一下，說：「裝神弄鬼！」拿著鐵棒走了過來。

我搖頭晃腦地走向乙晶，含糊地說：「妳為什麼不相信我？」

乙晶只是哭著。

「幹嘛哭？」我呆呆地問。

「啊！」我呼吸困難。

我被刀疤流氓從後面緊勒住脖子。

「不要再打他了！」乙晶哭道。

崩。

我被勒得幾乎昏過去，但我努力地將手掌貼向刀疤流氓的下巴，接著，刀疤流氓雙眼睜大，我脖子上的手臂也鬆軟開來。

刀疤流氓臉朝著天，像脫線的木偶般緩緩摔倒。

「我會功夫。」我咳嗽道：「我要救妳。」

彪形大漢看著雙眼翻白的刀疤首領，嚇得放開乙晶跟小咪，轉身拔腿就跑。

「崩！」我的手掌貼在彪形大漢的背窩，大漢「砰」一聲撲倒，這時原本正在海扁阿義跟阿綸的三個流氓，紛紛倉皇衝出林子，口中還不斷大聲念著「南無阿彌陀佛」。

我的腦子昏昏沉沉的，但彪形大漢毛手毛腳的樣子卻深刻烙印在我的腦海裡，我蹲在他身旁，又給他「崩」了三次，「崩」到大漢醒了又昏，昏了又醒。

我本想連續崩個一百次的，但我沒力了。

我抬起頭，看著阿義跟阿綸扶著女孩子們，然後，我睡著了。

「媽？」

我醒來時，躺在客廳的沙發上。

「你同學送你回來的，你最近上課吵鬧，又跟別人打架！你爸爸回來後，叫他揍死你！」媽將毛巾摔在我的臉上。

我閉上眼睛，調息周身百脈。

我救了乙晶。

我好高興。

□

我的眼眶濕了。

當我，看到書包裡的紙條。

「謝謝你。對不起。」

簡單六個字，讓我全身的內力暴漲，霎時狂轉十八周天。

「師父！我要變成超級高手！」我對著破洞揮擊著，大叫。

「照啊！這樣想就對啦！」師父滿意地站在一旁。

我身上塗滿紅藥水、紫藥水、廣東苜藥粉、綠油精，渾身是勁地舒展身體，全然感覺不到傷痛。

「你今天動武了吧！」師父盤腿坐在我床上，繼續道：「江湖風風雨雨，跟人動手卻是能免則免，你既然跟人動了手，師父相信，你一定是領悟了正義的急迫性，才不得不出手的，是吧？」

「對！我今天打敗一堆壞蛋！救了心愛的女人！」我興奮地運轉內力。

「救了心愛的女人……」師父喃喃自語著，眼神變得空洞。

我看著師父，隱隱不安地說：「這樣不會不好吧？」

師父搖搖頭，嘆氣道：「不。這樣很好，師父很高興。」

自從身上負載了內力後，除了殺氣，我更能隱隱感覺到人們身上發出的喜怒哀樂，而現在，師父正陷入回憶的悲鳴裡。

我突然發覺，我對師父其實毫無了解，只知道他是一個身懷驚異絕技的老人，踏遍四方終於找到了我，每夜跳上房間的破洞，開心地指點他命運中的徒弟。

我一屁股坐在師父身側，忍不住問道：「師父，你住哪裡？」

師父落寞地說：「我在員林有個窩，但我幾乎不回去，睏了就隨便找棵樹，跳上去呼呼大睡。」

師父眞是個可憐的落魄老人。

「師父，不嫌棄的話，你可以睡我這裡。」我說。

師父笑著說：「不打緊，睡樹也是一門功夫，你遲早也要睡樹的。」

我感到一股冷意，勉強笑道：「那以後再說好了。」

我又問道：「師父，我還不知道你叫什麼名字？你爲什麼會學功夫啊？師父的師父是什麼樣的人？」

我一連問了三個問題，只見師父閉上眼睛，揮揮手，示意我別再問下去了。

「總有一天，你會知道的。」師父眼角泛著淚光，身子驟然枯槁許多。

我靜靜地坐在師父旁邊，心中跟著難受起來。

「繼續練功吧，今晚也要好好努力。」師父終於開口，從大袋子裡抓出兩條蛇。

我點點頭，勇敢地將手伸了出去。

雖然我的手極力忍住發顫的衝動，但還是禁不住問道：「今天這兩條叫什麼名字？」

師父微笑道：「龜殼花，百步蛇。很難抓到的。」

□

我跟乙晶又跟從前一樣，有說有笑的。

不同的是，下課時乙晶總是纏著我，要我說說練功時的種種趣事，當然，師父諸多荒謬的「武林掌故」總是逗得乙晶哈哈大笑；當乙晶聽到我跟蛇毒徹夜搏鬥時，她更是吃驚地摸著我手臂上的咬孔，直問我是不是真的沒有生命危險。

放學時，乙晶悄悄拉住我的手，緊緊地握著。

我的心，跳得比感應師父發出的殺氣時還要劇烈。

乙晶不敢看著我，只是臉紅說道：「讓我感覺一下……你的功夫……好不好？」

我渾身發熱地點頭，將內力緩緩送進乙晶的掌心。

那一股溫醇的內力，就在我們緊緊相握的小手中，來回暖暖地傳遞著。

那天的夕陽很美。

我一輩子都忘不了。

□

我要提一提阿義。

阿義是天生的好武胚子，那天看我把那些流氓「崩」到不行，他隔天就裹著紗布，求我帶他去拜師。

「我跟師父提過，可他說不想收你。」我爲難道。

「爲什麼?!是因爲我打過他嗎？大不了我讓他揍回來就是了！男子漢敢做敢當！」阿義緊握著我的肩，好痛。

「那倒是其次，師父說你沒天分。」我看著疑惑的阿義，說：「唉，我再幫你問問看吧！」

阿義一拳打得桌子砰然作響，叫道：「我怎麼會沒天分！你都可以了我爲什麼不行？我今晚親自去找師父，露一、兩手給他看看我的厲害！他一定會收我的！」

不過阿義實在是沒天分，因爲從我跟他講話開始，我就一直散發著殺氣，而阿義卻一點知覺也沒有。

但，我還是帶阿義去見師父了，畢竟阿義是我的好友，兩個人一起學武，也比自己一個人學功夫要有趣得多。

如果時間可以倒流，我不會帶阿義去見師父。

那是悲劇的序幕。

□

阿義站在我身旁，將胸膛挺得老高，顯示自己的體魄。

師父看著阿義一陣子，搖搖頭說道：「這小子不行。」

阿義吃驚地說：「我不行？那劭淵怎麼可以拜你爲師？」

師父皺著眉頭，盤著腿說：「你資質比我當年還差，光有一副大架子有什麼用？」

阿義居然雙腳跪了下來，誠懇地說：「師父！我誠心誠意想跟你學功夫，就算眞的資質很爛，我也會加倍努力！書統統不念、時間全部都拿來練武功也沒關係！我要變強！」

我瞧著阿義，沒想到阿義如此尙武，於是幫忙道：「阿義人不壞，只是喜歡替人出頭，資質……嗯，師父應該還有其他武功可以教吧？」

師父瞪了我一眼，又看看跪在地上的阿義，說：「我問你，你變強以後要做什麼？」

阿義奮力大喊：「我要以無比的勇氣、超人的智慧，打擊犯罪、拯救善良無辜的受害者！」

阿義大喊著當年很紅的霹靂遊俠影集的片頭介紹，宛若自己便是開著霹靂車的李麥克。

師父愣愣地聽著，好一會兒才說道：「你有超人的智慧？」

阿義紅著臉大叫：「有！」

師父看了看我，問道：「他有？」

我只好點點頭，說：「阿義還滿聰明的。」

沒錯，阿義只要肯好好用功，想擺脫段考全校最後一名絕非難事。

師父閉上眼睛，終於點點頭，說道：「你好好記著，功夫高不高是在其次，但絕對不可以胡作非爲，爲國爲民，俠之大者，磕頭！」

阿義欣喜若狂，發瘋似地猛磕頭，大叫：「師父！師父！師父！師父！」

師父將頭昏腦脹的阿義扶了起來，滿臉疑惑地說：「這小子眞有超人智慧？」

我含糊地應道：「重劍無鋒，大巧不工。」

師父搖搖頭，拉著阿義盤腿坐下，說道：「若要用兵器比擬資質，你跟師祖都是神劍，爲師則是把大砍刀，而阿義則是把大鐵鎚。」

阿義認眞地說：「師父，你看錯了。」

我順著師父的話，忙搭著問道：「師祖是什麼樣的人？」

師父遲疑了一會兒，說：「有些事，時候到了，你們……」

我搶著說：「師父，我想多知道你一些，也想多知道凌霄派的種種。」

阿義用手捧著頭，說：「對啊，淵仔入門那麼久，什麼都不知道。」

師父輕敲阿義的腦袋，說：「叫師兄！淵仔是你的大師兄！凌霄派長幼有序，師門儀規是基本中的基本。」

阿義滿臉不願意，但仍苦著臉喊了聲：「師兄。」

我的感覺也滿奇怪的，但也勉強應了聲：「師弟。」

師父看著我倆，認眞地說：「同門師兄弟，要和樂相處，要能相互扶持，在危難中犧牲自己的生命保全對方也在所不惜，共同行俠仗義，才是黎民百姓之福。若師門有人，以所學功夫危害世人，爲師必定親手廢了他一身武功，甚至取了他的生命，你們要切記！」

我跟阿義同聲說道：「是！師父！」

師父站了起來，走到寒風凜冽的破洞旁，低著頭，似乎在躊躇著什麼。

阿義全身直打哆嗦，拿著我的棉被裹著自己。

過了十幾分鐘，師父終於緩緩開口。

「凌霄派起於元末，開山祖師爺姓高，名承恕，江湖上都管祖師爺叫『鬈髮的老高』，當時祖師爺開山立派，一口氣在大江上挑了八個賊寨子，轟動黑白兩道！接著又在嵩山腳下跟少林比武過招，三天三夜下來，終於砸了少林武學泰斗的招牌，凌霄派名動天下！」師父的聲音隨著凌霄派的過往，慢慢充滿朝氣與興奮之情。

「哇！少林的易筋經跟七十二絕技都比不上凌霄毀元手?!」我驚叫，想引起師父繼續說下去的意願。

師父正色道：「易筋經是很厲害的，倒是少林寺召妓召得厲害，少林高手整天沉迷美色，所以實力大不如前。」

阿義迷惑道：「少林寺不都是和尚?和尚召妓?」

師父嘆道：「少林七十二絕妓，個個貌美如花，許多老僧都把持不住，破了至陽至剛的童子功底，武功一擱了下來，數百年享譽天下的聲譽便一蹶不振。」

阿義張大了嘴。

我幾乎快笑了出來，不過我還是很喜歡聽師父胡吹亂蓋。

師父兩手擺在背後，來回踱步道：「過不久，祖師爺花大把銀子幫少林寺遣走七十二絕妓後，少林才又慢慢恢復生息，祖師爺這時也在迎采峰立了根基，收了十三個徒弟，個個身手不凡，江湖人稱凌霄十三太保，跟武當七俠互別苗頭。」

師父看著破洞外，出神道：「十三太保中，排名第一的大弟子，是一個姓陳，名介玄的正直漢子，擅使劍法，內功精絕，在華山打敗楚留香後，江湖上人人管他叫『那個打敗楚留香的傢伙』，他，也就是我的恩師。算起來，我是淩霄派第三代大弟子。」

師父說著說著，不由得淚流滿面，雙膝跪下，禱祭著遙遠的記憶。

07 藍金

但有一點令我深深迷惑。

「不太對啊，師父怎麼會是第三代弟子？」我不須仔細推算，就發覺時間上的荒謬。

阿義也醒覺，說：「嗯，我歷史很爛，不過元末明初好像滿遠的。」

我忽然想到一個可能性，說道：「是不是師父在難得的機緣下，得到陳師祖的手抄祕笈，所以練成一身好功夫？」

師父痛苦地搖搖頭，說：「我的的確確是凌霄派陳師父嫡傳大弟子，一身的功夫都是師父辛辛苦苦、一掌一掌磨著我練出來的！唉，往事諸多苦痛，世事玄奇，卻又教人不得不承受。」

我還是不明白，只好問道：「陳師祖活得很久嗎？」

師父扶著破牆，難過泣泫道：「陳師父命中遭劫，只活了五十四歲。」

我跟阿義大感迷惘，卻不知怎麼問起。

要是師父是師父的師父親手教出來的，那麼師父不就是明朝的人？看樣子，師父又在胡言亂語了。

師父擦了擦眼淚，說：「淵仔，你認爲師父是不是個瘋子？」

我搖搖頭，昧著良心說：「師父人很好，不是瘋子。」

師父破涕而笑，說：「其實師父這幾十年來，不管到哪裡都被人稱作瘋子，畢竟師父接下來要講的往事，實在令一般人無法接受。」

我想起發生在自己身上的一切，那種沒人願意相信我的困境，是多麼難受與冷漠，於是我誠懇地說：「師父，不管你說什麼，我都會相信你！」

師父眼中發出異光，說道：「眞的？」

我點點頭，說：「就算天下人都不信師父，我跟阿義都會支持師父的。」

阿義只好跟著說道：「沒錯。」表情相當無奈。

於是，師父深深吸了一口氣，娓娓道出一段驚悚的武林血史……

□

我是一個尋常莊稼漢的兒子，住在黃家村，在家中排行老大，爹娘喊我阿駿，這個名字很體面的，不同於隨便取取的阿貓、阿狗，我的名兒是爹捧著我的命盤央求教書先生取的，可見爹娘對我的深切期許。

那時我整天跟著村人在田裡幹活，老天賞臉時就吃多點，縣吏、地主若是心情不好，大家就吃得少些；農忙之餘，我常帶著幾個兄弟跟鄰家孩子到林子裡玩，我年紀長些，順理成章就做了孩子王。

有天下午，我帶著大夥跟隔壁李家村打了場群架，從林子回村時，不經意發覺草叢裡竟躺了個莽莽大漢，大夥怕是死人，嚇得一轟而散，只有我大著膽子爬了過去探探，只見那大漢肩上、胸上、下腹都是血，眼睛卻睜得老大，多半是死了。

我一接近，想從他身上搜點值錢的東西時，那大漢卻眨眨眼，竟笑著跟我說：「小兄弟，你膽子挺大的？」

我嚇得腿軟，不知道他究竟是人是鬼。

那大漢嘻嘻一笑，又說：「我是人，而且還是個好人，你不必怕。」

我沒看過鬼，不過大白天的，這漢子又會笑，我心中的懼意便消了一半，於是緊張地說：「你怎麼了？」

那漢子笑罵道：「小兄弟難道看不出來我受傷了？不必理我，趕快躲得遠遠的，免得我仇家尋了過來，要了你的小命！」

我聽了，心中老大不舒服，說道：「你當我膽小鬼嗎？」

那漢子臉上都是斗大的汗珠，卻笑著說：「雖然我的傷很重，那些仇家卻也未必討得了什麼好處，大不了大家一起死盡，你這小傢伙若是不怕死，好！你拿著！」

那漢子拿出三錠極沉的金子，說：「收下，其中一錠給你當盤纏，其餘兩錠給你當謝酬。請你幫我跑趟迎采峰，告訴凌霄派掌門人，就說他的不肖弟子介玄不負他的期望，是條響叮噹的好男兒，只可惜不能再多殺幾個惡霸了，弟子先走一步，來世英雄再見！」

我接過金子，聽著聽著，竟大受這漢子的凜然正氣感動，流下淚來。

那漢子哈哈大笑，從懷中拿出幾枚碎銀說：「小兄弟別擔心，我未必死得成，你瞧，我還留著這些碎銀，打算一路花回迎采峰哩！」

那漢子一邊笑，一邊卻從嘴角流出黑血。

我一咬牙，說：「迎采峰太遠了，我又沒出過村子。」

那漢子一愣，笑嘆道：「那眞是太可惜了，不過你還是留著金子吧，就當作一筆意外之財，小孩兒快快離去。」

我一邊搖搖頭，一邊攙扶起大漢。大漢一驚，正要開口，我堅決說道：「你是不是看不起我？」

那漢子無奈地笑著，任由我攙扶著他，兩人蹣跚地走向可以沖淡血腥味的溪邊，我拔了幾個瘦地瓜，丟給那漢子吃。

那漢子啃著地瓜、虛弱地握著我的手，哈哈大笑道：「在死之前能遇到這樣的男兒漢，眞是痛快！」

我聽了也很開心，跟他有一搭沒一搭地聊著時，我終於知道那漢子受傷的經過。

原來那漢子是個行俠仗義的武林高手，在他捨身擊殺中原劍魔楚留香後，兩廣一帶的邪魔歪道趁著漢子元氣未復，聯合追殺他，那漢子被歐陽鋒偷襲了一掌，又讓張無忌的金剛杵在背上來上一記，所以一路躲躲閃閃，終於不支倒地。

「你也別太擔心，歐陽老賊跟張無忌都各受了我一掌，他們也要一路療傷，腳程不若我這逃命的快，而其餘妖魔小丑都不算什麼，來一對殺一雙。」那漢子咳著血說道。

入夜後，我趁著夜色掩護，攙扶著他偷偷進了村子。

「所以那漢子，也就是介玄師祖，就這樣收了師父當徒弟啊？」我問道。

□

師父不理會我，繼續以他的節奏訴說一段遠在明代的記憶。

□

我爹看見我把一個半死人拖進屋子裡時，竟沒有打我罵我，還搶著幫我將那漢子扶上床休息，這才向我問明了那漢子的來路。我同爹說了以後，爹誇我行事乾脆磊落、像個男子漢，很是高興。

那漢子在床上發了三天高燒後，終於可以下床動動身子，他每天都喝爹煎的草藥，身子也漸漸恢復，到了第七天，想必是他內功深湛，那漢子身子居然大好，留下那三錠金子作爲謝酬後，便想離開村子，以免仇家

尋上門來，拖累了黃家村。

但爹拉著我，跪在那漢子跟前，請求那漢子收我當徒弟，當個頂天立地的男兒漢，莫要學他當個爲人種田的莊稼漢。

那漢子欣然應允了，直說我雖不是習武的上佳美材，但卻有著一副習武之人最當具備的俠義心腸，能當我的師父，是他的好福氣才是。

還記得那天，我錯愕地跟在師父後面，一步步走出黃家村，爹拉著哭得眼腫的娘，幾十個玩伴在村子口痛哭失聲，最小的妹妹還拉著我的手不讓走，一把眼淚一把鼻涕的；我眞想告訴師父，我不想學武功了，我要留在黃家村種一輩子的田，但我一看到爹眼睛裡的期待，我的眼淚就捨不得掉下來。

這時隔壁李家村的孩子王聽聞我要離村學功夫，便帶了幾十個小孩在村外林子等著

我，一見到我跟師父，那名叫李大權的孩子王便豪氣地跟我立下十年之約，要我學成武功再回來找他比武。

我們擊掌立約後，我看見李家村那名我喜歡的女孩子，正偷偷地躲在大樹後拭淚，她呀，是李家村最漂亮的小姑娘，大家管她叫花貓兒，她是李大權的二妹子，我愛煞她那花貓般的躲躲藏藏，還有她那淺淺的小酒渦。

唉，一見到她掉淚，我也掉淚了。

李大權見了，便粗口跟我說，要是我十年後擊敗了他，他便將花貓兒嫁給我。當時李大權的允諾，我聽來只有更加苦悶。唉，十年後我回鄉，花貓兒哪還會記得我，這漂亮姑娘早就嫁了別人啦！

這時，師父突然低頭問我，是不是喜歡花貓兒，我點頭說是，師父竟然哈哈大笑，拍著我的腦瓜子說道：「這樣吧，咱留在村子裡練功，免得十年後花貓兒嫁了別人，你整天擺一張苦臉給我看！」

我嚇到了，只聽師父笑著說道：「我的命是你給的，這功夫在哪兒練都是一個樣，在黃家村跟迎采峰都是同一個練法，既然你愛煞花貓兒，咱就在村子裡練，照樣要你威震天下！」

當時，我感激地跪了下來，重重磕了三個響頭，發誓我一定要勤奮練功，鋤奸滅惡。

於是，我跟師父又回到黃家村，娘開心地殺雞宰豬，爹也笑得閤不攏嘴，只有我不安地問師父：「萬一那些壞蛋找上門來，我們該怎麼辦？」

師父走向一塊大石，大笑一聲，將石頭劈成四塊，說道：「我的身體已經恢復了八成，他們有膽子上門來，就沒命出去！」師父還叫村人把崩壞的石塊搬到村口，用雞血寫上「陳介玄草掌」五大字，用以揚威警示。

果然，過了三個月，那些追殺師父的壞蛋一直都沒有膽子找上黃家村，師父也辛勤地指點我武功的奧祕，直到有一天晚上練功完畢，我們師徒倆坐在樹上唱歌時，師父才偷偷告訴我，他夜夜趁著村人熟睡時，獨自在林子內找出前來尋仇的賊子，他一掌一個，將那群狗賊給斃了，但夜色中竟讓歐陽鋒跟張無忌負傷逃逸。於是師父修書一封，託李村長遠走迎采峰，邀他兩個師弟前來相聚。

過了一年，我的武功挺有進境了，兩位師叔也到了，分別是王振寰王二師叔、張維安張三師叔，兩個都是武功極爲高強的俠客，他們來到村口時，手裡還提著歐陽鋒跟張無忌的人頭！

就這樣，師父跟師叔就在黃家村住了下來，白天他們指點我練功，偶爾幫忙村人打理農事，那眞是我一生中最快樂的日子！

練功雖然辛苦，但每天花貓兒都會提著茶水，在我身旁看我習武，我跟師父累了，她就送上茶水，兩村的人家都喜歡提我們兩口子是不是該成親了，我看著花貓兒咬著嘴唇絕不回答的樣子，我胸口簡直開心得快炸了開來！

□

寒風從破洞灌進房裡，冰凍住師父的話語。

久久，師父未發一語。

我想起今天跟乙晶偷偷在石階上牽著手，一起走下八卦山的甜蜜。

師父當時也一定很開心吧。

「師父，後來呢？」我問。

「後來……」師父一掌劈出，在空中破出一道沉悶的怪響。

「後來你怎麼會從明朝活到……西元一九八六年？」我問，生怕師父抓狂。

師父突然憤怒地大吼，長嘯不絕，我跟阿義被巨響嚇得縮了起來，只見師父一邊大吼，一邊凌空揮拳擊掌，強勁的內力在師父狂舞的帶動下，破空之聲猶如平地驟雷，氣勁在房裡來回呼嘯。

師父從未如此癲狂，我注意到，師父憤怒的眼神已經逐漸變成紅腫的悔慟，淚水穿越時空，從古老的明代，滴落到一九八六年的寂寞裡。

師父瘋了嗎？

我不認爲。

師父是太傷心。

終於，師父停了下來，一動不動。

「要不要逃？」阿義縮在棉被裡，緊張地用唇語詢問我。

師父強作平靜地說：「我還沒教你劍法吧，淵仔？」

我點點頭，於是師父隨手拆掉我的木椅，拿著一根椅子腳說道：「劍法若在招式巧妙，乃是二流劍法，劍法若無法，則在於劍勁無匹，天下無敵！」

說著，師父拿著椅子腳，「一劍」遠遠劈向床邊的水泥牆！殺氣驚人！

我跟阿義看著牆上多出一道斜斜的裂痕，而師父正拿著椅子腳，遠遠站在房間的另一頭。

我知道。

我知道床邊這面牆已經死了。

只需要用指尖用力一觸，這面牆隨時會被攔腰斬斷。

一個房間若是失去兩個牆壁，應該不能稱作房間。

應該稱作「穴」。

阿義傻傻地看著牆上的劍痕，說：「是劍氣弄的嗎？」

我張大著嘴，看著一臉歉然的師父。

「對不起，我心裡不舒坦。」師父歉疚地說，放下椅子腳。

我呆呆地說：「沒關係，舊的不去，新的不來。」

師父嘆道：「想聽我繼續說下去？」

阿義不敢作聲，我則堅定地說：「想！」我趕緊跑到樓下，從冰箱拿出芬達橘子汽水跟黑松沙士，再回到已經成爲「穴」的房裡。

我倒了一杯汽水給師父，阿義則臉色蒼白地拿起黑松沙士就灌。

「當年……」師父沉重地道出悲哀的往事，說道：「來到黃家村的，不只是兩位師叔，還有兩位師叔的徒弟，張三師叔的弟子——單人書，以及王二師叔的弟子……」

師父的眼神中閃過我從未見過的怨恨，霎時，我全身墜入深深的仇恨情緒裡。

那是一種比殺氣更加深沉的力量。

師父痛苦地唸出王二師叔弟子的名字，馬克杯中的汽水頓時滾燙沸騰。

「藍金。」

藍金，一個師父憎恨了三百年的名字。

一個在多年以後，我亟欲追殺的名字。

「藍金？他是壞人嗎？」我問，看著師父發顫的手。

「他不是人。」師父冷冷地說。

□

到了我十七歲那年，我已習武五年了，虧得師父天天磨著我練功，當時我身上的武功已經有個樣子了，師父見到我這般苦學很是高興，常常一手拉著我，一手拉著花貓兒，坐在大樹下講故事給我們聽，告訴我許多行走江湖的趣事，許多武林掌故就是這樣聽來的。

王師叔跟張師叔也在村子裡定居下來，張師叔甚至娶了村子裡的大姑娘，還生了個胖娃娃。張

師叔的弟子單人書，從小跟著張師叔學功夫，我十七歲的時候，他二十一歲，卻已盡得張師叔的眞傳，而王師叔的徒弟——藍金，此時才十五歲，也是自小跟著王師叔的，平時幾乎不言不語，令人驚奇的是，他的武功進展十分嚇人，才十五歲便凌駕我跟人書，天才橫溢，有時王師叔也摸不著藍金到底有多少斤兩，藍金的潛力就像沒有回音的無底洞，完全令人無法捉摸。

有天，王師叔從鄰省回來，帶來我們三個小夥子第一項任務：警告、解散廣南虎渡口一帶的馬賊武團！

我聽了很是緊張，畢竟我沒有實際與人武鬥的經驗，但師父直說我功夫有成，是該拿起習武之人氣魄、出去闖闖的時候了。

於是，隔天一早我就跟人書、藍金收拾簡單的行囊，告別爹娘，往廣南一帶出發。

當時，花貓兒，我那心愛的姑娘，就站在村子外的林口裡送我，唱著李家村定情用的情人歌。唉，花貓兒是很羞的姑娘，她紅著臉，唱著歌兒，無非就是告訴我，等我回來，她就是我的人啦！我看著花貓兒的身影漸漸模糊，但她的歌聲卻一直在我耳邊陪著，當時我騎在馬背上，手裡握緊師父送我的寶劍，一心一意跟兩個師兄弟剷除惡霸，早日回鄉跟花貓兒團聚。

到了廣南虎渡口，我們師兄弟三人在破廟裡商議著如何照師父、師叔所說的，避免干戈就解散爲惡欺善的馬賊武團，我跟人書都感到十分棘手，因爲對方擁有上百練家子，馬賊的首領「任我行」更是精練降龍十八掌的高手，跟這種人講道理自然是自討沒趣，若要正面動武，更是以卵擊石，況且地方官已經被馬賊收買，一旦一擊未成，在廣南簡直無處可躲。

師父示下的第一道江湖考題便是如此凶險，顯然對我們三人期待甚高，是以情勢困厄，我與人書師兄卻越談情緒越高昂。

但藍金整夜只是冷冷地聽我倆講話，直到我跟人書在廟裡睡著時，藍金都沒說些什麼。等到隔天雞鳴，我跟人書醒來時，竟發覺藍金已經不見了。

我跟人書等了一炷香的時間，都不見藍金回來，人書認爲藍金或許先到馬賊寨子外打探，於是我跟人書留下聯絡暗記後，便抄起傢伙，急急忙忙趕到賊寨附近，以免藍金遭到危險。

不料，我跟人書在賊寨子外看見許多馬賊的屍首，全都是一劍斃命，劍傷手法依稀是凌霄破雲劍的招式所致，原來藍金居然趁著我跟人書睡覺時，獨自挑了整個寨子！

此時，我跟人書聽見不遠處有許多討饒的呻吟聲，於是提氣朝聲音的方向奔去，不久便在池塘邊看見滿身是血的藍金。

現在想起來，那個畫面還是相當駭人，人書甚至當場吐了出來，我的雙腳也開始發抖。原來，偌大的池塘裡塞滿了破碎的屍首，屍堆被割得七零八落的，血腥味瀰漫在空氣中，要不是屍首穿著衣服，根本無法分辨出是死人還是牲畜。

藍金見到我倆，他那原本就十分蒼白的臉色，更顯得陰沉，他手裡拿著兩把短劍，將其中一把丟給我，指著他身旁被點了穴道、不能動彈的馬賊首領任我行，示意我一起動手。

我沒有拾起藍金的短劍，因爲任我行的模樣實在太慘。

任我行的眼珠子被挖掉一隻，雙手十指皆被斬斷……斷成三十截，身上的筋脈大都被挑斷，全身都是劍痕，而任我行一雙腳掌更是爛成碎肉，嘴裡的舌頭則被塞到挖空的眼窩裡，模樣不只是慘，簡直是個半死人。

「我點了他全身穴道，封住他的血脈，你們就是再割他兩炷香的時間，他也不會死的。」藍金一邊淡淡地說，一邊用短劍將任我行殘破的手掌削下，又說：「降龍十八掌，不過如此。」

人書在一旁吐到眼淚都流了出來，我則忍不住大聲責備藍金：「這不是英雄所爲，這樣折磨人，算什麼好漢！」

藍金也不辯駁，只是專心地將任我行的耳垂割下，我見了勃然大怒，撿起地上的短劍，一招刺進任我行的心窩，幫他脫離殘酷的折磨。

當天回到古廟，我跟人書對藍金殘忍的手段大表不滿，況且，師父送行時便曾再三告誡，若能少傷人命，出手就輕些，此行在於瓦解馬賊組織，而非殲滅這群盜賊。畢竟在這種官匪一家的黑暗時代，很多年輕人都是被迫加入馬賊團，如有不從便是被欺凌的一方，至多將賊首摘去也就罷了。

藍金無語，眼神空洞，就跟平常時沒有兩樣，一點都聽不進我跟人書的責罵與規勸，於是三人氣氛很差地循原路回到黃家村。

回到黃家村，人書向師父、師叔稟明一切後，藍金當然被王師叔狠狠責罵了一番，但藍金似乎沒有感情般，只是默默承受王師叔的拳打腳踢，沒有反抗，也沒有絲毫辯駁。

不管怎樣，我們總算是平安回村了，爹娘帶著我去李家村，向花貓兒她爹求個親家。哈，我跟花貓兒的事兩村人早就認定了，所以兩家就定在下個月十五滿月時，讓我跟花貓兒成親。提親那天，眞是我這輩子最開心的時候啊，我笑得連劍都拿不穩了。

就在提親後兩天，師父接到迎采峰的飛鴿傳書，說是天山童姥、陸小鳳率領魔族攻打本凌霄派本部，要師父、師叔速速上山助拳，於是師父跟張師叔急忙帶著我跟人書趕路上峰，只留下王師叔

跟正在受罰的藍金守著村子。

出村時，花貓兒依舊站在村口的林子中，紅著眼眶唱著情人歌，祝禱我平安歸來，完成兩人的終身大事。我騎在快馬上，聽著花貓兒柔軟的歌聲，暗暗發誓，不論此行多麼凶險，我一定要平安回村！

到了迎釆峰，那戰況果然激烈，殺氣極其猛烈，要是在三年前碰到這種殺氣風暴，我根本連站都站不穩。然而此刻，我只能凝神招架來到眼前的狂徒。

師父跟我在劍氣縱橫的山坡上來回衝殺，我將五年所學發揮得淋漓盡致，心無旁騖地將敵人一一打倒，但敵人實在太多太強，武功高強的師叔竟死了六個，更別提跟我同輩的師兄弟了。

幸好師父已經將凌霄毀元手練到十成火候，在關鍵時刻以三招斃了大魔頭天山童姥，而五師叔也捨身跟陸小鳳互劈了一掌，雙雙死去，敵人失去頭頭後，便奪路逃下山了。

敵人退去後，我這才發覺自己身上到處都是傷痕，更中了嚴重的內傷，全都仗著花貓兒的歌聲在我耳朵旁陪伴著，我才能恍若無事地跟敵人廝殺。

這場大戰結算下來，凌霄派死傷慘重，師祖決定眾人暫時分散四地療傷，以免更多仇家趁著大夥元氣未復，尋上迎釆峰挑戰，於是師父、張師叔、我、人書，便決定回到黃家村療傷。眾人約定一年後迎釆峰再見。

師父身上雖也受了傷，一路上卻竭力以精純內力幫我療元，師父說：「新郎病奄奄的，像什麼樣子！你得給我紅光滿面的，免得你爹娘怨我，哈！」

張師叔跟人書也受了輕傷，但不礙事，就在我身子復元得差不多時，總算趕在十四日回到黃家村，而隔天，就是我跟花貓兒的大喜之日。

我騎在馬上，看著黃家村的村口越來越近，心中眞是喜悅無限，師父跟師叔也替我高興，不料……

□

師父說到這裡，不再言語，臉上早已佈滿淚水。

「黃家村發生了什麼事？」我隱隱約約感到害怕，雖然師父正在講述的，絕對是一段根本不存在的明朝往事。

師父點點頭，抱著我哭喊：「全死了！黃家村的人全死絕了！王師叔的人頭被放在村口的裂石上，兩隻眼珠子都被挖掉了！」

我抱著悲慟的師父，難過道：「怎麼會這樣？難道是仇家找上黃家村？」

師父哭著說：「一開始，我跟師父也以為是這樣，想不到……」

我驚道：「是藍金？」

□

不錯，正是藍金幹的！

我跟師父等人看到村口王師叔的頭顱後，憤怒地縱馬入村，村子裡到處都躺滿了死屍，爹跟娘，還有我的弟弟妹妹們，嗚……他們就坐在我家門前的板凳上，死狀好慘……

我驚得來不及流下眼淚，跟著倉皇的張師叔往他家方向奔去，只見那沒心肝、沒感情的傢伙，居然坐在村子裡的大井旁，一劍一劍割著我的好友李大權的臉。藍金的身旁還有許多村人、我幼時玩伴，全都被藍金千刺百割，恐怖的是，他們全都被點了穴道止血，並沒有死絕，全都顫抖著、抽搐著，臉上甚至已經沒有痛苦害怕的表情，只有三個流著黑血的空洞。

「藍金！是你做的!?」我拔劍大吼。

「嗯。」藍金專心致志地將李大權的鼻子割下一小片，並不太搭理我。

師父拉著我，嚴峻地看著冷漠的藍金，說：「你師父也是你殺的？」

藍金不耐煩地點點頭，將李大權的鼻子整個挖了下來，我幾乎就要衝上去殺了他！

「爲什麼？」師父斥聲道，一手拉著我，一手抓著憤怒的張師叔。

「練劍。」藍金將李大權整個人往地上一摔，眼神深沉地看著師父。

師父的手緊緊地抓住我，我可以感到師父強自壓抑著狂暴的殺氣。

藍金就像沒有靈魂的人，踩著在死亡邊緣顫抖的村人，淡淡地說：「一起上吧。」

「等等！」師父厲聲說道：「花貓兒呢？」

張師叔也大吼：「我妻兒呢？」

藍金舔著劍上的鮮血，一腳踢翻奄奄一息的村人，指著其中一個臉孔模糊的婦人，說道：「這裡。你的兒子應該在井裡。」

張師叔暴吼一聲，掙脫師父的手，跳下馬衝向藍金，手上的長劍狂風驟雨般籠罩住藍金。

霎時，我的臉上都是鮮血，熱熱的鮮血。

藍金低著頭，單手扶著地，手上的長劍指著慘澹的天空……下著紅雨的天空。

張師叔的頭顱向空中飛了出去，他的劍則停在藍金的肩膀裡，孤獨地搖晃著。

隱隱約約，我似乎發覺，在張師叔殞命的瞬間，藍金閃電出手的一剎那，他的眼睛竟閃過強烈的藍光。

張師叔的人頭終於落地，我抹了抹臉上濃稠的血，師父的眼神卻始終盯著藍金不放。

「師伯對不起！」人書一邊嘔吐，一邊縱馬疾奔出村，竟想逃走。

藍金冷然拔出刺在肩上的劍，甩向驚惶崩潰的人書。

「花貓兒呢！」師父大吼，一掌猛力劈向飛劍，將那劍硬生生在空中斬斷，任憑人書昧著良心逃去。

我焦急地看著藍金，心想：花貓兒這麼喜歡躲躲藏藏，說不定沒事……說不定……說不定花貓兒正躲在林子裡……

藍金點了肩上的穴止血，緩緩說道：「被我姦了。」

我眼前一黑，腦袋幾乎要炸開，便要下馬一決生死。

這時，卻看見藍金露出難得的微笑，說：「騙你的。」

我心中一寬，強忍著憤怒大喊：「那她人呢？」

藍金的臉隨即沉了下來，冷冷地說：

「左邊吊在村圍的大樹下，右邊掛在李家村村口。」

「啊——」

我悲慟欲絕，正要掙脫師父的大手時，卻發覺扣住我手臂的大手已經不在，師父如猛箭射向藍金!!

刷！

清亮的破空聲，還有沉悶的劃空聲。

師父一手摀著自己的脖子，一手持劍指地。

藍金依舊單手撐地，低著頭，冷眼看著師父的劍尖。

師父的劍尖上滴著血。

藍金的胸口也滴著血。

我騎在馬上，一動也不敢動，只怕擾亂了師父出擊的節奏。

「為什麼隱藏實力？」師父暗暗封住頸上的穴道，但鮮血仍從指縫中滲出。

「我沒有隱藏過實力。」藍金慢慢封住胸口的血脈，繼續道：「我的劍是殺人的劍，不是練功的劍。」

師父點點頭，說：「再問你一次，你為什麼要殺這麼多人？」

藍金的劍遙遙指著師父的眼睛，緩緩說：「練劍。」

師父的劍尖靜靜地看著自己的影子。

藍金的劍尖冷漠地端詳師父的眼睛。

然後，兩把劍同時消失，我的臉再度蒙上鮮血。

依稀，師父的劍脫手，黏著、盪開藍金的劍，趁此師父欺身一掌擊向藍金的胸口，藍金狂吐鮮血，像稻草堆一樣往後飛了好幾步，撞上水井。

我縱身下馬，劍勢在怒吼中疾刺藍金，藍金眼中藍光一現，伸手朝我胸口凌空疾指，我胸口宛若遭雷擊，居然往後摔倒，手中的劍立即插在地上，看著自己的胸口冒出汩汩鮮血。

師父呢？

師父瞪著藍金，摸著胸口，不發一語。

師父的飛龍穴居然流出濃稠的鮮血！

藍金抓著井緣，滿臉大汗，吃力地爬了起來，想拾起地上的劍，卻只是跌在地上，口中又湧出一灘血。看來師父這一掌極為沉重。

而師父在印上這一掌時，卻沒想到內力遠不及自己的藍金居然勉強練成劍氣合一，在中掌的瞬間，隔空以氣劍刺進師父的飛龍穴，使他深受致命一擊。

我看著恩師臉如金紙，又看著藍金跌跌撞撞地爬向快馬，想提劍追殺，卻一點也使不上力，藍金在重傷之餘大耗眞元使用氣劍，果然令我胸口氣息翻湧，也許，我的心脈也被截斷了。

藍金就這樣勉強趴在馬背上，慢慢地離開村子。

我流著眼淚，看著夕陽西沉，只道自己就要死了，也好，花貓兒跟我的婚期正好在明天，現在去陰間還來得及……

這時，師父拖著瀕死的身體走到我身邊，摔倒，我看了看師父，師父居然在笑。

我哭了，喊了聲：「師父……」

師父笑嘻嘻地趴著，將左手貼在我的背脊，傳來一股精純無比的眞氣，我大吃一驚，忙道：「師父，你……」

師父依舊豪爽地說：「我的命，你給的，這下要還給你了。」

我流著淚，轉頭說：「花貓兒死了，我也不活了。」

師父瞪著我，說道：「這世上，有一種東西，叫正義……」

我點點頭，這是師父常常掛在嘴邊的話。

師父繼續說道：「讓……讓你活下去，不是叫你報仇……而是正義……正義需要高強功夫……」

我哭著，用師父傳來的續命眞氣護住心脈，腦中想起這五年來的師恩浩蕩，五年來一切種種，五年來……師父為了我待在這片我深深眷戀的土地，儘管，這片土地已經屍堆如山。

背上那隻可靠的大手，終於緩緩垂下……

我咬著牙，喊道：「師父！來世英雄再見！」

就這樣，在血流成河的黃家村裡，在夕陽暮風中，我對著師父磕上最後三個響頭，師父的嘴角仍舊掛著爽朗的笑容，只有令我更加難受。

□

「那花貓兒呢？」我發覺自己也流下眼淚。

「真的一邊在村圍大樹下，一邊吊在李家村口……」師父號啕大哭，淒然道：「李家村也給屠了！」

我努力想著一個漂亮的姑娘，被剖成兩半的樣子，卻發覺根本無法想像。太殘忍了。

師父的身體顫抖著，繼續說道：「我一邊運氣療傷，一邊替死去的大家挖墳，一家一個大塚，足足挖了十九天才將兩村的人都給埋了，最後，我在花貓兒的墳上靜靜坐上一個月，唱著花貓兒最喜歡唱的情人曲兒後，才拿著劍，策馬出村。」

阿義出神問道：「找得到藍金嗎？」

師父搖搖頭，說：「我根本不是藍金的對手，所以我另外找了個僻靜地方，苦練師父傳下來

的絕學，唉，多虧師父臨終前傳來那股源源不絕的眞氣，不僅爲我治療內傷，還大大增進我的修爲。我日以繼夜地苦練、苦練，在海底練掌，在巨木間練飄，用數十種蛇毒練氣，偶爾隱匿地摘掉幾個狗官人頭，爲民求福。」

我跟阿義已經分不清師父是否正在胡言亂語，只是專注地傾聽。

「一年後，我帶著一身傲人的武功，上迎采峰與師祖、師叔會合，打算跟他們商議藍金叛門一事。不料當我到了師門本山時，卻見到幾個師叔在圓桌旁正襟危坐，身上千瘡百孔，每個穴道都被封住或刺爛，渾身都是乾涸的血漬，臉上……唉，那更別提了，眼珠子掉了滿桌，整張臉零零碎碎的，我看了當場號啕大哭。」師父的眼睛充滿了血絲，又說：「我這一哭，師叔們竟然個個抽動起來，嘴裡模糊地嚷嚷，原來藍金這傢伙照例封住師叔的血脈，將師叔整得支離破碎，卻又不讓死！我一邊在每個師叔的耳邊大喊：『駿兒一定會替師門報仇』，一邊將短劍刺進師叔們的心窩。」

師父委頓地靠在我肩上，嘆道：「我在本山找了一下午，最後才在一棵老木下找到已經一百零二歲的祖師爺，幸好，祖師爺沒受到那狗賊的侮辱，不過，祖師爺的肩胛跟胸膛上，也留下兩道深深的劍傷。」

□

「祖師爺！徒孫駿兒來啦！」我跪在祖師爺面前，大叫。

祖師爺靠在古木下，緩緩睜開眼睛，一見是我，勉強笑道：「不愧是介玄一手帶出來的，有情有義，這下子重擔全都落在你的肩上了。」

我含著淚，看著祖師爺血跡早已乾黑的傷口，說：「徒孫一定會為武林除此大害，為師門報仇！」

祖師爺皺眉道：「不是為師門報仇，一天到晚報仇，江湖不長年鬧翻天嗎？藍金這狗崽子武功強得離譜，你報得了仇嗎？還不是送上小命一條？」

我感到疑惑，大聲道：「難道就不報仇了？師父、師叔死得那麼慘！」

祖師爺微怒道：「藍金若對師門有所不滿，把咱們滅了也無妨，你去找他尋仇有何意義？但他若是濫殺無辜，為禍家國，你即使犧牲性命也要阻止他！你身上的武功不是讓你報仇用的！而是讓天理正義得以長存！你要將個人利益拋諸腦後，知道嗎！」

我感到慚愧，跪在祖師爺面前不發一語，眼中的淚水卻隱藏不住。

祖師爺嘆道：「藍金資質奇高，恐怕是武林前所未見的異才，小小年紀，劍法居然詭異莫測，身法快如閃電，加上他深知本門武功，招招料敵機先……要不是我仗著百年修爲的內力，在他的背上重重印上一掌，我恐怕也慘遭毒手。藍金這小子傷了我後，雖然身受重傷逃走，但你這幾年還是敵不過他，別急著送死。」

我看著奄奄一息的祖師爺，趕忙伸手放在祖師爺的飛龍穴上，將眞氣源源不絕地灌輸到祖師爺的氣海裡，不料，祖師爺反手緊緊抓著我的手，我感到一股極爲強悍的眞氣像潮水一樣衝進我的掌中，奔入我的氣海。

「祖師爺？」我驚叫。

「老傢伙快歸天啦，留著這些寶貝有什麼用？拿去、拿去！爲天下蒼生拿去！」祖師爺堅定地抓著我的手，精絕的內力浩浩傳送過來，一份重責大任，也隨之加在我的肩頭。

半炷香過了，祖師爺困頓地站了起來，搖搖晃晃的。

我想扶著他老人家，祖師爺卻要我好好坐下來，將眞氣徹底吸納歸源爲己用，於是我閉上眼睛，將祖師爺百年修爲的絕世內力一點一滴融入穴脈，等我再次睜開眼睛時，已經天黑了，我看見祖師爺盤坐在古木下，相貌安詳地歸天了。

我記著祖師爺的教訓，並未急著追索冷血的藍金。

我一邊行走江湖爲民除害，一邊苦練凌霄絕學，每當我倦了，我就回到蕭索的黃家村，坐在花貓兒的墳上，陪花貓兒聊聊天、唱唱曲兒……天哪！我好想念花貓兒！我在那未過門的可憐妻子墳上，種滿了她最喜歡插在髮間的小黃菊，我往往睡倒在石碑旁，在夢裡看見花貓兒坐在小黃菊上，唱著曲兒，滿臉羞紅地看著我。

一年後，江湖上七大門派在一個月內全遭滅門，武當七俠的屍身吊在眞武殿前的竹林裡，空空洞洞的身體隨風擺動，屍孔還被寒風吹出毛骨悚然的死簫聲，唉，而張三丰張眞人就像傻子一樣，只是坐在竹林裡傻笑，更可悲的是，張眞人的四肢全給斬斷了。

武學泰斗少林寺呢？

少林十八銅人被木棒釘在「少林寺」的大匾額上，木人巷變成死人巷，巷裡塞滿了攪爛的屍體與蛆，但，十八降龍伏虎羅漢倒是活了下來，不過他們的腦袋活活被鏈子串在一起，串成恐怖的血念珠，整天發瘋似地鬼吼鬼叫，直喊頭疼。

峨眉、華山、點蒼、崆峒、舞龍等等門派就不必說了，全給藍金屠了個精光，其中峨眉派的兩百女尼中，有十幾人因出任務僥倖逃過一劫，但回到道觀見到滿山奇形怪狀的死屍後，全都嚇成無法言語的白癡。

這一年，江湖給藍金起了個外號，叫「冷屠子」。「冷屠子」所到之處，便是地獄血海。

而兩年後，江湖上卻沒多少人知道「冷屠子」是誰、是什麼東西、做了什麼事，因爲沒有所謂的江湖了……練家子都給「冷屠子」剁成活屍。

再過兩年，隨著五大魔道在藍金的劍下覆滅，江湖徹底成爲歷史的名詞，正邪兩道的武功傳承完全脫軌，功夫的奧祕從此淹沒在血海裡。

我呢？

就在黃家村遭血屠的五年後，我練就出驚人的身形挪移，更重要的是，在鑽研百家劍法後，我突破了凌霄劍法的格局，創出驚天動地的絕世掌劍雙法，終於有自信可以擊殺藍金。於是，我夥同武林碩果僅存的兩位一流高手，鐵鎖怒漢李尋歡、魔教翩翩佳公子游坦之，沿著藍金狂屠的路線，一路追蹤藍金，最後終於追到了古都西安。

到了西安，本以爲要發現藍金的行蹤還要一段時日，沒想到我們三人在荒涼的山原坐下練氣時，卻突然驚覺往北不遠處殺氣衝天，必是藍金無疑，於是我們拔足狂奔，終於在黃沙飛揚中，找到正在獵殺一隊官兵的藍金！

李尋歡首先發難，他的師兄弟全給藍金剁碎了餵豬，他赫赫有名的鐵鎖隨著他的怒氣向藍金飛擊而去，藍金發覺有人偷襲，反手一劍將鐵鍊震開，而我趁機運起十成功力衝向藍金，朝藍金的背上一掌打將下去，藍金身形一閃，回頭和我硬碰硬交了一掌。

我身上畢竟載有師父與祖師爺百年修爲，論內力我絕對凌駕其上，藍金在我全力一擊下被震得往後一飛，重重撞上黃土塊，此時，命運在我跟藍金之間開啓了一道極爲諷刺的門……

藍金這一撞，並非純然被我震翻，而是借勁化勁、往後卸力，所以這一撞帶著我跟藍金互擊的巨大力道，竟將藍金震陷進堅硬的黃土塊中，黃土一陣胡亂塌陷，轉眼間藍金就被淹沒在土堆裡。

一個絕世高手是不可能在這樣的黃土堆中被壓死或是悶死的，所以我們小心翼翼地觀察土堆中的氣息方向，嚴防藍金從土堆中跳出襲擊，不過，過了一盞茶的時間後，藍金的氣息竟越來越弱，居然沒有往地上探的意思。

游坦之魔功蓋世，運起地聽大法後，疑道：「藍金不是氣息越來越弱，而是往地下深深鑽去了！他在挖地穴！」

我感到困惑，說道：「藍金不像是會挖地穴偷襲的人，他只懂得硬碰硬殺人。」

李尋歡驚叫：「那他一定是受到重傷，想挖地穴逃跑！」

妻子被藍金吊死在瀑布下的游坦之狂嘯：「沒那麼容易！」於是運起魔教的密傳「吸湖功」，將腳底下的塌石落土一下子就掘了開來，竟赫然發現地底下藏著一道往下深鑽的大洞！

「沒道理！那小子怎可能在短短時間內挖出這麼樣大的穴道！」李尋歡犯疑道。

「這個大洞老早就躺在黃土裡！怎麼這麼湊巧，讓藍金鑽了下去!?」游坦之拿著扇子，蹲下觀察著黑黑的深穴。

我對自己剛才那一掌極有自信，藍金一定受到了不小的內傷，才會避開與我們正面衝突，我嘆道：「難不成老天也幫著冷屠子，幾百年前就開了條地道讓他逃走?」

李尋歡揚起長達百尺的精鋼鐵鍊，往黑穴一擲，大叫：「他不上來！咱們就下去！送了他的命！」

我跟游坦之齊聲道：「好！」

於是，我們三人便慢慢爬下黑穴，而李尋歡貞氣鼓盪的精鋼鐵鍊，不停往下左右激甩，試探性地開路，以免在越來越黑的洞穴中遭到藍金的暗算。

越往下，洞穴當然就越黑，終於，不久後，外面的光線在地底下完全消失，一片漆黑，而地洞中的空氣也越來越混濁，甚至令人作嘔，於是三人運起內功，將呼吸收到微弱緩慢的境界。

洞穴裡已經完全失去光線，墜入死氣沉沉的黑暗，而黑暗裡，還有一個冷酷的殺手在等著我們。

窒悶污濁的空氣，甚至可以說是長年深藏於地洞中的毒氣，令我們三人完全不敢透口大氣，但，想必藍金也是吧？沒有人能夠在這麼惡劣的條件下呼吸的！抱持著這一個想法，我們三人更堅定地往下爬，不管迎接著我們的是什麼……儘管鐵鍊敲擊在土洞裡的聲音多麼令人不安。

突然，鐵鍊的聲音正告訴我們，到底了！

我們遲疑了一下，李尋歡首先跳了下去，用鐵鍊舞成一個大圈，劃出安全的地帶後，我跟游坦之也跟著跳下平地。

底下當然黑暗依舊，空氣也只有更加污濁，我摸了摸懷裡的火褶子，心想：火褶子一點燃就會炸開吧，這氣一定比瘴氣還毒，也好，危急時可以跟藍金同歸於盡。

凝神觀察了片刻，地底下似乎別有洞天，從鐵鍊帶出的聲音可以知道我們正處於極為寬敞的地方。我們三人因為閉氣的關係，並無法開口說話，只是有默契地跟著李尋歡快速纏動的鐵鍊往前慢慢移動。

你們無法想像在黑暗裡、濁氣中面對嗜血的敵人，是件多麼恐怖的事！當時我已視死亡為解脫之途，卻無法在如此黑暗的壓迫中感到安心。

藍金似乎正屬於黑暗，他彷彿隨時能夠在黑暗裡將我們三人輕易吞噬掉，在這麼邪惡的環境裡跟最邪惡的人對決，正如在黑暗中與黑暗決鬥，結果，似乎一開始就註定好了。

「噹噹噹，噹噹噹，噹噹噹，噹噹噹，噹噹噹，噹噹噹……」

規律的鐵鍊聲是洞穴裡唯一的聲響，也是唯一不屬於黑暗裡的東西。

但是。

鐵鍊聲停了。

我的掌心緊緊握著劍，一動也不敢動。

雖然只有極短極短的瞬間，不過，我的確聽到利刃劃破喉嚨的聲音。

李尋歡死了。

接著，我冷靜地進入「定」的境界，然後聽到碰一聲，李尋歡倒地的聲音。

游坦之也沒有動靜了。

我跟他都知道，若想在黑暗中多活上一時半刻，最好的辦法就是殺了藍金。

要不，就是不要出聲，隱藏任何殺氣。

李尋歡的鐵鍊聲帶出了他的方位，也帶走了他的命。

好肅殺的黑暗。

我看不到藍金，看不到游坦之，但，藍金也看不到我們。

每個人都只有等待機會。

出手的機會。

我冷靜地搜索著藍金的殺氣，可惜，藍金似乎同樣低調地，等待結束這場黑暗中宿命對決的機會。

時間一分一秒地過去，在黑暗中，時間總是過得特別慢，尤其是當大家都閉氣超過兩炷香以後，時間的腳步似乎就更慢了。

所以，在這場沒有殺氣、沒有光影的搏命裡，決定出手機會的，只剩下呼吸。

誰先呼吸，誰就死定了。

這一點，對我來說應當是最有利的，這多虧師父與祖師爺轉嫁的百年功力。更何況，藍金比我們要早進洞約一盞茶時間。

我凝斂心神，隨時準備施展我獨創的掌劍雙絕。

「快！」

游坦之大叫，他已支撐不了閉氣的痛苦，手中扇子破空劃出！

颯！

我的臉上似乎濺上熱辣的鮮血。

藍金出手！

在左邊！

我一劍刺出！

得手！

「你變強了。」

「你死定了。」

藍金的聲音忽遠忽近，忽左忽右，短短四個字卻有十九個發聲位置，藍金正以詭異的身法藏在黑暗中。

我應當刺中藍金的左肩胛，不會有錯的。

我亦以飄忽的身法迅速走位，輕輕舞動著劍。

「再問你一次，沒來由的，爲什麼殺害師門？」我凝聚心神，隨時捨身一擊。

「練劍。」藍金一說完，我幾乎同時感覺到銳利的劍氣正抵住我的背心。

這眞是一場可怖的決鬥！

就在我回身擋劍後，劍與劍之間迸出的血光就不曾停止過，那些輝煌的血光照亮著我倆的身形，還有一雙水藍的魔眼。

藍金冷酷無情的劍以不可思議的速度從每個角度刺來，我完全不擋劍，一味地快劍速攻藍金周身要害，只求同歸於盡，但兩把劍卻奇異地不停交鋒，清脆的叮叮噹噹聲綿綿不絕，劍氣縱橫！

藍金的表情蒼白得可怕，卻隱隱透露出訝異。

自從藍金屠村以後，能夠與他交鋒上千劍的，恐怕未曾有過。

但，我的劍，可是在海底與暗礁搏鬥了上百萬招的凌厲速劍！

我的劍越走越快，終於，一劍貼著藍金的身形，刺進藍金的喉嚨！

藍金雙眼一瞪，左手凌空疾指，氣劍！

我拚著這一指之傷，棄劍斜身一掌壓在藍金天靈蓋上，給他致命一擊！

□

「藍金死了?!」我感到一陣不安，畢竟大魔王都很能苟延殘喘。

「你看。」師父左手手掌在我眼前亂晃，兩個銅板大的紅疤怵目驚心地躺在掌心。

師父嘆氣道：「藍金在危急時刻，將氣劍轉插向我急拍的手掌，刺穿了我的掌心。」

阿義張大了嘴，問道：「所以咧？」

師父不再說話，眼神透著深沉的困惑。

許久，師父搖搖頭，說：「今天就說到這兒吧。」

我跟阿義難以接受故事正逢精彩處卻被生生停掉的事實，阿義說：「師父，有話就快說！」

師父重重敲了阿義的腦袋，說：「接下來發生的事，實在令人無法置信，也是世人將我當作瘋子的原因，所以……」

師父擦乾滿臉的眼淚，說：「以後再說吧。」

那晚，師父就真的沒再提起那件虛無縹緲的往事，只是專心教阿義行氣過穴，而我，則努力地將百步蛇、青竹絲、鎖鏈蛇的蛇毒逼出體內。

過了一小時，師父搖了搖我，我睜開眼睛，掌中一片黑霧。

「這傢伙真有超人智慧？」師父疑惑地問著我，阿義訕訕地站在一旁，想必完全無法領略行氣的奧祕。

「一開始都是這樣的。」我認真地說，師父只好站了起來，繼續指點笨槌子阿義。

08 海底

此後，阿義每晚都跟我一起練功夫，我們的學校成績隨著我們體內不斷積聚的內力，一路下滑。不，只有我下滑，阿義則完全沒有下滑空間。

過了幾天，在媽不能置信地摸著牆上的劍痕時，「窟窿」一聲，我的房間正式剩下兩面牆。

然後冬天正式到了，夜夜，我體內自行運轉的內力行遍周身百穴，縱然深夜寒風凜冽，我卻暖烘烘地入睡。要是功夫發揚光大，第一個要倒的企業，恐怕就是賣棉被的。

過了兩個月，我終於在課堂上聽到阿義狂吼的聲音，他總算是摸到竅門了。

「你們眞是太卡通了，要不是我見過淵仔那一、兩下，我死也不信你們在練武功。」阿綸說。

我們也曾經叫阿綸跟著我們一起學功，但他一臉的沒興趣，不過他倒是很好奇：我們何時可以將學校裡的蔣公銅像一掌打碎？

「還會冷嗎？」我抓著乙晶的小手，在攝氏十度的寒流中。

「不會……你的內力好像越來越強囉？」乙晶笑著，酒渦好可愛。

「被妳發現啦？我好像眞的滿有天分的，至少，比念書有天分。」我說。

「你眞的不想再念書了？」乙晶常常這樣問我，表情頗爲擔憂。

「我不知道，也許不會再念書了，也許過一段時間再說吧。」我總是苦笑。

面對乙晶這個問題，我常常會陷入一種困惑。

這樣無止盡地追求高強武功，在即將步入一九八七年的冬天，對一個國一生來說，究竟有什麼意義？

師父若到處展示他驚人的武學造詣，早就是世界級的名人了，賺的錢也一定又快又多，但他深信功夫的珍貴不在世俗虛名，而是為了公理正義，就跟卡通人物一樣。

所以師父也禁絕我們將功夫展現給別人看，只說：「現在的世界裡，眞正懂得功夫的極其稀少，這都虧藍金斷送了當年江湖上的武學傳承，不過這樣也罷，要是壞人也懂得武功，那黎民百姓就糟糕了。」

「所以會武功的就剩下我們，保衛國家救同胞就容易多了？」阿義說。

「沒錯，以後你們也要仔細挑選善良、仁慈、勇敢的徒弟，將維護正義的責任一代代傳承下去。」師父摸著阿義的頭。

「嘿嘿，那我什麼時候可以開始除暴安良？我已經看幾個流氓很不爽了！」阿義興奮地說。

「你那叫血氣方剛！」師父斜掌重敲阿義的腦瓜子，說：「要是你胡亂施展功夫，我廢了你全身筋脈！」

「唉……」我也忍不住說：「師父，現在的社會有警察，拿槍的得由拿槍的來治，輪不到我們行俠仗義的。」

師父輕蔑地說：「那些捕快跟賊人都是掛在一塊的，哪個朝代都一樣。」

我跟阿義只能苦笑。

□

一九八七年，寒假，師父帶我跟阿義來到王功海邊，乙晶不安地跟在後面，拿著用鐵桶裝的薑母茶。

這是乙晶第一次看我們練功，師父特准的。

「師父！今天是除夕啊！」我脫光衣服，在蕭瑟的海風中看著乙晶。

「師父我哭巴的好冷！」阿義的牙齒發顫，也脫光衣服，在死灰色的天空下發抖。

師父大聲說道：「阿義你這笨蛋，運內力禦寒！」

阿義無辜地叫道：「報告師父！弟子內力不足！」

我也跟著叫道：「師父！過完年再說吧！這海一年到頭都賴在這裡，跑不掉的！」

師父用力敲著我跟阿義的頭，罵道：「有這麼漂亮的姑娘在這裡看著，你們怎麼好意思退縮？」

我看著滔天大浪拍著海岸，浪花飛激，還是忍不住討饒：「師父！會死的！」

阿義趕忙附和：「這麼大的浪！誰都會被捲走的！百分之百一定死！」

師父一腳一腳將我倆踹向海裡，海水都淹到膝蓋了。

「會死的！師父！」我叫道，看著岸上一臉恐懼的乙晶。

「我放二十五條毒蛇咬你，你死過了嗎！」師父一掌抓著我，一掌抓著阿義，又喊道：「你們兩個聽著，阿義，你要找到這個鐵盒子，才准上岸，不然我一掌送你回老家！」

說完，師父將喜年來蛋捲禮盒往海裡隨手一擲，禮盒飛落入海中，大約有二十五公尺之遠，鐵盒裡裝滿石塊，一下子就沉入海裡。

阿義哭喪著臉，抓著師父，簡直就要跪下來了。

師父無情道：「再不快去，鐵盒子被浪給捲走了，你照樣要撿它回來！」

阿義咬著牙，喊道：「師父！」

師父跟著喊道：「又幹嘛？」

阿義大吼一聲：「我死了一定做鬼找你！」說完，就慢慢走向海裡。

師父在後面提醒道：「氣沉雙腳長白穴、長黑

穴，閉氣聚神，一步步慢慢來！不要怕海裡的暗流！只要你雙腳釘住，沖不走的！」

阿義只剩下頭在海面上，仍舊吼道：「反正我死掉一定去找你！」

然後，阿義就沉進海底了。

我看著乙晶在遠處猛搖頭，又看了看師父，說：「師父，我去救阿義回來！」

師父拉住我，從懷中拿出一枚生鏽的鐵球，說：「阿義的鐵盒很近，你不必擔心，倒是你……」說著說著，師父將鐵球甩將出去，鐵球直直飛向無數白浪之中，鑽進一片黑藍。

我傻了眼，說：「那至少有兩百公尺啊！」

師父微笑道：「你行的。」

我大叫：「我不行的！」

師父哈哈一笑，說道：「你身上的內功很不錯了，行的！」

我幾乎快哭了，叫道：「再丟一次，近一點！」

師父拍著我的肩膀，在我耳邊輕聲道：「嘿！傻

小子！我故意丟得遠些，好讓你在妞兒面前威風一下，你還不快快潛進海裡大顯身手？」
我慘道：「師父，你故意丟得遠些？你是說……那個距離對我來說……太遠？」
師父笑著說：「雖然遠了點，但威風得很啊！」
說著，一掌將我推入海裡。
我一滑，腳底吃痛，原來是礁岸下尖銳的岩石立即割傷了我。
我只好大大吸了一口氣，沉進海裡。

在冬天的海底，還眞非得運起內力驅寒不可。
我雙眼無法睜開，倒不是怕水，而是滾滾暗潮沖得我無法睜開眼睛。
既然看不見，要找到那枚見鬼的鐵球，該從何找起？
我來不及思考這個問題，因爲在海底想穩穩地站著，已經是門高深的學問了，海底的暗潮比表面的浪花要巨大、可怕，兩股力量無止盡地推著我、吸著我，我運起七成內力才能勉強站好，當我要往前推進時，我簡直運起了十成十的功力！
在海底行走……眞不知道該如何形容這種恐懼感，也許跟師父當年在地穴中跟藍金對決時一樣可怕吧？我承受著越來越深的壓力，極爲緩慢地走在海底，一邊認眞思考三個問題。
第一個問題，我是瘋子嗎？

爲什麼師父把鐵球丟下海，我就要傻傻地走在冰冷的海裡，用那麼危險的方式練功？這種行徑，簡直跟師父幻想從三百年前怪異地跳到現代的想法，平起平坐的瘋狂。

話說回來，也許練師父的武功會練到走火入魔，我讓二十幾隻毒蛇一起咬住我的行爲，正跟走在海裡找鐵球一樣瘋狂。

第二個問題，我在海底都這麼辛苦了，阿義呢？

我的內力若是用凌霄派的獨家公式換算起來，大約是二十五條毒蛇的分量，而阿義的內力指數，已經停留在三條毒蛇很久了，我如此奮力才得以往前，阿義一定悶壞了吧？

我跟阿義在前來王功的公車上測試過兩人憋氣的時間，我是二十三分鐘，阿義則是七分鐘，唉，還好阿義的喜年來蛋捲禮盒丟得不遠，要是阿義撐不住，也會游上水面喘口氣吧。

第三個問題，我有能力找到鐵球嗎？

師父讓毒蛇咬住我，讓我逼毒練功，雖然過程驚心動魄，但師父總是暗中照看著我……那這次……我也應該能安全地找到鐵球吧？師父也許正在後面默默走著，暗中照料我跟阿義，我們的小命應該是安全妥當的。

所以，我要趕緊找出發現鐵球的方法，以免辜負師父的期待。

海底，艱辛的海底。

我極為勉強地睜開眼睛，只見混濁的深藍。

我走了多遠？

抬起頭來，海面似乎離我已有一段好長的距離，當時我還沒學過三角函數，不懂從海底的角度與距離海面的長度，計算出鐵球與我之間的步距，但我漸漸感到難受，閉氣的痛苦充塞在穴道裡，暗潮不停撞擊著我的胸膛，我的內力已經到達極限了。

此時，我也走到我絕不願繼續往前的地帶。

海溝。

那是一種極為黑暗的恐懼地帶。

完全看不到底，只有感覺到巨大的潮水漩渦在海溝裡嘶吼，而海溝就像海中的地獄一樣，突兀地自海底斷裂、深陷下去，要是我沒睜開眼睛，一定會摔下去，被大海吞掉。

我沒氣力了。

若要探出水面呼吸，一定會被捲走，因為師父並未教我們如何游泳，所以我決定往回走。

正當我想轉身時，突然，我看見一個人飛快地從我眼前衝過！

那人的手裡還抓著一只禮盒！

是阿義！

我看著阿義四肢無力地被暗潮捲走，猶如巨手中昏迷的螻蟻般，無力感頓時湧上心頭，阿義瞬

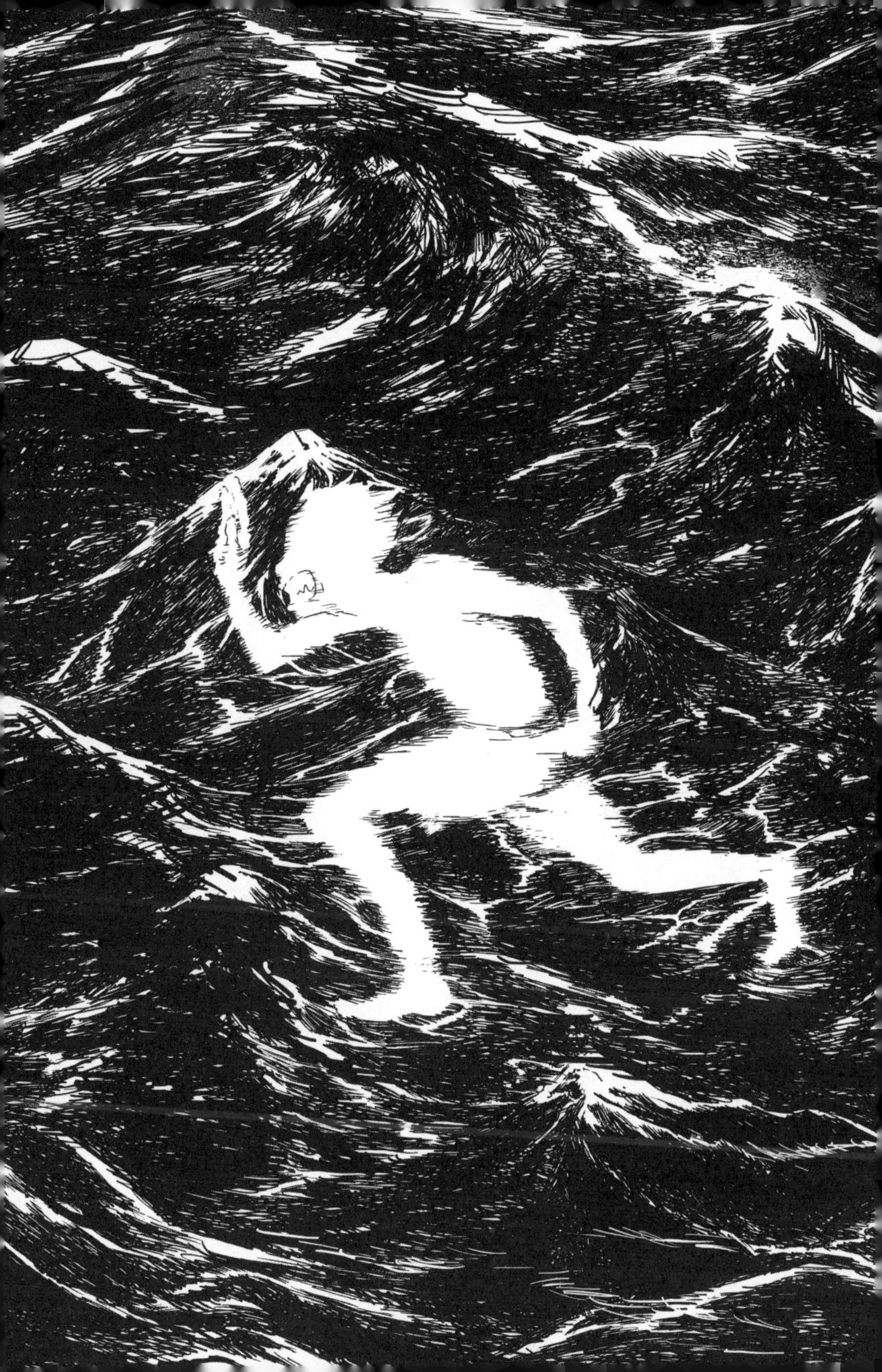

間便會葬身在海溝裡！

我的氣力本已不足，此刻卻勇氣倍增，雙眼死瞠，盯著被漩渦吸入海溝的阿義，順著潮退狂猛的巨勁，拔足往海溝裡狂奔，潮漲時便勉力邁步向前。終於，我意識模糊地爬下海溝，抓起昏迷的阿義，運起早已不存在的內力，竭力爬出海溝深淵。

我抓著阿義，神智錯亂地在海底走著、走著，茫然搜索著應當看護著我們的師父，我的內力已經消耗殆盡，支撐著我的，是阿義瀕死的危機感。

師父該不會找不到我跟阿義吧？

還是，師父根本就沒跟在我們後面？

我沒有力量了，只能抱著阿義，跪在寒冷的大海裡。

只剩下一個方法了……

師父，求求你找到我！

我握緊拳頭，回憶起王伯伯那張醜惡的嘴臉，激發狂猛的殺氣！

殺！

□

「沒事了。」

我睜開眼睛，體內一團火燒得正旺。

師父微微笑，坐在我身後，一手貼著阿義，一手貼著我，我看看身旁的阿義，阿義蒼白著臉，紫色的嘴唇微微張開，我想喚聲「阿義」，卻只是吐了口鹹水。

阿義睜開眼睛，虛弱說道：「謝啦，師父他這死沒人性的……」

我點點頭，又吐了口鹹水，弱聲說：「師父？」

師父歉然道：「我看到一隻鯊魚往一群釣客游去，我怕鯊魚傷人，所以先走過去將鯊魚趕走，一回頭，你們已經不見了，海裡模模糊糊的，我緊張得不得了，幸好你及時發出殺氣，我才辨認出你的方向，將你們倆抓上岸。」

我的眼睛大概持續翻白吧。我無力道：「師父，去你的。」

師父一陣臉紅，說：「別再說了，是師父不好。」

乙晶紅著眼，坐在我身旁，說：「我以後再也不看你們練功了，嚇都嚇死了。」

師父的手離開我跟阿義的背心，說：「沒事了，你們繼續行氣過穴，喝點熱薑湯就好了！」說著，兩手捧著裝滿薑母茶的鐵桶，運起內力將薑母茶煮沸。

我跟阿義一邊發抖，一邊喝著熱薑湯，看著浪濤洶湧的陰陰大海，我勉強笑道：「嘿嘿，其實裡面比外面可怕一萬倍。」

阿義縮著身體，點頭道：「沒錯，要我再下去一次，乾脆殺了我。」

我看著熱薑湯冒出的熱氣，握著乙晶的手說道：「嗯，死也不下去了。」

師父並沒說話，只是愧疚地坐在一旁。

後來，過了幾天，我跟阿義居然又在海裡走來走去，莫名其妙地尋找師父亂丟下去的重物，至於爲什麼，我想，大概是因爲，我們都是瘋子吧？

□

而那天除夕夜，我告別阿義跟乙晶後，便拉著師父到我家作客，一起吃年夜飯，而那場年夜飯，是我人生中最難忘的除夕夜。

那天，爸還沒回台灣，家裡倒是塞滿一堆稀奇古怪的親戚與客人，居然還有我痛恨的王伯伯，家裡的客廳擺上三大桌豐盛的年夜菜，死大人們忙著抽菸打屁，成打的陌生小孩在沙發與走道間來回翻滾著，扮演金獅王跟銀獅王等等電視人物，大家有說有笑的，我倒像局外人似的。

我站在餐桌旁，發現沒自己的位子後，便拉著師父上樓去，打算待會到廚房捧幾盤菜，跟師父在「穴」裡享用比較溫馨的年夜飯，而師父傻傻地跟在我後面，對我的決定沒有意見。

正當我們走上樓梯時，我終於被媽發現。

「淵仔，吃年夜飯！」媽看見師父跟在我後面，於是又說：「老師也一起用餐吧！」

師父彬彬有禮地拱手作揖，眼神示意我一同下樓用餐，我悻悻拉著師父，站在擠滿了死大人的餐桌旁。

「淵仔去哪兒玩啦？一身髒兮兮的？哎呀，老師也眞是的，也陪淵仔玩成那樣子，哈哈。」張

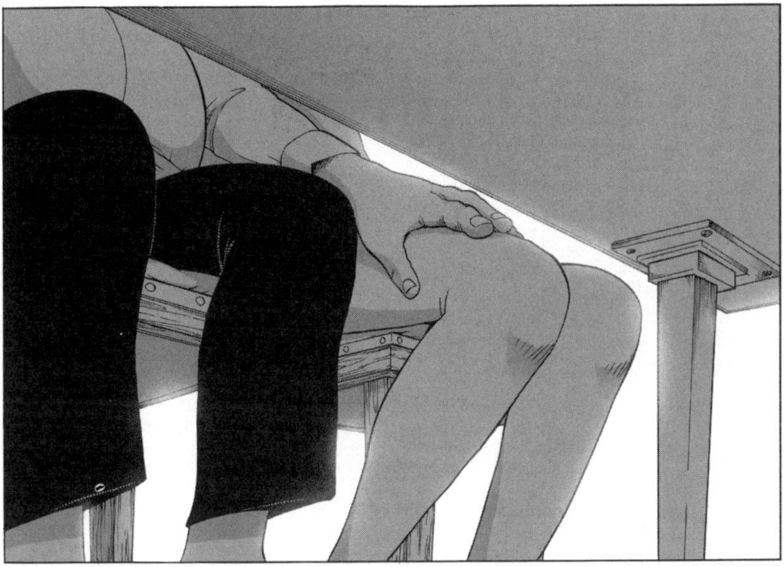

阿姨這胖婆娘看著我，施展她皮笑肉不笑的噁心技巧，從客廳角落拉了張椅子要我坐下，我看了看，又拉了張椅子給師父坐，兩個剛剛從海底爬出來的臭鹹魚，就這樣擠進原本就十分擁擠的圓桌。

這真是一場糟糕透頂的年夜飯。

我跟師父身上的臭味熏擾著客廳，而我自顧自地挾菜給師父，兩人默默吃著飯，但餐桌上的人個個皺起眉頭，媽忍不住開口：「淵仔，你帶老師去洗個澡，再回來吃飯吧？」

我看了看師父，師父紅著臉點點頭，於是我站了起來，想帶師父先洗個澡。

「好臭。」王伯伯笑著說。

我的腳步停了下來。

我斜眼看著王伯伯的肥臉，他被我看得渾身不自在，打個哈哈說：「聽說淵仔最近成績不大好，嘿嘿，還請老師多多教導教導淵仔。」

我銳利的眼神瞄到王伯伯的髒手，正放在媽

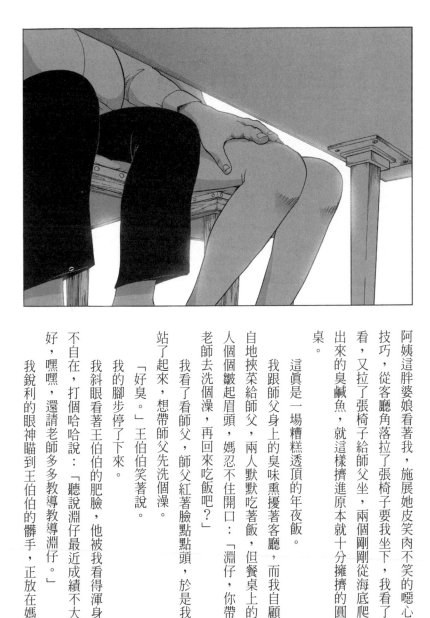

的大腿上。

我看了師父一眼，便逕自走到王伯伯身旁。

王伯伯嘻皮笑臉道：「淵仔，這麼快就跟王伯伯討紅包啦？」說著說著，王伯伯把手放在我的肩膀上，親切地揉著我。

「王伯伯。」我冷冷地看著這頭肥豬。

「好乖。」王伯伯笑咪咪地說。

「去死。」

「啊？」

我抓住王伯伯的手，輕輕一扭，沒有什麼狗屁「喀擦」聲，王伯伯的豬手立即脫臼。

「啊……啊……」王伯伯滿臉大汗，驚慌地嚷著。

我拿起桌上的半溫半熱的火鍋，慢慢地淋在王伯伯的頭上，王伯伯手痛得不敢亂動，又被我淋上鮮濃的火鍋湯。

客廳的人全都吃驚地看過來，張阿姨的筷子跌在地上。

「再讓我看到一次，你的手就像這面牆一樣。」我瞪著臉如金紙的王伯伯，放下火鍋，走向掛著庸俗假畫的牆壁，一掌橫劈出去，牆壁悶聲崩開一塊小缺口，岩砂瀰漫。

所有親戚都傻了眼，連媽也張大嘴巴，我不理會大家詢問的眼神，拉著神色自若的師父到廚房拿了四盤菜，上樓吃飯，也不洗澡了。

我跟師父坐在地上，拿起菜就吃，除了王伯伯的哭聲外，我沒聽見樓下有任何聲響。

「對不起。」我嘴巴裡都是菜，不敢看著師父的眼睛。

「不，你有你自己的決斷。」師父狼吞虎嚥著，看著我繼續說道：「你有你自己的一套正義，我相信自己的徒弟。」

我感激地說：「師父，謝謝你。」

師父搖搖頭，抓了把長年菜塞進嘴裡，說：「我才要謝謝你這小子，請我到你家吃頓年夜飯。」

我看著師父，想到師父落寞的一生。

姑且不論師父錯亂自編自導的武俠往事，師父在這世界上，應該有親人吧？要不，就算師父是渡海來台的老兵，也該有朋友照應吧？

「師父，你……你在這西元一九八七年，有親人嗎？」我問，雞腿好吃。

師父點點頭，旋即又搖搖頭，說：「我也搞不太清楚。」

我又問道：「搞不清楚？師父後來還有結婚嗎？」

師父搖搖頭，說：「沒啊！我念念不忘花貓兒，怎麼可能跟別人結婚哩？倒是有個自稱我女兒的女人，佔去了我員林的窩，害我不想回去，唉，這怪事就別提了。」

我感到有些好笑，又有點蒼涼，一個武功奇高的老人，竟被自己的女兒趕出家門，有家歸不得，師父只好夜夜睡在八卦山的樹上，偶爾教功夫教得太晚，才待在「穴」裡跟我窩著睡。

我看著蒼老的師父，想著這幾個月來，師父教我練氣擊掌的種種，師父的後半生窮困潦倒，瘋瘋傻傻，他對正義的希望與執著，全寄託在我跟阿義的身上……

「打電話叫阿義來吧！」師父說道。

「今晚也要練功？」我問，拿起話筒。

師父點點頭，於是我撥給了正在搶劫親戚小孩紅包的阿義，叫他過來練功。

半小時後，阿義心不甘情不願從樓下爬上了「穴」。

「給你們的。」師父從背袋裡拿出兩個陳舊的紅包袋，遞給了我跟阿義。

師父的笑容擠開了臉上的皺紋，說：「以後要好好練功啊！」

我跟阿義緊緊握著紅包袋，我的心裡澎湃著一股想號啕大哭的衝動。

「師父，你眞夠義氣。」阿義笑著收下，又說：「弟子一定會好好練拳，消滅武林敗類！」

我也說：「師父，雖然你老是不肯把故事說完，不過我知道藍金還沒死，對不對？你放心！總有一天我跟阿義會殺了他！」

師父的神色大為激動，摟著我們說道：「好！總有一天掛了他！」

那年師父給我的紅包袋，裡面裝著兩張綠色的一百塊錢。

那個紅包袋，現在一直一直都放在上衣口袋裡，陪我踏上一段不能回頭的路，一直溫暖著我的胸膛。

09 三百年

大過年期間，我跟阿義都在王功海裡走來走去，而乙晶也一直都在岸上，守著一桶又一桶的薑湯。

在海裡行走，可以鍛鍊的項目可多了，在海底站穩可以練出極佳的平衡感，要能自由操控內力，才得以行走自在，在海溝中必須承受強大的壓力與恐懼……雖然我儘量避免走進海溝。

有時候，師父會叫我們在海底練掌。在海底，一切都變得沉重緩慢，凌霄毀元手慢吞吞地拍擊著海底礁石，將我們的青春印在深深的大海裡。

初六，乙晶回到學校上輔導課，視學業爲無物的我跟阿義則繼續功夫特訓，打太陽一出來我們就待在海底打撈垃圾，直到中午吃過飯後，師父便開始教我們凌霄劍法。

師父交給我們一人一枝筆直的樹枝後，於是，三人在海灘上開始了劍影流梭的習劍課程。

一開始，師父只是簡單地講述劍法擊刺攻防的大要點，並說：「劍法絕對不能拘泥於劍形招式，所謂有法即有形，有形便會有破綻，是以劍法無法，方爲上乘劍法，若要無法，則須劍走快意，招去無蹤。」

阿義聽得一臉迷惘，我則默默認同，畢竟這個道理在武俠小說《笑傲江湖》中，風清揚教令狐沖獨孤九劍時，便曾說過類似的話。

是以，師父並未仔細教導凌霄劍法的奧義，反倒是花了許多精神在訓練我跟阿義在出劍招時的身法走位，教導我們如何以快速的身形補足招式上的貧乏。

「師父，要不要先仔細教教劍招啊？一下子就要我們無招勝有招，會不會太快了？」我問，因爲我的劍招頗爲凌亂，看起來並沒有什麼殺傷力，或許師父應當先教我凌霄劍法的基本招式，畢竟要大破大立也得要有被破被立的舊東西才是。

「我忘光光了。」師父嘆了口氣，說道：「三百年了，這些劍招我全都忘得一乾二淨，只記得劍意……也罷，反正師父年歲有限，就直接帶你們進入較高的層次。」

師父接著要我跟阿義自由施展心中的劍法，並從旁觀察，師父說：「劍法要能完全歸屬於自己，才是活的劍法，就算你們看過師父出招進擊的方式，也不能囫圇吞棗地學，要將師父出招的意念轉化成自己的劍意，才是上乘武功。」

阿義並不想學劍招，所以非常愉快地在海灘上瘋狂亂劍，師父看了搖搖頭，說：「這種劍法的確是無招中的無招，可惜全都不堪一擊。」

師父看著手中的樹枝，嘆道：「藍金這畜生說對了一句話，劍是拿來殺人的，不是拿來練功的，眞正的劍法，若要殺人，只要一招就足夠了。淵仔，阿義，你們仔細瞧瞧。」

說著，師父的身影急晃，在我倆的身旁飛快地竄來竄去，突然，師父的樹枝在我們身旁的幾塊大石上凌厲疾刺，閃電般地出手！

師父疾停，站在目瞪口呆的我們面前問道：「淵仔、阿義，師父總共刺出幾劍？」

阿義開始數著身旁大石頭的數目，我則脫口而出：「十七劍。」

師父驚訝地說：「是十九劍，不錯、不錯，那你倒說說看，哪幾塊石頭讓師父給殺了？」

阿義搶著答：「每一塊！」

我想了想，指著兩塊大石頭說：「好像是這兩塊吧？」

師父點頭稱許道：「不錯，你的確很有天分。」說完，師父輕輕踢著那兩塊「被殺掉」的石頭，石頭登時碎出兩條劍縫。

阿義乾笑道：「師兄果然不愧是師兄。」

我自己也很驚訝，我居然大概瞧出師父風馳電掣般的出手，心中很是高興，也許在這個連原子彈都發明出來的現代世界，我可稱得上是過時兵器的天才。

黃昏時，在回到彰化市的空空蕩蕩公車上，師父依然比手畫腳地教我們身形挪移的技巧，看得幾個乘客莫名其妙的，我跟阿義則專注地瞧著師父扭來扭去，在心中形塑著屬於自己的劍意。

我跟阿義就這樣，每天清晨到中午間間斷斷在海底行走，下午在海灘上練劍，不，是自由創劍，有時我還會哼著流行歌曲一邊舞劍，想找出屬於我自己的節奏。偶爾我跟阿義也會效法以前的師父，在海潮中、海底揮劍，但是樹枝往往承受不住潮水的力道而折斷。師父說：「傻瓜，要將內力灌輸到兵器上，當然不是這麼容易的事。」

我當然知道，因爲我跟阿義試了好幾天都辦不到，只好回到岸上跑跑跳跳擊劍。

只有到了晚上，我才回到冷清的家中，一天又一天，直到開學，我跟阿義的功夫經此特訓已然突飛猛進，阿義能夠對抗七種蛇毒了，我也可以對抗三十六條。我應當可以更強的，只可惜師父說他抓不到那麼多條蛇。

況且，一堆蛇盤在「穴」裡，總是帶來噁爛的腥味，牠們於我們有功，總是不好在練功玩後吃掉筋疲力盡的牠們，還得費心回到深谷悉數放回。

□

開學後不久，爸回來了。

我的「穴」因此再也不是「穴」了，幾個臨時工重新砌好了兩面牆，也順便把樓下客廳牆上的大洞補起來。這當然是爸的命令。

也因此，家裡的客廳又淪陷了，成爲死大人們言不及義兼煙霧瀰漫的歡樂場所，無聊的大笑聲空洞地迴繞在廳堂。

我也不多說什麼，還沒脫下制服，書包還掛在肩上，就一掌一掌將房間打出一個大洞，足足打了十六掌，才將房間「復原」完畢。不過我沒有將師父後來一劍凌空砍掉的那座牆一併轟掉，畢竟強風從兩方向灌進來，東西都給吹得亂七八糟。

爸當然很生氣，把我叫到客廳訓了一頓，各位叔叔伯伯也好言規勸我不要亂拆房子，我只是冷冷聽著。

以前的我，還會努力陪著笑臉，假裝很享受死大人噁爛的溫情，但現在，我連朝那些死大人正眼看一眼都覺得浪費時間，我真是搞不懂爲什麼他們可以馬拉松式講那麼無趣的話，難道真的沒事做了嗎？

叔叔伯伯一邊好意規勸我當個好孩子，一邊質問我哪兒學的功夫，而一九八七年當時的台灣，跆拳道館開得到處都是，所以我隨口說我練跆拳道已經不小心練到黑帶。

反正爸根本就不清楚、也不願知道我是不是眞的學過跆拳道。

王伯伯的手裹著厚厚的中藥，散發濃烈的麝香，坐在爸爸的旁邊亂嚷嚷，講述著我除夕夜時凶神惡煞的模樣，爸越聽越氣，畢竟我使他大失面子。

我靜靜地聽著，滿腦子都是變化無端的劍招，直到有東西刺向我的臉，我才恢復神智。

恢復神智時，我的手指挾著一支雞毛撢子，一支原本要揮打我臉的雞毛撢子。

而王伯伯的左手，正拿著雞毛撢子。

他竟然要代替我爸教訓我？

「左手吃飯方不方便？」我看著王伯伯那隻豬。

「你還敢說！還不快把手放開？」王伯伯氣得大叫。

「以後你就用懶叫吃飯。」我左手指挾著雞毛撢子，右手抓著王伯伯完好的左手，滴溜溜轉了一圈。

我揹起書包，去廚房拿了兩個菜上樓，客廳裡則又被王伯伯的哭聲佔據。

沒有人敢攔住我，沒有人敢叫住我，我就這樣上樓，關起房門，拿起高音笛練劍，幻想自己正在使黃藥師的玉簫劍法。

又過了幾個月，師父跟我在小小的房間中身法騰挪，劍影霍霍，師父扮演假想敵的角色啓發我改善攻擊的方式，屬於我自己的劍法便一點一滴地形塑出來。

阿義也會跟師父在房裡來場怪異的龍爭虎鬥，阿義的怪劍雖然依舊亂中無序，但在數十次攻防演練後，居然也創造出一種詭異且極少重複的劍招，很能在凶險的情況下，以奇招令師父大吃一驚。

「你們兩個最近都很有長進，很好、很好，淵仔承襲我的快劍，阿義則悟出奇形怪劍，都很好，而拳腳招式大抵由心而發，跟劍法無法一樣，以絕快的身法靈動補招式不足，日夜練習，隨心創招，磨出自己的手腳。過幾天我們便開始練輕功，輕功有成的話，對身法大有益處，劍法拳腳都能更上層樓。」師父嘉許道。

「師父，你在藍金屠殺武林時躲起來練劍，不是悟出什麼掌劍雙絕？你不是說掌劍雙絕驚天地泣鬼神？怎不教教我們？很難嗎？」我大汗淋漓地說，摸著剛剛用來當劍的桌腳。

「對呀，就算不教我們，也使給我們看看，讓我們開個眼界。」阿義同樣滿身大汗，手中的扯鈴棒敲著地上。

師父難爲情地說：「其實我也忘了，三百年了，一牛車的事都忘得一乾二淨。」

我張大嘴說：「這麼重要的事都忘了？」

阿義也笑道：「哇！不是說那藍金也沒死？那師父遇到藍金怎麼辦？唯一制敵的最強武器就這樣忘光光？」

師父坐在我床上，爽朗地說道：「忘光光也無妨，與藍金生平最後一戰或可期，或不可期，更是無法預算，我年歲已大，藍金雖小我幾歲，卻也敵不過歲月催人，加上天大地大，說不定兩人永無礙面之時，都將白髮而死吧。」

我問道：「雖然天大地大，但藍金終歸是師父的仇敵啊，爲什麼師父不到處找他報仇？」

師父從布袋中拿出一個黑鍋子，說：「報仇雖然也是正義，但我一直記著祖師爺的教訓，既然藍金可能在廣大天下的任何一處，我找著他的機會便十分渺茫，與其花大量時間尋找他復仇，不如說，培養正義的力量才是我最重大的責任；而這分責任將來也會加在你們的肩上，你們一定要青出於藍，一定要身懷絕世武藝，一定要相信自己，如此才能跟社會裡無窮無盡的邪惡力量搏鬥。」

師父說著說著，已從布袋裡拿出一堆簡單食材，阿義問：「吃火鍋？」

師父點點頭，說：「我在山裡摘了些野菜，宰了些小獸，用內力滾燙鍋湯就可以吃了，這也是練功夫的好處。」

於是，師徒三人將山間野味胡亂丟進鍋子，加了些水，便輪流用內力煮火鍋，香味四溢。

用內力滾燙的火鍋特別好吃，且非常值得推廣成全民運動。

不必耗電，也沒有燒木炭造成的空氣污染，還可以鍛鍊身體，隨手可吃。

題外話，此後我們師徒三人便常常用內力煮火鍋、煮稀飯、滾白煮肉、燙青菜吃，師父偶爾會將內力鼓盪到極致，用極燙的手掌來個山筍快炒山兔，爲內力大餐加菜，不過我跟阿義都不吃師父的快炒就是了。師父的手好髒。

師父一邊喝著野菜湯，一邊說：「以後你們輕功大成時，不管是偷襲或是逃跑的本事都夠了，師父便帶你們眞正行俠仗義，體驗眞實的武林。」

阿義點點頭，說：「不過，我們到底要偷襲誰還是暗殺誰？被警察抓起來的話怎麼辦？難道眞的跟他說我是在行俠仗義？」一邊舀起火鍋湯裡的紅蘿蔔。

師父說：「到時候就知道了，師父晚上教你們武功，白天你們上學堂，師父就到處調查爲惡之人。唉，每個社會都有行惡之人，有的出手教訓一頓便算，有的卻必須斬之後快。」

我兩掌搭著鍋子，運著內力說：「師父，現在社會不大一樣了，警察雖然有好有壞，不過好的警察還是佔了大部分，爲什麼不把壞人抓給警察處理就好了？」

阿義也說道：「對啊，我看電視裡的好人，他們的朋友雖然被壞人殺掉了，但好人把壞人抓住後，雖然很想一槍殺掉壞人，但最後還是很硬氣地說一聲什麼交給司法來審判啦，或是你這種人渣還不配髒了我的手之類的，然後就把壞人交給警察了。」

我繼續附和道：「電影的最後都是好人拿槍指著壞人的頭，壞人一直在求饒，然後有一堆好人圍著他們，一直鬼叫鬼叫，叫好人不要衝動，說司法會給你一個公道，要不然就是哭著勸好人把槍放下，說什麼『你要是開槍殺了他，不就跟他一樣了嗎？』這種話，那個好人雖然一堆親朋友好都被殺了，但最後都會無奈地把槍放下，罵壞人一、兩句就交給警察處理了。」

阿義來上一句：「不過那個壞人常常有夠笨的，還會趁好人轉過身時偷襲好人，才讓好人有不得以殺了壞人的結尾。」

師父說：「你們在說什麼我都沒看過，不過，師父不會干預你們心中正義的樣子，總有一天，你們都會成爲大俠，都會遇到棘手的局面，也會面對被迫出手的壓力，不過，只要你們對得起自己的良心，師父都相信你們。」

我跟阿義當時聽得不很明白，不過在我的心中，師父的話正跟武俠小說裡的正義情境開始對話。

金庸武俠小說裡，很少看見警察，也就是捕快。

古龍武俠小說裡，常常看見捕快，但都是遜腳或惡人，真正調查離奇命案緝兇的，卻是不具衙門身分的陸小鳳、楚留香等人。

而武俠小說裡的世界，總沒看過大俠殺了壞人後去衙門說明案情的，江湖惡霸明目張膽在大街上殺了一票人，也絕少看過捕快勤勞地出動，就算出動了，常常也只是炮灰的角色。

維護江湖和平的，幾乎都是隨自己意思出手的英雄。

如果英雄出手前，還要翻法條查察，或是出手後還要拎著一票壞蛋去報案的話，就顯得這個英雄好遜、好多事，一點也不灑脫了。

又，小說裡的英雄常常說：「這次打斷你的狗腿，下次再讓我知道你的惡行，就廢了你一對招子！」或是類似的話。因此，江湖的恩怨不是在衙門裡裁斷的，而是英雄一個人評斷的，或是一票英雄集團評斷的。

不過從反方向來看，江湖恩怨同樣也是由惡霸匪人決斷的，他們仗著一身本事作惡多端，有著另一套邪惡哲學。

我想，既然衙門無力，英雄只好多學點本事，以免江湖上太多厲害的壞人搞得老百姓要死不活的，那就不大妙。

不過師父會怎麼出手制裁壞人呢？

現在壞人手上的黑星手槍怪強的，我可不會空手接子彈。但話又說回來，師父的無形劍氣也暴強的，拿著桌腳遠遠朝壞人一揮，壞人來不及掏槍就被切成兩塊了……但，難道師父要教我們殺人執行正義嗎？

也許我們該當個窩囊的大俠，把壞人的黑星手槍劈掉後，把他揍一頓送給警察就好了。窩囊一點沒關係，殺人太恐怖，還要處理同樣恐怖的屍體。

想到這裡，我就不願意繼續想下去了。

「在想什麼？湯滾啦！」師父說，挾起湯裡的螺肉。

我將手掌拿開，盛了碗山菜，說：「師父，那場決戰最後究竟怎麼了？」

阿義的臉給碗裡的熱氣蒸糊了，說：「還有啊，師父你怎麼活過三百年的？難道有烏龜長生訣？教一下、教一下。」

師父手中的碗停了下來，躊躇著什麼。

時光，又悄悄回到那個黑暗、幾乎無法呼吸的地穴裡。

□

我的手掌被藍金的無形氣劍刺穿，卻硬是在他腦門上印下一掌，可惜氣勁已衰，只打得藍金踉蹌一退。我見機不可失，拿著劍往前一輪狂刺，卻只是刺進無聲無息的空氣裡。

回想起來，當時我太倉皇了，居然一得手後便急著搶攻，卻讓陰狠的藍金趁機隱匿在劍風裡，像鬼一樣消失了。

我再度閉住氣息，將左手掌貼著大腿，讓血慢慢沿著大腿流下，以免滴血聲引來藍金的劍。在黑暗中對抗黑暗，我的心境卻再無害怕，只是專注地尋找身負重傷的惡魔。

藍金在我剛猛無儔的掌力下受了內傷，左肩跟喉頭各中我一劍，天靈蓋又挨了我一掌，即使在這樣的優勢下，我也必須冷靜沉著，才能爲蒼生除害。

但藍金似乎與黑暗融爲一體，一點聲息都沒有。

「難道藍金死了？」我不禁自問，手中的劍卻不同意。

突然，我的喉頭一涼，接著喉間大痛，我的劍迅速向前一遞，卻刺了個空，一陣金屬擊地聲中，我便往後飛出。

原來，藍金在黑暗中屛氣凝神，以極慢的速度摸黑運劍，不動聲色地找尋我的位置，等到他的劍碰到我的喉頭時，便重下殺手刺喉，我擊劍向前時，藍金卻棄劍移位，往我胸口烙下重重的一掌。

我撞上地面時，手中的劍已震脫，我還沒爬起，肩上又挨了一掌，原來那藍金聽到我墜地位置，來不及拾劍便衝過來給我一掌，賊梆子，很好，我就怕他躲起來，他這樣趕來送我的命，我便顧不得見招拆招，揉身而起，跟他一掌一掌硬幹！

我的喉頭不斷出血，胸口又受了極重的內傷，但我掌上的眞力卻是不斷加重，一掌一掌都挾帶著猛烈的破空聲，那些聲音似乎是武林上千上萬條人命所發出的淒厲吶喊。

而藍金內力雖不及我，卻也仗著黑暗，勉強逃開我大部分的掌勁，偶爾還以氣劍割畫著我的身體，就這樣，兩人靠著一股狠勁在黑暗的地穴中展開武林中最凶險、最激烈的最後決戰。

藍金雖是武林前所未有的奇才，招式身法又冠於天下，但我說過，仁者終究無敵，我不顧性命地使出掌劍雙絕，凌空掌力絕不輸給藍金的氣劍，滿腦子想求仁得仁、誅殺惡魔，終於，我抓住藍金的身法，硬碰硬與他掌掌相連，拚起內力來了。

你們該知道，純粹的內力對決是最凶險的，因爲避無可避、躲無處躲，就算是勝了，我也將大耗眞元，再加上身上的傷勢，說不定只是比藍金晚死幾刻罷了。

我跟藍金就這樣鼓盪眞氣相抗，我的內力兇猛似怒潮，而藍金的內力如山崩落石，滾滾奔來。怒潮與崩石，幾乎炸裂了彼此的氣海。

但，時間一刻刻過去，我的內力漸漸不支，神智也逐漸模糊，而藍金的內力也大爲衰竭，但微弱的攻勢卻依舊向我襲來，好像沒有止盡似的，我咬著牙，不斷在體內百穴搜尋一絲一毫的眞氣，將之匯聚起來對抗死亡邊緣的藍金。

我不曉得爲什麼內力應當比我弱的藍金，能跟我力拚到這種地步？他眞是可怕的敵手，體內殘留的眞氣竟也源源不斷，而我卻逐漸耗乾每一滴能量。

就當我幾乎沒有一絲眞氣時，我發覺從藍金雙手傳來的攻勢，也氣若游絲了。此時，我的耳邊飄來了羞澀柔軟的歌聲，那歌聲是那麼熟悉、那麼動人，我知道，是花貓兒來接我了。

於是，我笑了。

這一笑，就這樣過了三百年。

□

「啊？」我疑道。

「我跟藍金就這樣，掌貼著掌，倒在詭異的地穴裡，直到三百年後，才抖落身上乾燥的黃土，神智不清地走出沉悶的地穴。」師父的聲音，也陷入了難以相信自己說辭的顫抖。

「就這樣走了出來？好像睡醒一樣？」阿義聽得出神，碗裡的湯早涼了。

師父皺著眉頭，說：「三百年的沉睡雖可說極爲漫長，但醒了就醒了，也不過是大夢一場。」

我極爲迷惑，正要說話時，師父又說：「若要算起來，我醒來的那年正是西元一九七四年，這驚人的事實我當然是過了很久很久以後，我經歷了不少事情才知道的，至於我是怎麼醒來的，我自己也不知道，說到底，這還不是最重要的問題。」

這當然不是最重要的問題，我說：「嗯，最重要的是，師父爲何在地穴裡躺了三百年還沒死？」

師父搖搖頭，說：「這也不是重點。重要的是，我醒來時，藍金已經不見了。」

片刻，我的心懸著，呼吸停滯。

師父深深地說：「藍金不見了，只留下兩個字。」

我跟阿義屏息聽著。

「等我。」

師父的眼睛就像看到黃沙裡的兩個大字，瞪得老大。

□

我跟藍金的內力在三百年間，一直沒有眞正耗竭過，這跟凌霄派的武功原理很有關聯。我跟藍金在對峙的過程中，彼此都將對方的潛力帶了出來，兩股眞氣在我們的體內，從激烈的對抗，變成來回循環的過程，那些精純的內力從未眞正離開過我們兩人之外，讓我們即使昏睡，身體卻像泡在由內力包覆的蛹一樣，令我們苟延殘喘。

此外，地底中污濁的毒氣使我們閉氣悶打，直到生理機能幾乎停頓，我們都在千年未見過一絲陽光的毒氣中互鬥，於是地穴裡充滿了各種命運惡作劇的條件，毒氣使我們像活殭屍一樣，假死了三百年。

直到有一天，一群鄉村農夫在地穴的頭上鑿井取水，井洞使穴內的毒氣慢慢散去，就像封印的古老魔咒被解除，我漸漸醒了。

醒了，身體當然好些遲鈍，神智困頓不已，洞穴裡只有一絲絲微光從遠處透下，卻已令我睜不開眼，當時我並不清楚自己究竟昏睡了多久，兩個時辰？半天？一天？還是一個月？唯一可以確定的是，藍金不見了。

我費了好大的勁，才勉力爬了起來，看了地上藍金的留言後，我只是懷疑我爲何沒被先醒來的藍金所殺，我一邊摔倒，一邊想著這問題，後來，我看到了游坦之蒼白無血色、無腐爛的屍體，又在附近看到冰涼的長鐵鍊，以及更加冰涼的李尋歡。這都在我的意料之中，但，我看到了遠處森然林立、成千上萬的石像，這才令我大吃一驚。

你道是啥？

原來，我跟藍金搏殺的死亡地帶，竟然是歷史千古之謎的秦皇陵！

當時，我當然不知道那些懾人的武士石像是秦皇地宮的陪葬品，不過我也沒時間爲之感到興趣，我只是站著活動筋骨，努力調適三百年未曾移動過的身軀，撿起地上失去光彩的寶劍後，便吃力地爬出地穴。

好不容易出了地穴，我看見一群穿著怪異的人們嚇得往後跑，嘴裡像是叫著：「又一個怪物！」

當時我更確定，藍金的的確確先我一步離開。

他果然是個難纏的惡魔。

後來，我漫無目的地走出景象怪異的西安胡亂逛著。一路上，被人指指點點我的奇裝異服，一說話，就被人當瘋子，還挨了好幾頓莫名其妙的打，當時我身上的武功未復，挨打都是眞正的挨打，每一次我倒在地上，我都會懷疑自己是不是眞的瘋了，畢竟一睡跨越三百年這種事，在哪裡都會被當作瘋子，毫無疑問。

唯一支持我信念的，只有三件事。

一，是師門交託的使命，正義需要高強功夫，堂堂浩氣必須傳承下去。

二，是在我內心久久不能平息、那股對藍金的仇恨，這股仇恨並未隨著三百年逝去的時光消失。

三，當然是在我耳邊，陪伴了我三百年沉睡的歌聲，花貓兒的歌聲並非要將我帶往另一個世界，而是鼓勵著我，要我當一個她心中永遠的英雄。

□

「然後呢？」阿義問。

「然後，我那口師父相贈的寶劍被一群自稱公安的惡霸搶走，還打昏了我。」師父落寞地說：「我找了個清靜的鬼地方，重新練習凌霄內功，過了大半年，身上的武功全然恢復後，我才出山尋找命中的徒弟，想將一身的功夫傾囊相授，也在尋徒的過程中，逐漸對三百年後的世界有所了解。」

師父放下碗筷，繼續說：「但，在中國行走五年後，我居然無法發現能夠感應殺氣的奇才，所以我搶了一個你們稱作人蛇集團的流氓團，一個人駕著人蛇集團的小船，來到台灣，莫名其妙安頓下來後，偶爾會划船到扶桑或什麼菲律賓的地方尋徒，船要是翻了，我便在海底趕路，唉，這些年就在奔波中度過了。」

我有些感動，也有些害怕，說：「那藍金呢？他要你等他做什麼？他找得到你嗎？」

師父點點頭，說：「我之所以不找藍金尋仇，除了我亟欲尋找正義的種子外，他留下的那兩個字也是很大的原因。藍金若是不殺人，我是永遠也找不到他的，承著老師祖的交代，如果藍金不再爲惡殺人，我似乎也沒有找他復仇雪恨的必要。若是他單純想殺我，當初他醒來時，就可以拿起地上的寶劍，輕輕鬆鬆就可以送了我的命，所以，他留下那兩個字，便是極有把握找到我，將復元後的我殺掉。既然他會找到我，那很好，我便專心尋找徒弟，培養世界上最後一批會高深武功的大俠。」

我聽著師父訴說三百年前的過往，終於信了這些莫名其妙的怪事。

師父身上的武功是萬分真實、厲害得恐怖，這在二十世紀簡直是奇蹟中的奇蹟，但若放到遠在三百年前的中國明朝，那一個大俠來大俠去、劍花亂舞的世界裡，這樣驚奇高強的武功才有點真實感！

有這樣一身無與倫比的武功，加上洞穴裡奇異的環境條件，當然有可能在秦皇陵裡熬過三百年！

但，有一點還是滿怪異的。

「師父，還有一點怪怪的。」我突然說：「你掉在地穴裡的時候應該是二十三、四歲，那你在一九七四年醒來時雖然是三百二十四歲，但實際上應該還是只有二十四歲，今年一九八七年，師父應該只有三十七歲吧！怎麼會看起來這麼老？」

師父遺憾地說：「這或許是時間的惡作劇吧，時間讓我莫名其妙地睡了三百年，又在三百年後剝奪我的青春，使我一年一年加速老化，我感到時間催人的壓力，所以才會用這麼激烈、不討人喜歡的手段讓你拜我爲師。」

阿義捧著涼掉的火鍋，運起內力煮鍋，說：「這就叫副作用啦。」

我想起了同樣遭受穿越時空副作用的藍金，心想：也難怪師父不主動找藍金，因爲太浪費寶貴的時間了，藍金雖然小師父兩歲，但加速老化的副作用也一定使得藍金變成白髮老人，說不定來不及交手就會死了。

師父一定認爲報仇事小，功夫與正義的傳承事大，所以焦急地尋找到我之後，便拿毒蛇亂咬我跟阿義、逼我跟阿義在海底走路，種種危險的練功方式，都是要趕在老死前使我跟阿義成材。

至於魔王藍金，等他尋來台灣，我們師徒三人聯手斃了他就是。

這一晚的火鍋，在三百年的謎團解開中，滾了又涼，涼了又滾。

而我跟阿義的習武熱血，就此眞正燃燒。

10 紙飛機

「晚餐一起吃頂呱呱吧？」乙晶握著我的手，笑著說。

「今晚可不行，師父要教我們輕功哩！」我牽著乙晶，走在八卦山的大佛下。

放學後的八卦山，特別是有名的觀光景點大佛附近，都會湧上一群穿著制服的學生……位在八卦山上的彰化國中與彰化高中的學生。

「眞的？你們的進度表會不會列得太快了點？」乙晶的眼睛好靈動。

「是太快了點，不過師父有他的苦衷，況且，我是武學奇才嘛，早點學輕功有好無壞。」我說，此時，我注意到大佛下賣烤魷魚的小販旁，站著一個外國人。

金髮的年輕外國人。

「我可以去看你們練輕功嗎？」乙晶隨即又說：「我跟家教老師說一下，改天再補課好了。」

我點點頭，開心地說：「好啊，師父一定很高興的，他常常說，妳是我的花貓兒。」

乙晶奇道：「我是你的貓？」

我沒有將師父說的悲慘故事說給乙晶聽，因爲師父不肯將恐怖的江湖過往讓師門外的人知道，一方面是故事本身太過怪異，太難取信於人，另一方面，師門的事就交給師門解決吧。

我一邊跟乙晶坐在大佛前的階梯上講話，一邊好奇地觀察那金髮年輕人。

那外國人正拿著剛買到的烤魷魚笑著，一邊打量著過往的學生。

「他幾歲啊？外國人的樣子很難看出年紀耶。」乙晶也看著那外國人，又說：「不過他滿帥的。」

我有些吃醋，於是，我打開爛爛的書包，撕下數學課本的一頁，摺成一架紙飛機，說：「看我作弄他。」說著，我帶著乙晶走到外國人的正後面。

乙晶知道我在吃醋，笑著說：「別玩啦，出人命怎麼辦？」

我哼了一聲，說：「紙飛機而已。」說著，我將一點點內力灌入紙飛機內，說：「看我自己發明的獨門暗器。」

我輕輕將紙飛機射向那外國人的脖子，想嚇他一跳，因爲紙飛機灌注了我一丁點內力，所以那外國人的脖子穩被叮出一個胞。

那外國人津津有味地吃著烤魷魚，當然對從身後突襲的紙飛機一無所知。

但——

那外國人頭也不回，只是突然彎腰低下頭，紙飛機便直直地從他的頭上飛過。

我正覺得那外國年輕人實在走狗運時，他竟轉頭向我一笑，陽光燦爛的微笑。

實在是個帥哥，至少，比馬蓋先帥上十倍不止。

外國帥哥舉起吃到一半的烤魷魚，向我笑著致意，我只好乾笑了兩聲。

就這樣，大佛下。

一只紙飛機畫出了難以想像的世界。

□

紙飛機撞上石獅子，摔在地上。

「你好？」挺標準的中文。

金髮年輕人的笑容，在夕陽的金黃下更顯燦爛。

乙晶用手肘輕輕撞了我一下，我只好看著那金髮年輕人，不好意思地說：「你好。」

金髮年輕人好奇地打量著我跟乙晶，友善地說：「學生情侶？」

乙晶忙搖手，我卻瞧那外國年輕人中文說得挺溜的，忍不住說：「你國語說得很好耶！」

金髮年輕人大方地說：「謝謝，我很喜歡亞洲文化。」說著，金髮年輕人拿著快吃完的烤魷魚，一邊笑著走向我們。

眞是令人窘迫的時刻，我並不喜歡跟陌生人相處。

乙晶知道我的個性，於是拉起我，向那金髮年輕人說：「我們要去補習了，先走囉！祝你在台灣玩得愉快！」

那金髮年輕人點點頭，笑說：「台灣學生眞是忙碌。」

我牽著乙晶走下大佛前的石階，回頭向金髮年輕人禮貌地說：「再見。」

金髮年輕人咬著烤魷魚，笑咪咪地說：「一定會的。」

一定會的。

這老外用的道別語眞是奇怪。

畢竟是老外。

□

「你們要怎樣練輕功啊？」乙晶拿著珍珠板做的玩具飛機，好奇地問。

「不知道，師父一向出人意料。」我開玩笑說：「怎樣練都好，不要一股腦把我跟阿義從高樓大廈上推下，那樣太速成了點。」

乙晶哈哈大笑，說：「說不定要你們揹著大水桶，在樓梯間一直青蛙跳。」

我搖搖頭，說：「我跟阿義在海底走來走去，已經練出妳想像不到的腿力跟耐力，就算是揹磚塊也難不倒我們，所以這次師父想出來的點子一定很恐怖，妳想想，哪有師父拿毒蛇咬自己徒弟，用來練內力跟掌力的？」

乙晶瞧瞧巷子裡並沒有人，小聲說：「趁沒有人看到，讓我看看你的腿力有多厲害好不好？」

我見四下無人，於是挑了電線桿下的半塊磚頭，輕輕一腳踩碎。

乙晶看得兩眼發直，我卻說：「其實磚頭本來就不夠硬，我不必運內力就可以踩碎了，不過大石頭就太硬了，我沒法子。」

乙晶一臉困惑，說：「你不覺得奇怪嗎？」

我愣了一下，說：「什麼奇怪？」

乙晶認眞地看著我，說：「你的武功爲什麼會這麼強？」

我呆呆地說：「爲什麼？好奇怪的問題，我這幾個月可都是非常努力在練功的，怎麼不會變強？」

乙晶還是很疑惑，說：「我知道你練功練得辛苦啊，可是，才短短幾個月，你就可以用手打破牆壁，還可以在海底閉氣走路，用內力逼出毒血，你不覺得你進步太快了？」

的確。

的確是有那麼一點奇怪。

我看過電視上的氣功表演，那是一個叫「強棒出擊」的節目，記得某天請來一個滿臉皺紋的國術氣功大師，聽主持人說，他可是國寶級的武術家，當天，他用內力使得鍋子裡的水上升了兩、三度，也表演了一掌碎掉幾塊磚頭的硬功夫。

但——

我能在幾分鐘之內，就用內力煮沸一鍋湯。

我沒試過以掌碎磚，但我確定自己一掌掌轟掉整片牆壁的功力，遠在娘娘腔的碎磚之上。

但——

我才練了幾個月的功夫。

阿義也是。雖然他滿不濟的。

「因爲我是武術天才。」

我說，看著乙晶的大眼睛。

沒錯，我是天生就能感應殺氣的天才，千萬人中選一的。

乙晶認眞地看著我，說：「那你會變成大俠嗎？」

我點點頭，說：「會。也許，我是天生註定的大俠命，所以才具有這方面的天分。」

我一說完，我立刻想到師父的死仇，震鑠武林的超級天才——藍金。

擁有習武的上佳天分，卻沒有行武的俠骨仁風的壞蛋。

也是因爲這個壞蛋，中斷了江湖中的武功傳承，使得眞正厲害的民族絕技幾乎失傳；八國聯軍會這樣欺負我們，逼我們簽下什麼不平等條約，最大的原因其實是失去超級武功的中華民族，當然敵不過洋人的船堅砲利！也害得號稱國寶級的武學大師，只能上上電視節目，表演用內力使溫度計變化、敲敲幾塊磚頭。

眞正流傳下來的無雙神技，只能藉著三百年的漫長假死，最後才從黃沙裡爬出來，重見天日。

偏偏師父又強調習武之人，千萬要有眞正的行武之心，眞正該出手時才能出手，對於表演這類的事，師父從未想過。

至於我，當然也贊同師父的觀念，但，這樣帶著一身武功，走在空洞流水的人群中，終究，終究有些落寞。

大俠總是落寞的。

乙晶的手突然緊緊地牽著我。

「有個大俠在旁邊，眞好。」乙晶的手握得好緊好緊。

「謝謝。」我感到有種比內力還洶湧的東西，從乙晶的小手中傳了過來。

「幹嘛謝？」乙晶露出古怪的表情。

「不知道。」我的表情一定也很奇怪。

我一個國中生就算只當乙晶的專屬大俠，也十足開心了。

「嘿！看看你能不能追到它！」乙晶笑著，射出手中的珍珠板飛機。

珍珠板飛機滑向天空，我放開乙晶的手，正要追出時，我卻無法動彈。

殺氣！

「怎麼了？」乙晶察覺我臉色翻白、手心發汗。

「不要說話。」我的心臟快停了。

第一次……如此陰風陣陣的殺氣。

跟師父那種怒潮般的殺氣截然二幟；這股殺氣極爲陰狠。

我咬著牙，全身盜汗。

殺氣的性質，正代表殺氣主人的個性。

殺氣的大小，正代表殺氣主人的功力。

而殺氣的位置……就在五百多公尺前！直直衝向我家的方向！

「好痛！」乙晶的手被我抓疼了。

我放開乙晶，慌忙說：「乙晶，快點往後走、不要跟著我！有壞人在附近！」

乙晶嚇到了，說：「我幫你報警！」

我大叫：「警察來再多也只是送死，妳快回家！」說著，我慌忙衝向我家。

這殺氣絕非師父釋放的！

我也絕對敵不過這股殺氣的主人。

但，殺氣的主人想在我家肆虐，不行也得上！

我緊緊握住今天音樂課用的高音笛，無暇判斷勝算的可能。

等等！另一股殺氣！

我感到一股排山倒海的殺氣正衝向我家！

沒有任何掩飾、激烈而狂猛。

是師父！

我遠遠看見師父的身影飛踩著數根電線桿的頂端，閃電般衝進我房間的大破洞！

該不會……

正當我驚疑不定時，我突然無法前進。

殺氣靜絕了。

狂風暴雨般的兩股殺氣，在千分之一的心跳間，同時消失了。

但，我的直覺無法容許我繼續往前，因爲，我的房間破洞中，悄悄透露出沒有生息的殺意。

絕世高手間的對決，不需要殺氣。

殺氣，只是打招呼的方式，要命的餌。

我站在距離我家樓下約十幾公尺處，斜斜看著大破洞。

只看見，師父霉綠色的唐裝衣襬微微晃動。

然後消失。

我鼓起勇氣，一口氣衝到大破洞正下方，卻見師父扛著我的棉被，一言不發。

但那一股陰狠殺氣的主人呢？

師父看著我，指了指棉被。

我簡直沒有昏倒。

師父就這樣扛著鼓鼓的棉被，躍出大破洞，踩著一根一根的電線桿，朝八卦山的方向「飛」去。

□

晚上的大破洞裡，透出一股冬天獨有的香味。

還有一絲迷惘的味道。

阿義捧著火鍋，湯慢慢地熱了起來。

「是藍金嗎？」我問。

「不知道。」師父的臉上寫滿了困惑，又說：「那老頭子的武功很高，我們迅速地交手三招，他三招都陰毒莫測，內力高絕，但是……」

阿義忙問：「但怎樣？」

師父搔著頭，說：「藍金的武功要更高、高得多，絕不可能只傷到我這點小傷，但這個殺手在交手前，卻跟我來上一句『我來找你了』，好像又眞是藍金！難道他的武功不進反退？」

師父解開唐裝的釦子，露出肩胛上的傷口。

「更可疑的是，藍金有一雙藍色的明亮眼睛，但這個殺手，卻根本沒有眼睛。」師父的眉頭緊皺。

我問：「沒有眼睛？」

師父說：「那個殺手兩個眼窩子空蕩蕩的，沒有眼珠子嵌在裡頭。」

我奇道：「好恐怖！難道他是靠聽風辨位跟師父決一死戰？」

阿義說：「說不定藍金的眼睛被挖掉了！這種人不值得同情啦！」

師父嘆道：「事隔三百年，藍金的樣子我已記得模模糊糊，加上急速老化，更讓我無法判斷來者是誰，只有那雙讓人不安的藍眸子，我還記得清清楚楚。那殺手也許真是藍金，也或許不是。」

阿義手中的火鍋湯慢慢滾了起來，說：「除了藍金跟我們，這世界上還有其他的武林高手？」

師父也是一般的迷惘，說：「說不定今天這殺手是藍金派來的刺客，但你說的對，這世上若除了藍金外，居然還有這樣教人心悸的超級高手，眞是匪夷所思。」

我想了想，說：「說不定，那老人眞是藍金。」

阿義也說：「師父今天終於報了仇啦！值得慶祝慶祝！」

師父惆悵地說：「恐怕不是，我的心裡一點報仇雪恨的快意都沒有。」

一點快意也沒有。

一場三百年前未分出勝負的死戰，今天，卻在眨眼間立判高下。

但三百年前的故仇舊恨，卻不能在眨眼間就消逝。

也許，師父正陷入空虛的矛盾中，一時無法接受大仇已報的苦悶。

師徒三人胡亂地吃了頓火鍋，我一邊咬著山菇，心中一直在想：那殺手的屍體，被師父埋在八卦山了吧？

自己的房間死過一個人，總不會是愉快的感覺。

我看著床上的棉被。用來包新鮮死人的棉被。

唉……

今晚睡覺時，我用內力禦寒就好了。

□

「足不點地。」

我跟阿義還揹著書包，乙晶也站在一旁。

我們幾個人剛剛吃完美味到令人感動想哭的彰化肉圓，才走出小店，師父就想訓練我們輕功。

阿義摸摸頭，甩著書包說：「足不點地？」

師父點點頭，說：「輕功的基礎訓練，就是足不點地。」

乙晶好奇地說：「要怎麼足不點地啊？」

師父說：「我在大佛的頭上，放了一塊寫上『成功』兩字的大石頭，你們把那塊大石頭拿下來給我，我去淵仔的房間裡等你們，乙晶，妳就先回家吧，他們要費好大的勁才能跟我會合呢。」

我心想：「大佛好高，不過師父一定會躲在我們身後，我們一旦摔下來的話，師父也會接著。」

阿義多半也是一樣的心思，拍著我肩膀說：「我們來比賽吧，看誰先跟師父會合！」說完，阿義就要跟我在馬路上競跑，卻被師父一把拉住。

師父微笑道：「足不點地，就是腳不能踩在地上的意思。」

阿義跟我一愣，師父接著說：「你們只能踩在電線桿或店家的招牌上前進，要是兩根電線桿或招牌之間的距離太遠，你們就踩在屋頂或陽台上，到了八卦山，你們就踩在樹上，總之，這是達到飛簷走壁的捷徑。」

我有點不解，說：「爲什麼？」

阿義更是火大，說：「師父，現在人好多，你不是擺明了讓我們出糗？」

這時，連乙晶也露出不可置信的表情。

我也說道：「師父，你不是說不可以向其他人顯示武功？現在卻要我們在市區蹦蹦跳跳，那不是自相矛盾!?」

師父點點頭，說：「好像有些道理。」

我跟阿義異口同聲說道：「那深夜再練輕功吧！」

師父搖搖頭，說：「既然不可以顯示武功，那你們就跑快一點，別讓人認出來就是了。」

我大吃一驚，說道：「什麼?!」

師父大聲說道：「快！師命難違！」

我跟阿義對望了一眼，極其不能理解師父的腦子裝了些什麼。

師父雙手托起我跟阿義，運力將我倆拋向電線桿上，我跟阿義的腳連忙穩住，分別在兩根電線桿上作金雞獨立狀，而路上的行人也以奇異的眼神看著我們。

師父在底下大叫：「下面人多，你們快跑！」

當然要跑！太丟臉了！

我跟阿義瞄準下一根電線桿，太遠了，只好縱身一跳往路燈上躍去，我卻跳得太遠失了準頭，摔在底下停在路邊的車子上，阿義則跳得太輕，只好抓住電線桿再翻上去，朝底下的我大叫：「把學號撕掉！快閃！」

我趕緊撕下學號放在口袋裡，用力往上一跳，翻上電線桿，繼續往下個招牌邁進。

我跟阿義，就這樣慌亂地在市區的電線桿、路燈、招牌上，像瑪莉兄弟一樣跳著。

你一定很難相信。

沒錯，我也感到極爲困惑。

我爲什麼要聽從師父無理的要求，在市區的條條柱柱上，滿臉發燙地跳呀跳的？

我看著阿義，他努力地在電線桿上平衡的樣子，我怎麼能夠停下來？

醫院
推拿
小吃
阿榮小吃
上美唱片

人生書局
小末照相
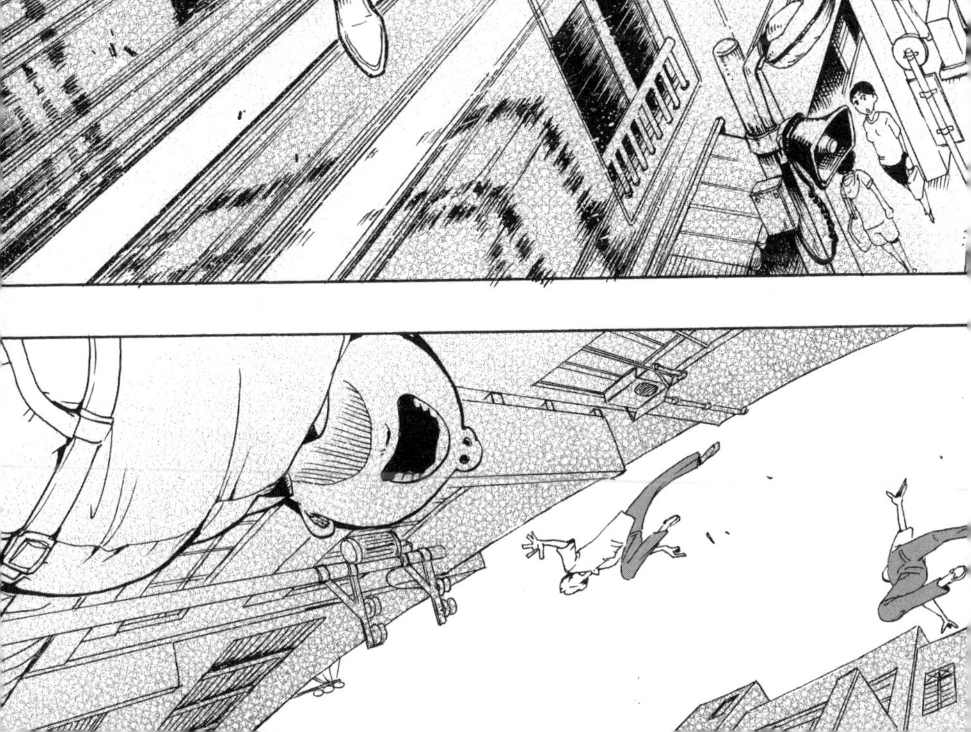

在海底走路時心中的疑問，此時再度浮現……也許，我們師徒三人，都是不折不扣的瘋子。

也許師父所教的凌霄絕學，就像歐陽鋒逆練九陰眞經那樣，會使人練到神智不清。這種神智不清，就是所謂的熱血吧。

仰仗著在海底對抗海潮訓練出的驚人腿力，我跟阿義在電線桿間縱躍並不很吃力，但要如何準確地跳在下一根電線桿上，不要太近、也不要太遠，就是門大藝術了。

幸好，偶爾不小心掉在路上時，幾個月鍛鍊下來的強健筋骨也抵受得住。

但，路上的行人都在看著我們，這可不比蕭索的海底。

路人質疑的眼光、張大的嘴巴，在某個層次上，比起海底致命的暗潮、漩渦，還要來得有壓迫感。

這種巨大的壓迫感煮沸了耳根子的血液，抽乾了喉嚨裡的唾液。

「媽，他們在做什麼？」一個小女孩指著我跟阿義，旁邊的死大人則結結巴巴地說：「他們……在……在修電線桿……」

我口乾舌燥地往前一跳，好逃離小女孩的問題。

阿義的內力雖然沒有我深厚，腿力卻也十分驚人，自尊心更是強得不得了，跟我幾乎是以並行的速度逃離路人的迷惑。

跳著。

跳著。

跳著。

這就是現代功夫少年的青春年華！

「碰！」

阿義摔在馬路上，罵了聲三字經後又跳上電線桿。

我無暇給予阿義打氣的眼神，因爲臉上的汗水已經使我睁不開眼，剛剛還差一點被高壓電線絆倒。

終於，不知花了多少時間，我跟阿義趴倒在八卦山山腳下的樹海上。

我累得說不出話來，腳，也失去了知覺。

只剩下不停發抖的小腿。

「不怎麼好玩。」阿義喘著氣，坐在我身邊的大樹上，靠著樹幹。

「嗯。」我按摩著快要抽筋的小腿，看著鬱鬱蔥蔥的樹海堆疊著。

樹與樹之間的距離，比起市區的電線桿間距近了許多，甚至不算有距離。

我想，若是一鼓作氣衝到八卦山大佛廣場那邊，應當不必再費神算計每一次的跨步，只要發狠往上衝就行了。

不必太求平衡，只要踩著粗壯一點的樹枝，一路踩、踩、踩、踩。

阿義看著我，我看著阿義。兩個人累得像剛剛跟獅子作戰後的狗。

「比賽吧。」阿義看著前方。

「有何不可？」我深深吸了口氣。

兩人同時竄上樹海！踏著樹葉上的落日餘暉往上疾衝！

以前，我總認為阿義是個上等的流氓料子。

現在，阿義卻為了要當個大俠，努力燃燒青春。

「眞有你的！」我一邊瞥眼前方較大的樹幹，一邊大叫。

「當然！」阿義大叫，腳下不停。

「內力差了我一截！居然還跟我不相上下！」我粗著脖子大叫，像隻笨拙的大鳥在樹上跳著。

「是你太爛了！」阿義大笑，歪歪斜斜地跳著。

夕陽下，人的影子拉得好長。

人的激情也拉得好長。

「我要成為天下第一的大俠！」我雄心壯志地大叫。

「我要成為宇宙第一的大俠！」阿義的嗓子更大。

「我要成為……啊！啊！啊！」阿義的聲音從興奮變成驚恐。

我以為阿義踩了個空，往旁一看，卻看見阿義嚇得大叫：「快逃！」

我一愣，卻見一大群蜜蜂從身後的樹叢中湧出。

「他媽的！我剛剛踩到蜂窩!!」阿義面如土色，腳下的速度只有更快！

「啊！」我沒空大叫，因為我突然看見「蜂擁而上」這句成語的最佳應用。

大批大批蜂群黑麻麻地向我倆捲來，我當機立斷大叫：「師父救命！」

師父來了嗎？

沒有。

倒是蜜蜂鋪天蓋地的氣勢更爲驚人！

蜂群捲住阿義，逼阿義跳下樹。

另一群蜜蜂震耳欲聾的「嗡嗡」聲似乎就在我的耳邊，我一急，也想跳下樹頂，卻聽見阿義大叫：「樹下有人！」於是，阿義滿頭包地又跳上樹。

的確，將蜂群引到樹下只會傷及無辜，於是我靈機一動，猛力踩斷樹枝，用踢毽子的腳法將樹枝踢高，一把抓住掛滿樹葉的樹枝，大叫：「阿義看著！」

我在樹幹上來回折衝，運起衰竭中的內力舞動手中的樹枝，使出我自創的「乙晶劍法」撥亂蜂群。樹葉被我的內力所帶動，挾著勁風衝亂蜂勢。

阿義立即俯身劈斷兩根樹枝，使出他奇特的「絕世好漢劍法」，在亂竄間用大把樹葉攻擊蜂群。

兩個將來的江湖第一大俠，就在樹頂演出生平中第一次劍法實戰，淋漓盡致地將自創的劍法使將出來，槓上兇巴巴的蜂群。

時間在這種情況下，在任何小說中都會被描述成「過得很慢」。

我必須做個澄清。

在這種情況下，你不會感覺到時間這個函數的存在。

你不會的。

阿義跟我嘶吼著，卻被蜂群近乎原子彈爆炸的「嗡嗡嗡」聲給淹沒。

雖謂人定勝天，但，大自然的力量眞是不可小覷。

「幹！寡不敵眾！」阿義吼道。

「千金之子，不死於盜賊之手！」我哀號著，揮別手中的樹枝，再見了！

阿義疲倦已極，乾脆坐了下來，閉上眼睛，放下早已失去樹葉的樹枝。

我嘆著氣，看著哭泣的夕陽，哭泣。

我爲什麼哭？

雖然我有一身高強武功，但我還是會哭。

再怎麼說我都是個國中生。

阿義閉上眼睛，任憑身上蓋滿了蜜蜂材料的棉被，也是流著眼淚。

夕陽無限好，只是被蜂咬。好詩！好詩！

好不容易，我看著蜜蜂在我倆身上戳戳刺刺，又看著蜜蜂心滿意足地散場。

於是，我運起剛剛看著夕陽哭泣時，積聚下來的內力，將令人痲癢欲死的蜂毒裹住，舉起雙手，用凌霄毀元手將毒質凌空擊出。

幸好這群小蜂不是流氓虎頭蜂，蜂毒不算厲害，我身上的紅腫結塊一下子就消了大半，於是我跳到阿義身後，用內力幫助仍在跟蜂毒抗戰的阿義。

「沒問題了。」阿義虛弱地說。

「你聽起來好累。」我說，雙掌依舊送出股股內力。

「你看那邊！」阿義指著左邊的樹群，我轉頭一看，阿義卻箭一般衝出，大笑道：「走先！」

我大罵，跟在阿義身後拚命地追。

「大佛！」阿義興奮地大叫。

「看我的！」我跟著大叫，跟阿義一同來到大佛下。

師父那塊寫著「成功」的石頭，就放在巨大嚴肅的大佛頭頂心。

「要怎麼上去？」阿義有些迷惑，但，我更迷惑。

大佛不比電線桿，摔下來會死的！

況且，大佛的身體沒有稜角，也幾近垂直，要借力躍上真的是很難很難。

「師父既然把石頭放在上面，就表示我們一定有辦法拿到它。」我說。

「師父有時候瘋瘋癲癲的。」阿義說。

我簡直無法反駁。

「不管怎樣，趁太陽還沒有完全落下，我們一定要上去！」我說，看著暗紫色的天空。要是天一黑，看不清楚狀況的話，小命可是會丟掉的。

「那就走吧！」阿義深深吸了一口氣，摩拳擦掌著。

「看誰搶到吧。不過你可別太勉強，小命要緊。」我說，心中惴惴。

「你也一樣。」阿義閉上眼祈禱著。雖然他根本什麼教都沒信過。

「上！」

「上！」

但，就當我們師兄弟兩人正要翻上大佛的瞬間，我倆卻無法動彈。

我跟阿義的「叮咚穴」，已被兩塊遠方飛來的小石子敲中，穴道一封，登時動彈不得。

「不必上了。你們在找這石頭嗎？」一個蒼老的聲音。

聲音的主人，沒有眼珠子。

只有一雙深邃空虛的黑眼窩。

「帶我，去找放石頭的人。」蒼老的人冷冷地說。

石頭，就這樣碎了。

好可怕的握力。

我跟阿義發著抖，紫陰色的詭譎天空吞噬了我們。

我注意到，一個熟悉的身影，正坐在石獅子上，好奇地看著我們。

依舊吃著烤魷魚、依舊一頭金髮藍眼、依舊燦爛的笑容。

金髮外國人的手裡，射出一只珍珠板飛機，畫過我跟阿義中間。

那架珍珠板飛機，依稀，在哪裡見過。

「走。」恐怖的無眼人冷冷說道。

無眼人一手一人，抓起我跟阿義，走出大佛廣場。

我已無心神理會：一個沒有眼睛的人，是怎麼來去自如的。

無眼人像抓小雞般拎著我跟阿義，往通到山下的樹海一躍，我只感到樹影在腳下流飛，心中空蕩蕩的。

這無眼人輕功極高，儘管帶著我和阿義，腳步卻輕沓無滯，但他的身體裡，卻沒有一點生機。

就像是武功卓絕的殭屍。

阿義的臉色死白，我知道他在想什麼。我也是一般心思……

這個可怖的無眼人，就是藍金無疑！

既然這個無眼人必是藍金，那麼，我跟阿義就等著被凌虐成碎片吧。

但，師父昨天不是才擊殺一個無眼殺手？

難道，藍金並未死絕，隔了一天爬出土、又再度挑戰師父？

我無法細想。

我只好發抖。

八卦山下，文化中心旁的十字街口車水馬龍。

無眼人停了下來，問：「往哪兒走？」

我無力道：「你昨天不是走去過一次？」

無眼人漠然，又問：「往哪兒走？」

阿義急道：「先直直走！過馬路後還是直直走！」

於是，無眼人拎著我跟阿義，以驚人的身法閃過奔馳中的車輛，往我家的方向衝去。

無眼人的怪異行徑到了市區，旋即吸引了許多人的注意，也吸引出我強烈的疑問。

這無眼人身上的殺氣相當隱匿，並沒有像昨天那樣陰風陣陣、撕咬我的靈魂。

無眼人的身上，也沒有受過重傷的跡象。

這會是昨天同一個無眼人嗎？

我可不敢問。

□

無眼人，就站在我家樓下，臉上兩個深黑色的空洞，詭異地瞧著大破洞。

我跟阿義，此刻就像兩隻被拖上岸的小魚，只能在一旁瞪大眼睛。

「知道我是誰？」無眼人冷冰冰地說，雙手放在我跟阿義的脖子後。

我的背脊頓時凍結。

「藍金？」我勉強吐出。

無眼人站在我們身後，機械地說：「那你們就該知道我的手段。」

果然是藍金……霎時，我聞到阿義跟自己身上的尿臭味。

藍金，這個殘酷的魔頭，正打算在與師父死戰前，摘下我們的腦袋祭戰。

頭一次，我感到眞正邪惡的力量。

那是一種，足以摧毀一切希望的恐懼感。

「你……你的眼……眼睛呢？」阿義問，呼吸急促，似乎想拖延一點時間。

「自己挖了。」藍金的答案正跟他的指尖一樣冷血。

藍金的指尖在我們的脖子後，一點一點插了進去，像是在享受著大餐前的點心。

我看著大破洞，破洞裡，並沒有透露出師父的殺氣。

也許，師父此刻還在八卦山上採摘山味吧。

永別了，師父。

絕望。

危機感。

死亡。

空虛。

但我想到了乙晶。

「崩！」

我往前一倒，一掌擊向阿義。

阿義跟著撲倒。

藍金沒有料到我竟然能暗中運氣衝破他的點穴，也沒料到我會一掌將阿義擊倒。

就在藍金想抓住我倆時，破洞中飛出數十枝「小天使鉛筆」，朝著藍金凌厲擊去！

跟在漫天「小天使鉛筆」後面的，是拿著扯鈴棒的超級大俠！

數十枝鉛筆插在地上，柏油路噴起無數小碎塊。

但藍金不見了。

藍金在空中！

一道綠光從上凌擊。

一道黑影拔地轟殺。

在昏黃的路燈中，鮮血灑在我的影子上。

「咚！」

師父跌在我身旁，笑著。

咧開嘴笑著。

藍金，則撞在對面的路燈上，慢慢地、沿著高高彎彎的路燈，滑了下來。

藍金沒有瞪大眼睛。

他沒有眼睛。

不過，藍金的眉心，卻插了半根短短的扯鈴棒。

另外半根扯鈴棒，則緊緊抓在藍金的手裡。

冰冷的路燈柱上，留下一抹血跡後。

就結束了。

我發誓，我要換張棉被。

裹過兩個死人的棉被，不算是棉被，已經算裹屍布的一種，或說是簡易棺材。

師父把藍金埋在八卦山的深處後，回到大破洞中，看見我跟阿義依舊驚魂未定，坐在床上發呆。

「今天眞是無比驚險。」師父拿出幾枚野雞蛋，說：「今晚加菜！」

我嘆了一口氣，說：「藍金眞是太可怕了。」

阿義則一個字也不想說，他的神智還停留在脖子快被切開的瞬間。

師父嘉許道：「還好你衝破了穴道，要不然，我眞不知道該抓什麼時機出手。」

阿義終於開口：「要是淵仔……」雙眼空白。

師父輕輕打了阿義的腦瓜子，說：「叫師兄！」

阿義只好說：「要是師兄沒衝破穴道的話，我們兩個不就會被你丟出的鉛筆射死？」

師父搖搖頭，說：「要是你們一直被挾持，我只好斬下自己一隻手，跟藍金換你們的小命了。」

我有些感動，但師父又接著說道：「不過，藍金凶殘無匹，多半還是會割掉你們的頭示威。」

回想起來，剛剛眞是九死一生。

師父將野雞蛋打破，濃濃的蛋黃流進溫涼的火鍋裡。

我捧起了火鍋，交給師父：「我累壞了，跑跑跳跳後又衝破藍金封的穴道，幾乎耗盡我所有的內力。」

師父接過了火鍋，雙手，卻隱隱顫抖著。

「師父，你受了傷？」我驚問。

師父昨日、今日連戰兩個超一流高手，怎能不受傷？

師父輕輕咳了兩聲，說：「昨天的傷不礙事，剛剛怕他傷了你們，分了點神，卻反被藍金在胸口印了一掌，差點把老命給丟了。」

我跟阿義對望一眼，不約而同伸出手按在師父的背上，用內力爲師父療傷。

師父並沒有推卻我倆的好意，但，師父仍是滿心疑竇，說：「不過，師父很疑惑，爲什麼藍金要挖掉自己的眼珠子？」

阿義閉上眼睛，說：「昨天那個沒有眼睛的殺手，不會是今天這個殺手吧？」

師父點點頭，說：「的確不是。」

我也相信不是。

但，沒有眼珠子的人不多。

沒有眼珠子的超級殺手更是稀少。

而我們，卻連著兩天遇到這麼兩個。

師父沉吟了一下，說：「昨天的殺手很厲害，但差了今天的殺手一截。說實在話，今天的殺手是不是眞正的藍金，師父同樣困惑得厲害。」

藍金將自己的眼窩掏空，難道就是爲了不讓師父認出他來？

這就是最古怪的地方。

藍金應當是個絕頂自負的人，爲何需要毀容隱藏自己的特徵？

又，第一個失去眼珠子的殺手，若不是藍金，又是誰？

藍金訓練出的爪牙？

藍金訓練出的徒弟？

「不會的，藍金一向獨來獨往，沒心思也沒興趣將武功傳給別人。」師父這樣說。

師父感到困惑難解，我跟阿義在當時卻只是稱幸。

當晚的火鍋，冒出一連串的大問號。

所幸，第三天並沒有第三個無眼人出現。

經過我跟阿義的嚴正抗議，師父終於答應將輕功的練習改在深夜。

我跟阿義只想鍛鍊高深武功，可不想連羞恥心也一起鍛鍊。

不，這根本不是鍛鍊羞恥心，而是抹殺羞恥心！

於是，夜深人靜時，我跟阿義便打扮成忍者的模樣，在市區的電線桿上面呆滯地跳躍、在八卦山的樹海上飛馳。

當然，我跟阿義眞的躍上高聳的大佛頭頂，就在一個掛滿星星的夜晚。

雖然基於武學奧祕不宜廣宣的立場，我無法透露我跟阿義如何飛上大佛頭頂的，但，我可以告訴你，站在大佛頭頂看星星的感覺，眞的很不錯。

過了一段時間，我跟阿義的輕功頗有小成後，師父就在我倆的腿上綁上鉛塊，要我們不用膝蓋的彎曲力量，就在電線桿間跳來跳去。簡單來說，就是膝蓋不能彎曲，像電影「暫時停止呼吸」裡的白癡殭屍那樣地跳。

「爲什麼不能彎膝蓋？這樣根本不能跳！」阿義抗議著。

「用內力，就可以跳！若再加上堅實的肌肉，跳得就越高！」師父很堅持。

「重點是，這樣可以練到什麼武功？」我認爲這是沒有意義的練習。

「把腿力練到更高的層次，也可以練出內力的火候。」師父說完，便將我們丟到電線桿上。

不用膝蓋跳躍，眞是見鬼了。

我跟阿義花了四個晚上都沒有成功，只是不斷地從電線桿上摔下，不僅砸壞了好幾台車子，還驚動了巡邏的警車圍捕。

這個失敗的練習，讓我們師徒三人的關係降到冰點，連黃昏所做的「排蛇毒練氣」、「在房間

創劍」的定量練功，常常都是一語不發地各自進行。

直到好幾個晚上以後，我跟阿義以殭屍跳，成功地連續跳出「十」根電線桿的成績後，師徒三人才在瘋狂的淚水與擁抱中盡釋前嫌。

學武功眞好！

多年以後，無數個深夜裡，我揹著巨大的水泥塊，在八卦山脈揮汗練「殭屍跳」時，竟在無意間創造了一個恐怖的民間傳奇：有一批殭屍從中國大陸上岸，在台灣的山裡出沒！

我在八卦山脈跳，彰化就出現山中殭屍傳奇。

我在嘉義阿里山跳，嘉義就出現荒野殭屍傳奇。

我在花東縱谷跳，花東就出現殭屍已經從西部跳到東部的恐怖謠言。

這已是三、四年以後的事情了。

11 正義與律法

我必須將時間的軸線拉長，儘管練武的時光諸多歡樂、諸多汗水。

在未來的兩年中，白天師父去行俠仗義，黃昏我跟阿義放學後，不是創劍、就是練掌，乙晶若是沒有補習，就會跟我們一起聽師父說些顛三倒四的武林軼事，哈哈大笑。到了深夜，我跟阿義戴起口罩，便開始在城市中飛簷走壁，或在電線桿上練殭屍跳，踏遍城裡每一吋銀色月光。

每到假日，師父就帶著我們到海邊踏青。

或者應該說，師父跟乙晶踏青，我跟阿義則在海底拾荒。一邊拾荒，一邊在怒濤中練掌練劍。其實這也滿有趣的，海底世界眞是奇妙無比，有一次我跟阿義還碰上一頭超級深海大烏賊，我一時興起，便用麻將尺跟牠鬥了起來，想將牠拖上岸吃掉，無奈卻被噴得一臉漆黑，差點瞎了眼睛。

但阿義就沒這麼幸運了，倒楣的他被大烏賊的吸盤爪死纏住，硬拉進海溝裡，我只好瞎著眼跟牠來場聽潮辨位，在海溝中砍斷牠的兩條觸手後，便抱著死了一半的阿義上岸。阿義吐了半天，手中倒還緊抓著那兩條被我砍斷的烏賊腳，於是四個人便開心地坐在沙灘上，用內力將兩隻大烏賊腳煮了吃掉。

在漫長的暑假中，別的學生都在玩救國團的白癡露營，而我們功夫四人組，卻組成一支叢林特訓隊深入花東深谷，闖入毒蛇猛獸的陣營練功。

白癡救國團在跳「第一支舞」時，我跟阿義則在長滿青苔的大石頭上，一同「崩」出難忘的回憶。

另，爲什麼我說是「功夫四人組」？因爲，師父收了乙晶作他第一個女弟子，開了凌霄派的首例。

不過乙晶受訓的量很少，我瞧這並不是師父有什麼陳腐的重男輕女觀念，而是他不好意思做出拿毒蛇咬乙晶這類沒品的事來。到底師父還是有溫柔的一面。

在叢林裡，我跟阿義施展飛鴻冥冥的輕功，追殺每天的餐點，乙晶則跟在師父旁邊學導引內力。其實叢林最可怕的部分，就是無數的毒蛇、種種毒物，但我跟阿義早已習以爲常，即使被黑白分明的雨傘節咬到了，我也只須花兩分鐘就可以將毒完全清出。

因此大抵上，叢林沒有海底那麼可怕，我所遇過最強的猛獸，也不過是台灣黑熊。

那一天，乙晶跟我在躲避蜂群時，意外看到兩隻台灣黑熊，那兩隻黑熊親暱地偎在一起，捧著我抱著乙晶練輕功時，不小心踢倒的蜂窩（註：蜂窩是種練輕功時，很容易踢到的危險物品）。

這對黑熊情侶對從天而降的佳餚卻之不恭，愉快地捧著甜美的蜂窩一同分享；乙晶跟我都爲牠們感到幸福，我們倆便蹲在一旁，笑嘻嘻地看著兩隻大黑熊吃情侶大餐。

就這樣，因爲我根本不怕黑熊的關係，所以我同乙晶在叢林裡逛久了，便自然與這兩頭黑熊當了稱兄道弟的好朋友……雖然我跟他們兩個叢林之王，結結實實打了兩次狠架。

乙晶說：「雖然他們不是寵物，但是也該有個名字吧，我瞧他們一隻比較大，一隻比較小，就叫他們大大、小小吧！」

的確，爲黑熊命名並非將他們視作「寵物」，因爲大大跟小小也爲我跟乙晶命名了。我叫「吼吼」，乙晶則叫「吁吁」。很公平。

有一個突如其來的下雨天，大大跟小小在我們身旁抱在一塊打啵兒，那情境實在撩人，於是，我便摟著拿著荷葉遮雨的乙晶，在大雨中獻出我的初吻。

國二升國三的暑假，我摟著滿臉飛紅的乙晶，在大雨裡。

那個吻，我一輩子都不會忘記。

告別了大大跟小小，告別了滿山的毒蛇，我們功夫四人組度過一個歡樂與汗水兼具的暑假，向繁重的國三課業無奈地報到。

此時因爲毒蛇難逮，所以毒蛇的「量」已經不適合當作我跟阿義的內力指標，而改爲跟師父對掌的次數。阿義能夠跟師父對掌十一掌不倒，我則能夠撐到六十二掌。

但劍法的進步就無從評判了。因爲我們都擋不了師父驚天霹靂的一擊。

而師父對我們都感到滿意，他說：「過幾天，師父帶你們涉足眞正的江湖，擊殺貪官惡霸！」

我擔心的一天，終於來臨。

□

天黑了，一群穿著黑色西裝、嚼著檳榔的平頭男，從理容院中魚貫走出。
走在這些人中間的，是個油光滿面、咧嘴大笑的大胖子，手中還摟著一個低著頭的女孩。
女孩的眼睛，紅紅腫腫的。
「就是他。」師父蒙上口罩。
我跟阿義則分別戴上「原子小金剛」跟「鋼彈勇士」的塑膠面具。
躲不過的正義裁決。
躲不過的內心煎熬。
躲不過的，害怕。

學功夫，爲的是正義。
等的，就是這一刻。
但，到了這一刻，我卻不禁要問：什麼是正義？
如果等一下即將發生的事情能稱作正義，爲什麼我全身上下都在發抖？

師徒三人，躲在理容院旁的黑暗小巷中，等待著下手的機會。
爲首的大胖子，肥手黏在少女的臀上，抓著。
大胖子的四周，大約有八個刺龍紋虎的壯漢，看起來不堪一擊。
但，靠在大胖子身旁的兩個壯漢，腰上卻是鼓鼓一包，我猜是手槍，這點倒是相當棘手。

「師父，眞要殺了那頭死肥豬？」面具下的阿義，跟我一樣迷惑。

「這要瞧你們自己。」師父說。

師父的答案包含了無止盡的推卸責任。

「師父，有必要做到這種地步嗎？」我的聲音也在發抖。

殺人，不管爲了什麼理由殺人，對一個國三生來說，都是太沉重了。

爲了正義也好，爲了復仇也好，殺人，就是殺人。

師父不再說話，因爲師父的話在一個小時前，已經說得很明白了。

□

一個小時前，大破洞。

「我們凌霄派這次的任務，是要殺一個叫黃士峰的地方惡霸，他平常仗著幾個臭錢跟竹聯派的惡徒爲伍，欺壓良善、作惡無端，糟蹋姑娘的清白更是時有所聞，師父已經盯他一段時間了。」師父簡單說完。

簡單說完，一個人應該被殺的理由。

「殺一個壞人，就這樣……就這樣簡單？」我腦子一片空白。

其實，我壓根不想殺人。

就連王伯伯，我也不想眞殺了他。

但要是跟師父開口說「我不想殺人」，豈不白費了師父傳承武術的苦心？

「要是你們不想殺人，也由得你們。」師父淡淡地說，似乎看穿了我的心事。

「爲什麼？師兄怕殺人，我可半點不怕。」阿義堅定說道。雖然，一個小時後的他，完全判若兩人。

師父怫然不悅，說：「殺人是件可怕的事，能留一手自是最好，怕的卻是賊人死性不改、變本加厲。」

師父看著地上的口罩與面具，又說：「學武功，不爲修身、不爲養性，更不是爲了參透生死道理，不爲勘破人生迷霧。學武功，求的是很實際的東西，那就是正義！社會沉淪，奸邪當道，需要能負擔得起正義的俠客出現，這個俠客必須明是非、斷善惡，更需要有執行正義的勇氣，這就是正義的擔當。」

師父突然回身出手，手指插進水泥牆上。

「有時候，正義需要有取走別人性命的覺悟，需要有擁抱無窮罪惡感的強大勇氣！只因爲，正義不是獨善其身的！」師父的眼神綻露光芒。奇異的光芒。

這幾句話，天崩地裂般衝破我的心防。

沒錯。正義不該是獨善其身的。

只要誅所當誅，殺人的罪孽，不該迴避。

這是大俠的宿命。

「不過，師父，殺人不就犯法了？雖然那些壞人是很該殺啦！」阿義突然冒出一句。

師父點點頭，又搖搖頭，說：「社會律法，保護的是誰？」

這個社會奸商巨賈當道，於是我說：「保護有錢人……也許，也保護壞人。」

師父苦笑，說：「或許你說的沒錯，但律法眞正執行的話，它保護的，眞眞切切是善良的老百姓，律法可說是弱者的武器，弱者用來對抗強霸者的工具！」

我腦子有點混亂。既然律法好，可以保障社會弱小，那大俠爲何要觸犯律法殺人呢？

師父接著說：「但，我們不是弱者。」

阿義的眼睛一亮，說：「所以，強者不需要法律！」

師父摸著阿義的頭，說：「不錯，律法是爲弱者制定的，它爲弱小良善者出頭，爲他們爭一口氣，這樣很好！但，強者不需要法律，強者可以自己對抗邪魔歪道。」

好一個「強者不需要法律」！

但，我仍舊問了一句近乎白癡的話：「這樣……這樣沒有關係嗎？」

師父一愣，說：「這就是我教你們輕功的原因了。」

「啊？」我也一愣。

師父微笑道：「被抓到，就有關係。不被抓到，當然就沒關係。」

阿義咧開嘴，笑說：「師父放心，飛簷走壁逃命的功夫，我們師兄弟已經滾瓜爛熟啦！」

師父拿起口罩，端詳了一會兒，說：「最好如此。逃不過，被捕快抓走也罷了，要是被賊子的子彈追上，就得留下一條命。」

留下一條命……這個代價，不管對誰來說，都太高了。

□

而，一個小時後的我，站在黑巷中，卻無法逃出正義沉重的壓力。

阿義也不能。因爲阿義的殺氣混亂且牽強。

師父當然察覺得到我們兩人不安的心情，但他並沒有多說什麼。

對師父來說，大俠是沒有年齡限制的；此刻的師父，並不是要求兩個國中生殺人，在他的眼中，戴著面具的，是兩個將要展現大俠氣魄的初生之犢。

車子旁，一個戴著墨鏡的平頭男爲大胖子打開車門。

「就是現在！」師父低聲說道，殺氣一現。

不管那麼多了！

我跟阿義一擊掌，便從巷子中衝出，兩人縱身長躍，跳上大胖子身旁的黑頭車！

砰！車頂發出劇烈的撞擊聲，幾個壯漢還來不及反應，我跟阿義已經出手！

目標：兩個身懷手槍的棘手傢伙！

一個滿臉鬍碴的瘦子看著自己貼著地面飛了起來，然後撞到商家的鐵捲門。他根本沒有掏槍的機會。

另一個滿臉橫肉的大漢，則把剛剛吃進肚子裡的雜七雜八，全吐了出來，他腰上的手槍，則被我甩向路邊的郵筒。

「幹！」

「靠么！」

「衝三小！」

「吼伊細！」

其他人一邊咒罵，迅速拿出明亮亮的刀子，但他們眼中的狠戾，卻遠遠超過刀身上的暗紅血腥。

四把尖銳的壽司刀同時刺了過來！

卻也同時飛上天空！

乙晶劍法！閃電般的出手！

四個惡漢瞪大著眼睛，慢慢地軟倒在地上，昏厥過去。

是阿義神出鬼沒的怪劍。

「你們想怎樣？是哪個堂口的？」大胖子緊緊抓著顫抖的少女大聲問道。

大胖子的前面，還有兩個握緊拳頭的保鑣。

「嗯……我想一下……」我腦中混亂，竟然結結巴巴。

「我們要你的命！」阿義衝口說出。

大胖子的眉頭皺都不皺一下，彷彿對阿義的答案不感興趣。

「你們要多少錢？」大胖子從懷中拿出一本支票簿，冷靜地說：「你們的身手不錯，考不考慮跟著我？我出比別人多三倍的錢。」

性命受脅，卻還想拿錢砸死人，果然是個土豪劣紳。

我擔心巡邏的警車馬上就會趕到，於是大跨步上前，雙手輕輕一推，兩個小山一般的保鑣如彈珠般地射向理容院門口。

這時，大胖子的臉色終於蒼白。

阿義拿著麻將尺，指著大胖子的鼻子，說：「下輩子，記得當個好人。」說完，阿義舉起麻將尺，眼看就要將大胖子劈死。

但阿義的麻將尺，只是停在半空中。

久久，腿軟的大胖子、嚇呆的少女、我、阿義自己，全都瞪著這把即將奪人性命的麻將尺。

但麻將尺自己，卻一直在猶豫著什麼。

「師兄，我看還是你來吧。」阿義居然這樣說。

我手中的高音笛，卻也在發著抖。

「我……我不知道。」我的心情複雜到了極點，我完全沒有取人性命的準備。

突然，一種厭惡自己的情緒湧上心頭。

我厲聲喊道：「你幹嘛要當壞人！」高音笛猛然劈向車尾，行李蓋碎出一個小洞，高音笛尾巴登時噴裂。

大胖子愣住了，他的褲子突然濕了。

「對……對……對不起……」大胖子口齒不清地說。

我咆哮道：「你知不知道這樣子會死！」手中的高音笛再度劈向車尾，車尾燈嘩啦一聲爆開。

大胖子眼淚流了下來，說道：「請給我一次……一次機會！我會重新做人的！」

我壓抑不住心中的矛盾與恐懼，手中的高音笛劃破空氣，嗚嗚作響。

「你會改嗎！」我斥聲大吼。

「喂？你在幹嘛？」阿義用手指輕輕刺我了我一下。

「你會改嗎！」我歇斯底里大叫，看著大胖子雙膝跪下。

大胖子把自己的頭用力撞向路磚，拚命磕頭，嘴裡哭喊著：「我一定會改的！會改的、會改的！會改的、會改的！都是我不好！我會改的！」

我一笛劈向路燈，高音笛飛碎四射，我的怒氣稍平。

「那就好好改啊！」我看著拚命求生存的大胖子大叫。

一個人，一個壞人，在這樣性命交關的時刻，承諾與誓言對他的意義是什麼？

是求饒的同義詞？

是權宜之計？

還是根本謊話連篇？

難道，竟會是眞心誠意的頓悟？

其實，都不是的。

雖然我當時年紀尚輕，但，我知道都不是的。

承諾在這種時刻，跟昆蟲式的刺激/反應沒有兩樣。

承諾變成一串意義不明的符號，是毫無意義的。

我並不天眞。

但，有時候我願意天眞。

也許，我並沒有選擇，不是嗎？

我既然聽到他的答案，聽到他的承諾，我就失去了正義的立場，如果我執意結束他惡貫滿盈的一生，我往後的日子就會沉溺在不斷懷疑自己現在抉擇的正當性。

如果殺了他，他將永遠沒有改過自新的機會。

人人都需要這個機會。

「你打算？」阿義囁嚅地說。

「饒了他。」我靜靜說道，看著狗一樣乞憐的大胖子。

也許，這種無法前進的處境，是我自己故意造成的。

更或許，我打從一開始，就決定原宥他了。

我的軟弱，似乎不能肩負起大俠悲痛的命運。

「也好。你記得重新做人啊！不然我們還會來殺你！」阿義也鬆了一口氣。

「別忘了你說過的話。」我說，聽見遠方傳來警笛聲。

我跟阿義對看一眼，又看了看躲在黑巷中觀看一切的師父，兩人拔身而起，躍上路燈飛踏離去。

微弱的月光下，霓虹昏暗地迷醉，街上只剩下一群昏死的流氓，以及一個磕頭磕不完的大胖子。

希望大胖子頭上留下的疤，可以提醒他，記住當下無意識的承諾。

我跟阿義站在大佛頭頂。與師父事先約好的會合點。

「你為什麼放他走？」阿義坐在我身邊，嘆氣。

「你下得了手？」我沒好氣說。

「要是你不放過他，給我一點時間考慮一下，我就下得了手。」阿義果斷地說。

「就是因為你需要考慮，所以你也下不了手。」我說。

阿義本想開口，卻又把話吞了進去。
「你說說，師父會不會生氣？」我忍不住問。
阿義抓著腦袋，大概也在煩惱這個問題。

「不會！」

師父像隻敏捷的黃雀，輕輕跳到我倆身旁。
我簡直不敢直視師父的眼睛。
「師父說過，你們有你們自己的正義觀，師父絕不勉強你們。」師父席地而坐。
阿義又嘆了口氣，說：「殺人比想像中難。」
師父笑道：「你錯了，殺人一點都不難，難的是：你如何判斷一個人當不當殺？」
也對。
難就難在這裡。
決定一個人該不該殺，是該由人來決定？還是該由神來決定？
人類找不到神來審判，只好搬出法律，讓法律來決定人的生死。
但師父顯然把法律踢到一邊，發展出一套「正義超越法律」的論調。
我看著孤淡的弦月，落寞地說：「師父，雖然你以前說過，警察跟壞人總是一夥的，但是這個世界好警察還是很多的，爲什麼不把壞人抓去警局，讓法律公斷一個人該不該殺？」

「如果這是你的決斷，師父也不能說不。」師父笑了。

師父的笑，有點譏嘲，卻也有些同情。

「師父，你殺人時，難道都沒有一點愧疚？」我問。

我是有些生氣的。

「師父，你殺人時，難道都不會考慮再三？」阿義也問。

師父大笑說：「師父殺人殺得坦坦蕩蕩，絲毫愧疚也無，若說考慮，師父的確是再三思量後才動手的！」

我搬出人性理論，說：「師父，可是被你殺的人，怎麼說也是別人的老公、別人的爸爸啊！」

師父冷然說：「這就是正義所需要的勇氣。」

我開始對師父的答案不滿，又說：「那你把人給殺了，那不就是把他改過遷善的機會給剝奪了！」

師父點點頭，說：「這也是無可奈何的事，所以師父會估量那些混蛋改過的誠意。」

阿義冒出一句：「怎麼估量？難道眞的天天盯著他？」

師父聳聳肩，說：「情節稍微輕的，多觀察幾個月也未嘗不可，畢竟是條人命。」

阿義又問：「那超級大壞蛋呢？他想改過自新怎麼辦？」

師父自信地笑了笑，說：「當場就殺了他。」

我動了火，說：「爲什麼不把他關起來？關在監獄啊！關個十幾二十年的，總可以關到他洗心革面吧！就跟師父說的一樣，人命就是人命啊！」

師父搖搖頭，說：「眞正的大壞蛋，是無藥可醫的。早早送他回老家，對大家都好。」

我認爲師父完全不可理喻，果然是從野蠻的明朝跑來的古代人類。

我大聲問：「你怎麼知道！那我問你，剛剛我們放過的大胖子，是情節輕的，還是情節重的?!」

師父拉下臉來，鄭重地說：「出手的要是我，半點不猶疑，立刻摘下他的腦袋。」

我也拉下臉，說：「爲什麼不多觀察他兩天？到時再殺不遲！」

師父一掌拍在大佛的腦心，斥聲道：「等他再犯！你知道那代表什麼意思?!在你原宥他的期間，他所傷害的每一個人你都有責任！到時候再去結果他，不嫌太晚嗎！」

師父動了怒，我卻只是大叫：「但要是他眞心眞意要改過，你就是錯殺一個好人！」

師父紅著臉，大叫：「我管他以後改不改！我殺他的時候，他是個該殺的壞蛋就夠了！」

我粗著嗓子叫道：「你殺了一個可能改過的壞人！」

師父的聲音更大，喊道：「他沒可能改過！我殺了他，他還改什麼！」

我生氣道：「那是因爲你不讓他改！」

師父抓狂道：「大混蛋根本不會改！」

我大吼：「你不可理喻！」

師父長嘯：「你姑息養奸！」

阿義緊張地大叫：「不要吵了！」

我跟師父瞪著彼此，中間夾著個窘迫的阿義。

「你們兩個都對，也都不對，所以先……先不要吵！」阿義臉上寫滿尷尬。

「我哪裡不對了！」師父瞪著阿義。

阿義臉上一陣青一陣白，流氓脾性馬上就要發作。

我看著師父，深深嘆了口氣，說道：「師父晚安。」

師父一愣，看著我一躍而下，沒入八卦山的黑密林子裡。

12 殺！

「我贊成你說的。」

乙晶果然是認同我的。

「一想到你要殺人，我的心情就一直一直沉下去。」乙晶放下筷子。

「一想到我的兩個好朋友會變成殺人犯，我也覺得怪怪的。」阿綸一邊扒飯。

阿義苦了張臉，說：「本來我是不介意殺人的，但是昨天聽他們兩個人吵成那樣子，我也不太想殺人了。」

我點點頭，說：「我們乾脆都不要殺人，每天都出手警告那些混蛋就好了！長期下來的影響一定也很大，社會治安終究還是會改善。」

乙晶說：「雖然如此，但你還是要向師父道歉，師父他很老了，很可憐。」

我也知道。

但我就是拉不下臉。

乙晶看著我，慢慢地說：「師父辛辛苦苦教我們武功，多讓他一些也是應該的。」

我點點頭。的確。

當天晚上，師父卻沒有出現在大破洞裡。

師父還在生我的氣吧。

我跟阿義在房裡練了三、四個小時的劍法跟掌法後，仍不見師父蹤影。

「出去找師父，順便吃點宵夜吧。」我提議。

「嗯，吃什麼？」阿義打著哈欠。

「應該要問：怎麼找到師父吧？」我說。

我跟阿義走在縣政府前的小吃夜市中，尋找每個師父曾經跟我們一起吃過的攤子。

這種尋找師父的方式是不太誠懇的，畢竟師父出現在這裡的機會奇小，不如說是專程來塡肚子的。

這時，阿義伸手捏了我一把。

我朝阿義的眼神路線看過去，三個彪形大漢擠在小攤子上。

那三個彪形大漢中，其中一個瘦子，便是被阿義一掌震飛的倒楣鬼，三人粗口談論著昨晚發生的怪事。於是，我跟阿義也坐了下來，點了兩盤大麻醬麵跟兩碗豬腸湯。

「峰哥一定嚇壞了吧，才會放你大假。」一個壯漢說。

「才不，我等一下就要回去輪班了，因爲人太多，大夥輪得比較慢，我才能溜出來。」那瘦子說道。

另一個壯漢笑道：「幹他媽的，要是被峰哥知道是哪一掛的白目去嚇唬他，他們就死定了。」

瘦子冷笑道：「可不是？幾十個人都拿了噴子，不管那兩個白目多會打架，兩、三下就給扛去埋了。」

瘦子突然壓低聲音道：「昨晚那個女的才可憐，她看到峰哥出糗，回去就被峰哥打毒品打到死，屍體隨便拿個垃圾袋裝一裝，就丟到河裡去。」

我跟阿義練有極佳的聽力，是以瘦子的耳語也聽得一清二楚。

我的眼睛幾乎失了焦，手中的筷子默然而斷。

一個壯漢嘆道：「這樣死了也好，省得被峰哥活活揍死，別像下午那個應召女一樣，碰到峰哥發飆，眞是倒楣。」

三個人付了帳，拍拍屁股走人，我跟阿義卻一口麵都沒吃。

「你？」我。

「嗯。」阿義。

我將錢放在桌上，遠遠跟在三人後面。

阿義看見路邊有人在賣面具，立刻買了兩個，至於是誰誰誰的面具，我已經記不清楚了。

因爲，我的眼睛一直盯著……昨晚那大胖子不斷磕頭的畫面。

就這樣，瘦子跟兩名壯漢揮手道別後，騎上野狼機車，就往大埔方向騎去。

我跟阿義跳上電線桿，拔足猛追。

我知道阿義的心情。

因爲我也一樣悔恨。

師父說的半點不錯，大混蛋終究無藥可醫。

□

那是棟很大的透天別墅，很大，藏在市郊。

但，即使房子相當大，卻擋不住女人的哀求聲。

我跟阿義站在大房子背後山坡的大樹後。

從房子裡透露出的殺氣來看，至少有二十幾個人。

也就是說，屋子裡至少有二十幾把致命的手槍。

「幾個人？」阿義問。

「二十幾個，其中有八、九個集中在三樓中間，大胖子應該就在那裡。」我說。

「怎麼辦？」阿義說，折下兩管堅硬的樹枝。

「一定要比子彈還快。」我的心志已決。

「比子彈要快。」阿義將一根樹枝遞給了我。

「比子彈要快。」我伸出手。

擊掌！

兩張面具從山坡上竄下，鬼一般地躍上大房子頂樓的水塔。

「有……」一個男人在水塔旁大叫，然後不能說話了。

樓下開始有了聲響，殺氣斗盛。

「如果……」阿義欲言又止地看著我。

「沒有如果。」我看著阿義。

「沒有如果。」阿義的眼神突然充滿信心。

「沒有。」我說。

不多說，兩人翻身下樓！

□

「師父，要怎樣才能贏得過槍？」我。

「比快。」師父。

「比快？」我。

「掌比槍快，氣比子彈快。」師父。

「但我跟阿義還不會無形劍氣啊！」我。

「那就以形補快。」師父。

「以形補快？」我。

□

兩張面具翻下樓，踩上四樓的邊緣護欄，散開！

「他們……」一個來不及將槍上膛的漢子，喉間噴出鮮血，手槍墜地。

「啊——」另一個漢子摀住雙眼大叫，手槍擊發的子彈轟在地上。

立刻，三個漢子匆匆忙忙從三個房間裡衝出，手中都拿著槍。

「上！」我說。

我跟阿義再度翻身上屋頂水塔，聽見子彈的呼嘯聲在四樓迴盪著。

底下的第四樓已經亂成一團，充斥著流氓的叫罵聲、失去雙眼的哭喊聲。

剛剛他們人多槍多，即使我跟阿義一擊成功，但另外三人的距離太遠，沒有把握在瞬間成功縮短攻擊距離，故我跟阿義當機立斷，馬上翻回屋頂的水塔旁。

我跟阿義心中雪亮：我們只能以近接觸戰的方式對敵，與流氓間的距離一長，我倆死在槍火下的機會就大多了。

必須迂迴殲滅才有勝算，一次一、兩個恰恰好。

於是，我跟阿義打算在各樓層間快速飛縱，一擊得手就跳到另一個樓層。

而這棟郊外別墅，加上我們所在的頂樓，總共有五層。

「他們人呢？」阿義咬著牙。

「等等。」我閉上眼睛，觀察大樓中的殺氣變化。

「快！」阿義緊張地說。

「有四個從三樓跑到四樓，剛剛那三個正慢慢接近這裡。」我輕聲說著，看著水塔旁邊的鐵門；我將面具翻在頭上，嘴中咬著沾上鮮血的樹劍。

「要再下四樓？還是直接衝到三樓？」阿義急切問道。

「不，先掩護我。」我咬著樹劍，含糊地說。

汗水濕透我跟阿義單薄的T恤。

第一次，生命充滿致命的危機感。

第一次，血管以最劇烈的脈動震撼著靈魂。

第一次，要殺人。

或被殺。

我跟阿義站在鐵門邊，兩人的殺氣全開。

「砰！砰！砰！砰！砰！」子彈轟然穿透鐵門，接著，三個漢子踢開鐵門，左右竄出。

或者應該說，他們本想從左右竄出。

「崩！」我雙掌紛飛，三個漢子猛然衝回樓梯下，重重撞在一起。

他們死定了。

性命交關的時刻，我無神手下留情，也不敢手下留情。

我很清楚自己全力一擊的剛猛無儔。

「現在呢？」阿義問道，努力調整情緒。

「四樓有四個殺氣，三樓有五個殺氣，二樓有三個，一樓好像還有五個。」我的感應力隨著逐漸高昂的殺氣，變得異常敏銳。

「我們要去幾樓？要不要直接衝到大胖子窩的三樓？」阿義問。

「我想一下，總之要跳來跳去。」我說。

「不用想了，到三樓幹掉一、兩個，再到四樓幹掉一、兩個，再回到三樓幹掉一、兩個，再直接回到這裡！」阿義說，面具下的眼神逐漸冷靜。

「三、四、三、五嗎？」我說。

「這樣的跳法應該會令他們意想不到。」阿義篤定地說。

對！三樓的槍手不會料到我們能越過四樓擊殺他們，四樓的槍手在錯愕之後，也料想不到我們還會從三樓回殺他們，而三樓的槍手還沒回神，又會被我們再突襲一次，之後四樓的槍手準備好開火了，我們卻只是回到頂樓！

在催命壓迫的時刻，這樣的計畫已算是好計畫了，若能在幾個起落間逐步殲滅大部分的槍手，剩下的就好辦了（事實上，也不好辦）。

「就這樣！」我說，將面具戴好，緊握樹劍。

兩個初出江湖的大俠翻身下縱，踩著四樓的欄杆，瞬間踏上四樓，又立即翻下三樓。

「靠！」守在四樓的四個槍手，只看到兩個黑影急竄而下，竟來不及開槍。

但三樓的槍手就沒這麼幸運，他們沒有機會張口大罵。

我踏著欄杆撲下，矮身急衝，樹劍驚快刺入一個槍手的飛龍穴，子彈從我背上轟然而過，還來不及將樹劍拔出，我便回身滑地，手刀劈向朝我開槍槍手的鼠蹊，他一聲慘叫後，另一個槍手在阿義掌下飛出欄杆，直摔墜樓。

三完！

換四！

但命運絕非計畫！豈能如此預測！

我跟阿義已無可能翻身上四樓，因爲剩下的兩名槍手，手中已同時噴出兩道奪命火焰！

千鈞一刻！

阿義的奇形怪劍配合他的離奇步伐，竟在槍手開槍之際滾在地上，一劍往上一翻，插進槍手的下顎。

另一道奪命火焰，則鑽進被我劈擊鼠蹊的槍手身體，我臉上一熱，鮮血稀哩呼嚕淋在我臉上，我嚇得發狂，一掌將垂軟的屍體轟向槍手，那槍手趕緊往旁邊滾開，卻隨即斷了咽喉……阿義的詭劍。

三樓，竟然只剩塗滿鮮血的走廊，以及躺在地上、歪歪斜斜的五具掛屍。

意料不到的，不是槍手。

意料不到的，是經歷生死瞬間的我們。

這不是太過順利，而是我們用性命賭來的！

當然，我們的目標才正要開始——躲在房間裡的邪惡胖子。

拔出劍，推開大廳的鐵門！

作惡多端的大胖子，就躲在三樓大廳的門後，劇烈地發抖著。

我可以感覺得到，那震耳欲聾的齒顫聲。

還有細碎輕聲的，一串又一串的佛號。

惡人念佛號有什麼用？

乞討著，一次又一次，神佛的悲憫。

考驗著，一回又一回，神佛的耐心。

但，菩薩低眉。

金剛怒目！

我跟阿義閃身進入大廳，輕輕鎖起大門。

「有沒有槍？」阿義唇語，看著大胖子藏身的房間。

我點點頭，雖然大胖子的殺氣幾乎等於零。

我本想直接踹開門，但，卻有種異樣的直覺。

阿義疑惑地看著我，正要開口，我卻直接抓著門把，輕輕一轉，門就開了。

阿義也有些驚訝，跟著我小心翼翼地貼在牆後，看著屋內的情況。

牆上掛著一堆電視畫面，我瞧，是裝在各樓層走廊的監視器顯像。

但屋內並沒有人。

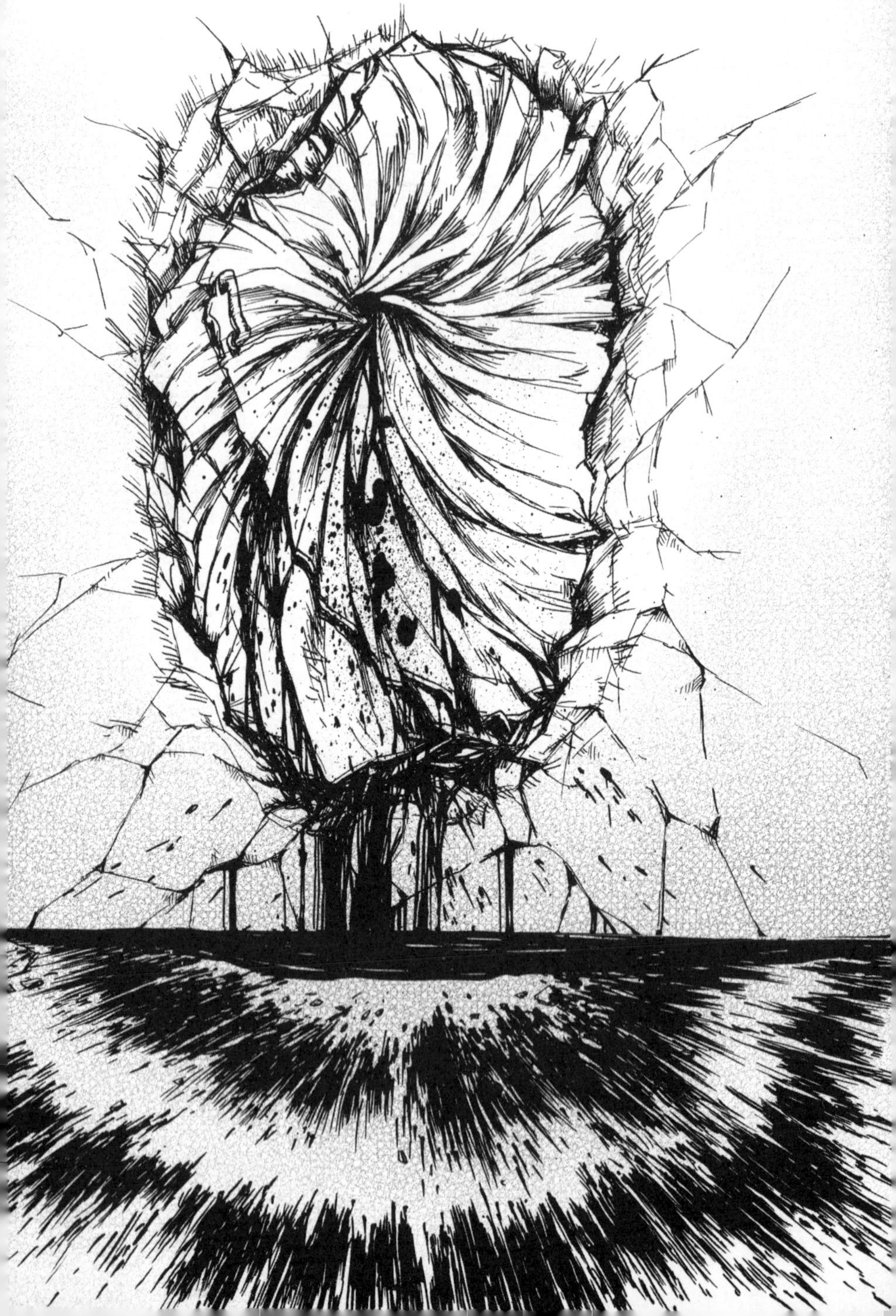

或者說，沒有活人。

只有一具女屍躺在床上，眉心冒出一個黑點，大量血漬從腦後暈開，漿滿半張床。血漿的腥味很鮮。

鮮得令我想吐。

而阿義則眞的吐了。

阿義一邊作嘔，一邊瞪大眼睛，詢問著我。

我的答案，就在房間內靠牆的櫃子裡。

那大胖子從監視器中，知道我們已經殲滅了三樓的眾槍手，竟立刻殺了可能透露自己行蹤的女人，假裝自己並未在房裡。

所以，大胖子並未鎖門，想以虛掩實，騙過我跟阿義。

但他卻不知道，他的一舉一動都逃不過正義的耳目。

而躺在床上的犧牲者，只有更令我內疚自責，令我怨恨自己的僞善。

要不是我廉價的寬恕，今晚，這個無辜的女人，說不定正窩在家中棉被裡，嘻嘻哈哈地看連續劇。

原來，我沒有取人性命的覺悟，沒有承擔罪惡的勇氣，其後果就是成爲這胖子邪惡的幫凶。

我緊握拳頭，憤怒地走向櫃子。

櫃子簌簌著，就同潘朵拉的盒子，隱藏不住醜陋的醜陋。

不爲了贖罪。

不爲了復仇。

是爲了正義。

「崩！」

櫃子陷入牆壁裡，就像揉爛的紙盒一樣。

被正義的力量，揉爛、擠爛、碾爛、轟爛。

櫃子並沒有發出慘叫。

因爲櫃子不是人，裡面裝的，也不是人。

櫃子裡裝的，生前是個壞人，現在，則是團模糊的東西。

還有我的廉價的寬恕。

「總算。」阿義。

「總算。」我。

「砰！砰！」從外頭傳來的槍聲。

大廳外的門鎖突然被子彈從外面射爛，我跟阿義愣了一下。

兩個持槍的殺手踢開大廳鐵門，我跟阿義急忙將房門關上，而房間的木門卻立刻被連珠炮似的子彈射穿，木屑夾雜著星星火煙瀰漫在房裡，我跟阿義嚇得抱著頭，縮在門旁兩側。
慘了！我們竟然只顧著殺掉大肥豬，卻忘了四樓跟二樓、一樓都還有槍手！
而現在，我跟阿義卻被困在房間裡，外面卻有一狗票殺手等著我們！
「幹！出來！」
「幹你娘！」
外面的殺手抓狂叫囂著，想必猜到他們的老大已凶多吉少。
伴隨叫囂的，則是又一陣鋪天蓋地的爆擊聲。
我跟阿義摀著耳朵、張著嘴，嚇得發抖大叫。
木門被炸翻了，露出一個燒焦的大洞。
「出來！出來！」殺手憤怒地猛叫。
我的腦子在子彈跟木門間的爆炸聲中，陷入無法思考的片片斷斷。
不行！我跟阿義絕不能死在這裡！
子彈穿過房門的破洞，將房內的東西射得稀爛，逼迫感更加恐怖。
但，我必須冷靜。
阿義大叫：「外面還有幾個人？」
我摀著耳朵，大叫：「九個！」
阿義看著我，大叫：「我掩護你！」
我心中一震。

阿義抱著頭，大叫：「我知道！我知道我可以頂住五個到六個！我保證！」
我靜靜聽著。
阿義繼續大叫：「你不要回頭！也不要出手！你可以穿過剩下的三、四人！」
我靜靜聽著。
子彈拚命擊碎著，房裡每一樣可以被擊碎的東西。
轟轟轟轟轟轟轟轟轟轟轟轟轟。
阿義大叫：「信任我！我眨五次眼睛就一起衝出去！」
我笑了。
我大叫：「你劍法好爛！我會死的！」
阿義大叫：「幹你媽啦！我不會讓人拿槍指著你！」
我站了起來，緊握手中的樹劍，大叫：「去吃屎吧！我的劍法一直都比你強多了！我可以頂住九把槍！一把也不少！我掩護你！」
阿義也笑了。

兩個人，都不必再多說什麼。
沒有人會被另一個人掩護的。
也沒有人，需要另一個人的掩護。
因爲，死，已經不再可怕。

「其實我們今晚已經賺到了！」阿義大笑。

「總算當了一晚大俠！」我也大笑。

大笑間，木門整個倒在地上，碎爛不堪，子彈聲卻依舊不絕。

「來世英雄再見！」阿義喊道，將面具扔掉。

「來世英雄再見！」我也喊道，將面具揉碎。

眼神交會，肝膽相照。

雙雄衝出！

這是乙晶劍法在江湖嶄露頭角的第一次。

或許，也是最後一次。

所以，我要將乙晶劍法使得淋漓盡致，威震天下。

威震天下，幾秒也好。

但我畢竟無法將劍遞出。

阿義也沒法子。

我們兩個呆站在房門口，看著大廳上躺滿正在喘氣哀號的槍手。

而大廳中央，佇立著一道霉綠色。

唐裝老俠。

是師父！

比鬼還強的師父！

「掌比槍快，氣比子彈快，大抵上就是這個道理。」師父淡淡說道。

說著，師父突然伸手一揮，凌厲的氣劍刺向地上一名槍手。

那槍手眉間裂開，手中正欲偷襲的槍緩緩垂落地上。

「在你們還不會氣劍之前，也許我們該練練暗器，雖然師父自己也不太會。」師父不好意思地說道。

師父何時進來、如何出手，我跟阿義一無所覺。

但我們完全說不出話來，內心強烈澎湃著。

是一種難以形容的激動。

師父探頭看了看房間裡，說：「你們下手了？」

我點點頭，大聲說道：「師父！我錯了！我不該……」

師父搖搖頭，說：「你有你自己的正義，師父無論如何都很高興。」

我的眼淚忍不住滑了下來，大聲說道：「多謝師父相救！」

師父傻笑說：「你們兩個發出這麼劇烈的殺氣，想不注意到都很難。」

阿義鬆了口氣，坐在地上說：「好險！差點就死了！」

我忙說：「我們去把房間裡的錄影帶毀掉！快逃出去吧！這麼多槍聲，警察應該快來了。」

阿義跟我剛剛都脫掉面具，所以師徒三人便到房間裡將側錄帶一卷卷毀掉，這時我突然後悔大叫：「剛剛差點白死了！」

阿義一愣，問：「爲什麼？」

我指了指房間裡側靠山壁的水泥牆，阿義登時大叫：「靠他媽的！我們眞笨！」

說著，師父大笑走向前，按住彈痕斑斑的牆壁，「崩」出一大塊缺口，師徒三人便躍出牆洞，游上垂直的山壁。

「崩」出法律漏洞，然後溜了。

□

這是我跟阿義的處女戰，也是我這輩子最難忘的驚心動魄。

在耗竭每一滴荷爾蒙後，肚子餓慘了。

「第一次殺人。」我嘆道。心中畢竟一抹哀愁。

「第一次殺壞人。」阿義補充道，又說：「我恐怕會殺上癮。」

師父瞪著阿義，說：「要殺上癮，要先學會高強武功！」

夜深了，路邊只剩寥寥幾個攤販，我選了個座位，點了六盤蚵仔煎、三盤海鮮炒麵、五碟快炒、三大碗四神湯、三大碗豬血湯。

我跟阿義實在餓瘋了，立刻狼吞虎嚥起來，師父也卯起來亂吃一通。

在殺人過後的夜裡，這樣大吃大喝好像頗爲諷刺。

但能這樣大吃大喝，也只有問心無愧才能辦到。

血腥味已經遠離，眼前的，是飄著蒸蒸熱熱的美味。

「英雄無悔！」師父大笑：「笑談渴飲匈奴血，壯志飢餐胡虜肉，這是岳爺爺的英雄氣魄，爲國爲民，俠之大者！」

師父說得很有道理。

但師父滿口蚵仔，又說道：「不過啊，岳爺爺雖是個千古傳誦的大俠，但他內心的煎熬跟咱們相比，卻是小巫見大巫了！」

我奇道：「怎麼說？」

師父灌了口豬血湯，含含糊糊地說：「岳爺爺殺千萬匈奴，他沒得考慮！因爲這是爲朝廷、爲境內兆民拚命，岳爺爺沒得選擇，只要拿下勝利、收復失土、營救天子就對了，他沒心神思考胡人也是人，也是有爹有娘、有妻有兒的。岳爺爺這英雄下場雖慘，卻當得坦坦蕩蕩。」

這話說得有趣。

我也亂七八糟塞了滿嘴的東西，說：「我有些懂了，同樣是殺人，我們卻是觸犯國家法律，亂用私刑，所以我們會良心不安，但岳飛卻是奉國家命令行事，他就不必良心不安。」

師父想了一下，搖頭說：「這話只說對了一半，不是良心安不安的問題，而是有沒有選擇的問題。」

阿義沒空理會我們，只顧著大吃大喝。

師父繼續說：「岳爺爺殺胡人的鐵騎雄兵，他沒得選擇，因爲他是萬將之將，他的背後是家國律法。岳爺爺最後不也依了十二道金牌，赴京送死？如果岳爺爺心中懷有雪亮亮的正義，他大可挑起違令之罪、挑起被萬世誤解之名，勇敢揮軍直上！如此不就少了千千萬萬被胡虜奴役的漢民！」

師父以豬血湯做酒，大笑喝下：「說起來，岳爺爺這英雄當得輕鬆，一死了之，萬古流芳啊！」

如此說來，岳爺爺終究不夠英雄，的確。

岳爺爺選擇了律法，視黎民百姓無物，毅然赴死。

我接著說：「而我們，卻要在出手前審愼判斷一個人當不當殺，簡直一天到晚都在違法，都在考慮是否該給予壞人改過機會，一堆的煎熬，我已開始感到壓力沉重。」

阿義突然插嘴：「殺死刑犯的爲什麼不是受害者家屬？我看他們雖然希望壞人死掉，可也沒種自己動手啦！眞正動手幹掉那些死刑犯的，就是領錢做事的劊子手，他們也不必考慮那麼多，反正殺人是他們的工作，他們也沒得選擇，砰砰兩下就ＯＫ了。」

我忍不住說：「那叫法警吧，說劊子手好難聽。」

阿義說：「反正一樣是殺人，軍人跟警察都可以推說是誰誰教他這樣幹的啦。」

嗯，將殺人的心理負擔推給制度，彷彿制度本身眞是正義的，而正義只是藉著自己手中的扳機輕扣，傳送出去，跟自己一點關係也沒有。

制度眞是強而有力的正義靠山。

而我們師徒三人的所作所爲，背後的靠山不是可以依附的制度，而是模模糊糊的正義。

模模糊糊，卻熱血澎湃。

相當眞實、有血有肉的正義。

卻也模糊得令人不安。

沒有人，包括師父自己，可以說服我何者當誅、何者當誡，殺人的手長在我腕上，什麼都要自己來。

執行正義的大俠，這眞是充滿生命不確定性、價值惶恐的良心事業。

13 交錯矛盾的現實

正當三人搶著撈起最後一碗四神湯的湯水時，阿義突然大叫：「幹！電視！」

小販也被阿義的叫聲嚇了一跳，回頭看了我們一下，這一看，小販也露出疑惑的表情，又轉頭看了看掛在攤販車上的電視，又看了看師父。

電視上，一個婦人正拿著一張照片哭訴，而照片立刻被攝影機定格放大。

照片中，是婦人跟一個老人坐在公園涼亭中，那老人的臉很迷惘，身上穿著一件青綠色的唐裝。

那老人，絕絕對對、萬無一失，就是師父！

師父也傻了眼。

那婦人在鏡頭前哭訴著：「……所以請善心人士幫我留心一下，我爸爸這幾年神智不清的，已經好久沒回家了，不知道現在在哪裡，請……」

師父用力放下大碗，發狂大吼：「操妳奶奶的！誰跟妳神智不清！」

我跟阿義嚇了一大跳，只見電視中的婦人繼續哭著，而電視底下出現一組電話跟住址。想必是師父家裡的電話跟地址。

師父滿臉通紅，指著電視破口大罵：「妳這瘋婆子霸佔我的窩！還賴我是妳爹！操她祖宗！整天盯著我咒我！逼老子躲得遠遠的！」

我看了看阿義，阿義也是一臉窘迫。

小販趕緊把電視關掉，但師父似乎罵上口了，繼續大吼：「你們兩隻兔崽子明天跟我去員林！把那瘋女人幹掉！就為了正義！」

我跟阿義唯唯諾諾。唉，那女人不曉得是誰，那麼倒楣要被師父幹掉。

師父緊握著拳頭，嘶吼著：「臭三八！明天就是妳的死期！」

我趕緊付了餐錢，跟阿義死拉著像小孩子一樣抓狂鬼叫的師父離開。

□

蹺課。

不為了練功，不為了行俠仗義，而是為了去員林。

去員林，去殺一個自稱是師父女兒的倒楣鬼。

師徒三人坐著公車（本來師父要一路踏著商店招牌跟電線桿去員林的，但被我強力阻擋下來），一路上沒說沒笑，談不上心情好或不好。

對於那女人是不是師父的女兒，我自己是疑信參半的。

疑的是，師父深愛著三百年前的花貓兒，甚至我跟阿義在練功時，師父都會唱著奇怪的山歌思念花貓兒師母。也因此，花貓兒師母死後，師父應當不會再娶，也不會平白生了個女兒。

另外，師父從秦皇陵中爬出後，也不過幾年的時間，怎會生出一個年紀可以當我媽的女兒？

所以請善心人士幫我留意一下……
臭三八！誰跟妳神智不清！

不過，要是那女人是師父以前的乾女兒，那就另當別論了。

也許師父記性不好（不是也許，師父就是常常忘東忘西的），忘了有這號人物也說不定。更說不定的是，師父可能跟他的乾女兒吵過大架，負氣跑出員林的窩，現在只是當著我們的面不好意思承認罷了。

而阿義信不信呢？

阿義是這樣說的：「管他的，反正師父想殺就殺，我也管不著，也沒辦法管。」

就這樣，三人下了公車，我和阿義跟著怒氣沖沖的師父，快速往一條破巷子中鑽去。

巷子很傳統，典型的傳統。

這裡是員林的哪裡並不重要，因為這種巷子爬遍了台灣每一塊土地，可說是最堅強的人文地理樣貌，綿延著古老的生命力。

而師父，這一個暴跳如雷的老人，在這幾條錯綜的巷子中，似乎是個相當相當知名的大人物。

「天啊！是老瘋癲！」拿著菜籃的胖婦人愣了一下，轉身報訊去。

「哇！關家他家那老傢伙回來哩！」坐在門口搖扇子的老人叫。

「嗚——瘋子老爺爺——哇——」一個小孩子哭到摔倒。

「昨天晚上的深夜新聞……」兩個八婆竊竊私語著。

「姓關的瘋子……」抽著福祿壽香菸的漢子，瞪大眼睛。

師父的臉色越來越低沉，我簡直不敢多看一眼。

師父該不會眞要殺那自稱他女兒的婦人吧？我一直抱持著阻止師父的心意，所以才跟阿義一同蹺課來員林的。

但師父的情緒卻極度惡劣，身上也散發出不斷膨脹、又快速壓縮的殺氣。

我能阻止得了師父去殺一個不當殺的婦人嗎？

我看了看阿義，阿義的神色也罩著一層霜。

「師父，你不會眞要殺了那……」我說。

「廢話！」師父破口大罵。

「可是她罪不當……」我又開口。

「罪不當殺？當的！」師父的殺氣簡直像爆米花一樣，劈里啪啦作響。

這下慘了。

等一下我該偷襲師父，讓師父先清醒一下嗎？

「就是這間！」師父指著一棟三層樓的老房子，接著猛力敲著門。

儘管師父可以一掌將門轟得稀爛，但師父還是「咚咚咚咚咚」地，卯起來敲門。

我向阿義使了個眼色，再看看師父的後腦勺跟背。

阿義點點頭。

很好，要是那婦人一開門，我就一掌擊向師父的背窩，阿義掌力輕多了，則負責揮掌幹師父的後腦勺，讓師父暫時昏倒，冷靜冷靜。

這時，門打開了。

我跟阿義雙掌齊出！

但，師父突然往後彈射兩步之距，躲開我跟阿義的掌力。

我跟阿義耳根一熱，正不知道如何是好時，師父的眼神卻陷入重重迷霧，不理會下手偷襲自己的徒弟。

師父不僅眼神陷入迷霧，身上急速膨脹、又不斷急速收縮的殺氣頓時流瀉無蹤。

就像一顆瘋狂漲大的雞蛋，蛋汁一下子從內擠破蛋殼，流光光了。

重要的蛋黃也一道流光光了。

流光光，所以只剩下脆脆的蛋殼。

師父，他不僅殺氣無影無蹤，連靈魂也一併流瀉散去。

他只是張著嘴，看著門邊的婦人，那個號稱自己女兒的婦人。

那婦人眼睛盛滿淚水，張口叫了聲：「爸！」

師父的身體瑟縮地抖著、激動著。

婦人走了過來，拉著師父說道：「爸！你都跑去哪裡了！」

師父啞口不言，只是「咿咿咿」地發出怪聲。

我跟阿義傻了眼，正想喚師父回神時，婦人看了我們一眼，感激說道：「是你們送我爸爸回家的嗎？請進、請進！」

說著，婦人拉著殭屍一般的師父，帶著我們師兄弟進門。

房子不算小，雖然舊了點，但卻收拾得很乾淨。

婦人倒了幾杯茶，熱切地說：「謝謝你們兩個，你們是在哪裡找到我爸爸的？」

阿義支支吾吾，我只好亂說一通：「我們這幾天在……在學校附近，就是八卦山附近，常常看到這個老先生……然後，然後就看了昨天深夜的……」

這時，癱在椅子上的師父突然有氣無力地開口：「操！妳為什麼說是我女兒？」

我一傻眼，師父的精神一振，狠狠地說：「見鬼了！妳霸佔這個窩，還胡說八道些什麼！阿義！替師父斃了她！」

婦人臉上浮現深沉的無奈，說：「他一定又跟你們說，他是從什麼三百年前的明代來的，對吧？」

我跟阿義臉上堆滿尷尬，說：「對。」

婦人嘆了口氣，說：「他這個病已經好幾年了，偶爾還會到處亂跑，說什麼要去找徒弟教武功，這兩年半更是全不見蹤影，更早之前，他還說他跑到日本去，唉，沒護照、沒錢怎麼去？」

阿義突然爆口道：「師父多半造了小船，翻了就在海底用走的。」

婦人奇怪地看著阿義，我急忙岔開話題，說：「老先生真的是妳爸爸？」

師父在一旁咬牙切齒，身子卻軟軟地陷落在椅子上，形成奇怪的矛盾。

不等婦人回答，師父氣呼呼地說：「我把窩讓給了妳也就罷了，妳竟說老子神智不正常！你們這群混帳整天說我瘋子我尚且當作修練，但不要沒來由亂喊爹裝親熱！」

婦人同情地看著師父，遞了杯熱茶在師父面前，說：「爸，這房子是幾年前凱漢買的，是你不住台北老家，也不想再住在安養院，過來跟我們住的。」

師父鬼吼：「什麼凱漢！凱漢是誰我不認識！」

婦人擦了擦眼淚，說：「凱漢是你的女婿，我的丈夫啊！」

師父滿臉不屑，婦人卻慢慢地從木桌抽屜中，拿出好幾本相簿，說：「爸，你瞧，這是我們一起照的照片，你又忘了？」

師父瞄了相片一眼，說：「我忘了？我記得清清楚楚！」隨即又抓狂大叫：「又想讓我上當！根本沒這瞎事！」

我跟阿義接過相簿，翻開看，裡面是師父的「全家福」，一張張和樂融融的照片，照片中的師父笑得挺開心，穿的衣服有唐裝、格子襯衫、西裝，還有白色汗衫等等，不像現在千篇一律的霉綠唐裝。

師父的頭髮並不若現在的花白，還摻雜著幾縷黑絲，身旁常常有個老婦人在一旁陪著，而所謂的女兒（年輕版），則常常偎在兩人中間。

但照片的日期，卻有些奇怪。

有許多泛黃的照片，右下角的日期都是一九七四年之前的。

這可眞是怪了。

依照師父的說詞，他是在一九七四年秦皇陵被發現時，從墓裡爬出重見天日的。

但這些照片，有的甚至是一九六〇年代拍的，照片中的師父著實年輕了好幾歲，神采奕奕的，而年輕版的婦人則穿著畢業服，摟著師父！

師父在一旁看著我跟阿義疑惑的表情，氣得大叫：「你們這兩條狗崽子！還不快快爲民除害！替天行道！」

我歉然地看著師父，而婦人開口了：「我爸是從大陸跟國民政府一起過來的，在台灣娶了我媽，做的是戶政事務員，本來什麼都好好的。」

婦人哀傷地說：「但，我爸他自從媽死後，就一直很不開心，身子也變得有些毛病，雖然搬來跟我們住了一段時間，但他的身子卻越來越壞，當時，我跟我先生事業正忙，現在想起來也都得怪我們，唉……我們只好將爸暫時送進台北的老人安養院，沒想到，爸一進去沒幾個月，就突然神智不清，直嚷著自己是古代的俠客，還從安養院中跑了出來，又跑回來這裡。」

我簡直無法插嘴，只能聽婦人繼續說：「一開始我以爲爸是老人癡呆症，耍性子，但他卻直嚷著我們佔了他的房子，又說不認得我這女兒，我先生很生氣，跟他大吵了一架，爸就這樣走了。」

婦人憐憫地看著師父，說：「爸有時還會回來，站在家門口呆呆站著，但一看到我開門出來喚他，他不是慌張地逃跑，就是傻傻地讓我拉了進來，過幾天又跑得無影無蹤。」

師父生氣大叫：「放屁！放屁！放屁！」

婦人看著師父，又流下眼淚，說：「爸，你這兩年不知道去了哪兒，一次都沒回來過，教我好擔心！凱漢也很後悔對你生氣，爸！那兩個小孫子很想念你，你知道嗎？他們放學回來後，你就可以看到他們了！」

師父看著婦人的眼淚，愣了一下，隨即像洩了氣的皮球，哀怨地縮在椅子上。

此刻，兩段故事在我腦中毫不留情地撞擊著。

一段，是師父的玄異故事，簡直沒有相信的空間。

但師父就是師父，師父身上的武功也絲毫不假，甚至，藍金也真來找過師父！

另一段，是眼前婦人哭哭啼啼訴說的故事，還有照片爲證。

照片半點不假，裡面的的確確是幸福的全家三人合照，很多是師父應該還埋在土裡時所拍的。

這兩段故事不像齒輪般彼此咬合著，而是像兩輛笨重又超速的砂石車，歪七扭八地撞在一塊。

我忍不住問：「師父，不，老先生是什麼時候從安養院逃走的？」

師父閉上眼睛，我從他身上竄出的氣流知道，他對我的問題感到相當不滿。

婦人想了想，手指慢慢地一隻隻張開、壓下，說：「九年了吧，快十年了。」

今年是一九八八年，剪掉九年，正是一九七九年，距離師父破土而出更已有五年時間！

太怪異了，我跟婦人借了枝筆，在紙上畫了幾個時間點，想了想，突然說：「師父！我忘了你說你出土幾年後，才從中國大陸渡海來台灣？」

師父閉上眼睛懶得理我，只是用手指比了個「五」。

一九七四加上五，也正好是一九七九年！

將兩個版本稍稍融會貫通一下：師父從安養院逃出來，大喊自己是古代大俠的時間，正好是師父從中國大陸渡海來台的同一年，在這之前，兩個版本南轅北轍、搭不上線（一個人在台灣、一個人在中國大陸），但在那一九七九年之後，兩條線才完好地貼著。

「師父，你既然以前五年都待在中國大陸，爲什麼會知道員林這個……這個窩啊？」阿義問。

眞是個大哉問！

面對這樣的大哉問，師父沒說話，只是「哼」一聲帶過。

彷彿這個問題輕如鴻毛。

我受不了師父龜縮的態度，又問：「師父，阿義問你爲什麼知道這個地方？」

師父冷冷地說：「這地方是我來台灣住的第一個地方，這女人說的東西亂七八糟，鬼扯！瞎說！謬論！無一可信！」

師父像個歇斯底里的小孩子。

婦人又嘆了口氣。

自從我們進門，她已經嘆了非常多次氣了。

遇到這樣的情況，誰都會不斷嘆氣。

婦人站了起來，走向書櫃，搬了一大本陳舊的書冊下來，吹了吹上面的灰塵，拿給師父。師父看了一眼，沒好氣問道：「看什麼？走開！」

婦人只好打開書籤插著的那頁，說：「爸，這是你們戶政事務人員的員工聯絡冊，你瞧，這是你。」

師父瞪著聯絡冊，說：「根本不像我！」

婦人只好將冊子拿給我跟阿義，我跟阿義一看，乖乖，什麼不像？簡直像透了！

不過奇怪的又來了！

年輕版的師父大頭照下，名字不是師父自稱的「黃駿」，而是「關硯河」。

姓黃跟姓關，差別很大。

其中必定有個是假的?!還是兩個都是真的?!

這眞是匪夷所思。幸好，名字的問題跟之前的問題比起來，只能算是個小疑問。

不過一連串的疑問加在一塊，就像是杯胡亂調的雜種酒一樣，難以下嚥。

這時，門鈴響了。

婦人請我們坐一下，便去玄關開門，只見一個紅光滿面的老人衝了進來，開心地大聲嚷嚷：「老關！你可回來啦！我聽街坊說的，就一個勁來看你！」

師父忍不住睜開眼，淡淡地說：「你是老幾？我不認識。」

老人哈哈一笑，說：「老關！你眞忘啦？難怪這兩年跑得不見人影！」

婦人跟我們解釋道：「這個先生是我爸的老同鄉，當初一起跟國民政府過來的，也一起在戶政事務所做事，後來我爸搬來跟我們住的期間，他也搬了過來，是我爸拜把的好兄弟。」

師父聽到這裡，又動了肝火，說：「他奶奶的！」

老人拉著縮在椅子上的師父，熱切地說：「老關！等會兒教小梅騰個飯，咱倆喝壺好酒！」

師父瞪著老人，老人依舊笑著說：「當初你進安養院那鬼地方，我可是夠義氣地陪你進去住了幾個月，就怕你在裡頭無聊沒伴，哇！沒想到你裝瘋作傻逃出安養院，這些年卻在外頭好生逍遙！」

我又想起一個疑點，於是緊張地問道：「師父，你記得安養院嗎？」

師父大聲說道：「怎不記得?!我在海底走太久了，走得迷迷濛濛的，後來累了就讓海潮帶著我，一邊休息，一邊辛苦地閉氣，後來我給沖上岸後，簡直昏死過去，我一覺醒來後，就躺在見鬼的什麼安養院裡頭！」

師父越說越激動，吼道：「見鬼的安養院！裡面的人都說我瘋了！操你娘！要不是老子禁殺無辜，個個屍橫就地！」

號稱師父摯友的老人，連忙安慰師父說：「沒的、沒的，老關你歇息一下就沒事了！」

師父斷吼道：「什麼老鬪！老子是黃家村長大的！姓黃！」說著，師父伸手虛點老人的「叮咚穴」跟「不講話穴」，老人被封住氣血，就這樣不能動彈，有口不能言。

我心頭的疑惑堆疊堆疊，心煩意亂，阿義則低著頭苦著臉。

突然，我靈機一動。

「師父！我幫你殺了她！」我指著婦人大叫。

師父大吼：「快快快！下手莫留情！這瘋婆子快把我搞死了！」

婦人驚訝地看著我，我跳下椅子，暴出全身殺氣，伸掌奮力往婦人胸口轟去！

「崩！」

我全力一擊下，洶湧的力道卻被吸入一塊大海綿中。

大海綿不是別人。

就同你猜的，是驚慌失措的師父！

師父的掌及時貼著我的掌，將我的力道全都接了過去，霎時，師父額冒白氣，往後退了兩步，伸出另一隻手往空中一擊卸勁。

畢竟那一掌是我的傾鈞之力，師父若是將我硬生生震開，我一定大受內傷，但師父照單全收的結果，即使師父的內功深湛，在不運功抵禦的情況下，也必受小傷。

我的計畫算是成功了。

爲了試探師父對這名婦人的感情，我不惜冒險一擊，要是師父不阻止我，我便將沒有收勢的強大掌力硬是打入婦人身後的牆上，要是師父阻止我了，便證明師父的心底深處，有著對婦人難以割捨的情感。

而師父出手阻止了。

「走吧！此地不宜久留！」師父一邊咳嗽，一邊揮著手。

我看著咳嗽的師父，說：「師父，她眞的不是你女兒？那你爲何要阻止我殺她？」

師父並不回答，一手抓著我，一手抓著阿義，急步走出這棟快讓師父窒息的房子，留下那名號稱師父女兒的婦人，呆立在客廳。

師父看著前方，拎著我們師兄弟，熟稔地在巷子中轉來轉去。轉出了巷道，師父終於將我倆放下，咳嗽了幾聲，說：「師父終究不願對不當殺之人，痛下殺手，唉……」

就這樣，員林是個充滿問號的地方。

□

面對一個殺人者，會是怎樣的心情？

也許是厭惡，或帶點害怕吧。

但，若殺人者是自己的心上人時，那種感覺絕非三言兩語可以形容的。

特別是，那個殺人者還打算繼續累犯時，那種感覺就更加複雜了。

乙晶現在的心情，就很複雜。

「你才國三。」乙晶憂愁地說。

「妳也是師父的徒弟，妳知道的。」我低著頭。

乙晶跟我，就坐在籃球架下，看著阿綸、阿義等人打籃球。

阿義只要一拿到球，就卯起來灌籃，從下場到現在已經灌了十七次籃了。

「可是你才國三。」乙晶重複地說著，身上的氣充滿了矛盾的味道。

「大俠沒有分年齡，妳也是師父的徒弟，妳知道的。」我說。

「殺人是什麼樣的感覺？」乙晶嘆了口氣，又說：「其實我根本不想知道，無奈，殺人的人是你，不是別人。」

我抓緊乙晶的手，說：「沒有人有權力決定另一個人的生死。」

乙晶盯著我的眼睛，說：「既然你這麼想，爲什麼還殺人？你心裡應該知道，無論如何，這個世界跟師父的武俠世界已經很不同、很不同了！」

我繼續說道：「就因爲沒有人有權力決定另一個人的生死，所以隨意斷人生死的壞蛋，就不能讓他繼續留在世界上。」

乙晶的手抓痛了我，說：「我知道那種人很壞，我也知道以暴制暴有時候是情非得已的，但有必要殺人嗎？」

我點點頭，說：「有必要。」

乙晶有些生氣，說：「那不也一樣在斷人生死？」

我搖搖頭，說：「不一樣，壞蛋的生死是自己斷的，只是由大俠來動手。」

乙晶氣呼呼地說：「你殺了人，不就跟那些壞蛋一樣？」

跟那些壞蛋一樣？

我笑了。

乙晶愣了一下，然後也笑了。

乙晶知道，一個殺了人的大俠，還能這樣悠然跟自己心愛的人坐在一起，這個大俠心中，至少是自認坦坦蕩蕩的。

也至少，還笑得出來。

多少都令人安慰。

阿義賞了一個高個子火鍋，隨即又灌了籃，噓聲四起。

乙晶幽幽地說：「其實，我最怕你心底不舒坦。」

我懂，我也怕自己的坦坦蕩蕩是強裝出來的。

但我深知，只要乙晶在我身邊，我就不會是殺人魔王，而是大俠，總是笑嘻嘻的大俠。

「但我也怕你開心。」乙晶低著頭。

這句話，模模糊糊的，我心中卻揪了一下。

「睡覺前難免會想東想西，只有那時候才會有點悶。」我說，看著乙晶烏溜溜的頭髮。

「那怎麼辦？」乙晶說。

「以後會習慣的吧。」我說。

「殺人的事，還是不要習慣得好。」乙晶若有所思。

「我是說殺人後的心情調適，總會慢慢習慣過來。」我解釋。

「那樣更不好。雖然你覺得坦坦蕩蕩比較沒有負擔，但……」乙晶認真地看著我，說：「殺了人，還是難過一下比較好。」

我若有所悟，說：「我有點懂妳的意思了。」

「殺人的事，以後還是要讓我知道，雖然我說不定還是會生氣，但你就是要讓我知道。」乙晶堅定地說。

「我知道。」我當然知道。

夕陽越沉越低，籃球場上依舊持續著沒品的清一色灌籃打法。

突然，阿義不留情地抄截了阿綸的球，雖然阿綸是阿義的隊友。

「等一下一起練點劍法再回家好不好？」我說，這眞是奇怪的約會方式。

「不行啦，你不想繼續升學，我可不一樣，我媽幫我找了新的家教老師，今天第一次上課，七點。你要不要一起聽？劍法等課上完再一起練吧。」乙晶看了看錶。

「喔，沒興趣。」我說：「大俠不用念書。」

乙晶笑著說：「今天上的是英文，大俠要殺外國壞人，就要懂英文。」

我哼了一聲，說：「大俠殺洋鬼子，稀哩呼嚕就殺光光了，要懂什麼英文？」

乙晶一臉哀怨，說：「男大俠不關心女大俠的未來。」

乙晶對外文極有興趣，將來想念南部的文藻語專，至於更遠的未來，乙晶就沒有頭緒了，或許，當一個很聰明又高學歷的女俠也說不定。

如果乙晶去念文藻，我們簡陋卻勇冠全球的凌霄派，也會移陣到風光明媚的南部，到那裡行俠仗義。

我揹起書包，說：「妳去上妳的課吧，那樣也好，我想再去員林一趟。」

乙晶也揹起書包，說：「爲什麼還要再去一次？」

我皺著眉頭，說：「我想知道師父到底是誰、到底出了什麼事等等，我想幫助師父。」

乙晶說：「應該的，不像某人只會欺負弱小灌籃。」

阿義沒有聽見，只顧著抄截跳來跳去的球，不論球在誰的手裡。

於是，我送乙晶下山後，就跳上公車，在暮色中往員林前進。

□

師父在員林的「家」，僻處深巷，我雖來過一次，卻也著實找了好久才找到。

我站在門口，聽見房子裡細細碎碎的笑聲、電視聲、還有筷子聲，大概是在吃晚飯了吧，於是我站在門口發呆，直到筷子聲停了，餐餐盤盤的敲擊聲開始了，我才上前按門鈴。

門打開了，是個穿著國小制服的男孩子。

「我有事找你媽媽，可以進去嗎？」我說，微笑著。

小男孩往後大叫：「媽！有人找妳！」

收拾碗筷的聲音停了下來，「師父的女兒」從廚房探出頭來，看見是我，便匆匆擦乾手，喚我進客廳。

「師父的女兒」，我還是暫且稱她「婦人」好了，雖然我心中已經認定她的的確確是師父的女兒，因爲那幾本相簿中的照片萬分不假。在一九八八年時，我也根本沒有什麼電腦合成照片的概念。

婦人簡單地向我做了家庭介紹：正在嗑瓜子的男人，是她先生，而兩個正在電視機前搖頭晃腦的，則是她的一雙子女，分別念小學三年級跟一年級。

「我爸爸他人還在你那邊嗎？他有地方住嗎？吃得好不好？」婦人眼中帶淚，但她的先生則是一臉不耐。

我點點頭，誠懇地說：「妳爸爸他人很好，現在住在我家，沒有人身體比他還健康了。」

婦人匆匆到抽屜裡翻出皮夾，拿了五張千元大鈔塞在我手裡，說：「請你好好照顧我爸爸，他脾氣不好，你費點心思勸他回家，不要讓我再擔心了，況且我心中有件事非找到我爸爸不可。」

我堅決不收這些錢，何況，我身上最不缺的三樣東西，其中有一項就是錢。

「我今天來，是想再多問問妳爸爸的事，因爲我始終都想不透是怎麼一回事。」我說，將錢塞回婦人手裡。

婦人請我坐下，爲我倒了杯茶，說：「想問什麼？難道我爸爸又做出什麼奇怪的事？」

奇怪的事？師父是不斷地在做，要從何講起。

但，的確是有奇怪的地方。我突然想起了師父在秦皇陵中被藍金氣劍刺穿的傷口，那傷口可是千眞萬確的。

我說：「妳爸爸跟我提到過他手上的傷口，妳對那個傷口有印象嗎？」

婦人沒有片刻猶豫，說：「當然有印象，那兩個圓圓的大疤痕，我從小時候看到現在了，那是八年抗戰時，我爸爸在大陸所受的傷。」

這個答案跟師父的答案搭不上邊，但我早有心理準備，並不覺得特別意外，只是忍不住又追問：「是怎樣受的傷？刀傷？被子彈打到？」

婦人說：「我爸爸說，那是日本人丟了顆手榴彈，爆炸後石屑插進手掌心，害他差點殘廢。」

我點點頭，說：「原來是這樣。」雖然，我依舊深處於疑惑的泥沼。

婦人難過地說：「當初眞不該將他送進安養院，讓他得了老年癡呆症。」

婦人的先生突然不悅地說：「現在說這些有什麼用？他要是回來了，還不是整天瘋言瘋語？」

婦人低頭不答。

我尷尬地喝著熱茶，小聲地問：「妳爸爸他……他以前學過什麼國術沒有？他很喜歡談這方面的事。」

婦人搖搖頭，說：「我知道你想說什麼，但我爸爸他以前根本沒學過這方面的東西，也看不出他有興趣，但他失憶以後，就沉迷在另一個他捏造的世界裡。」

我忍不住細聲道：「妳沒想過妳爸爸真的會武功？」

婦人說：「沒想過。」

我失笑道：「那天妳爸爸好像露了一手，把他以前那個老朋友點穴了，讓他不能動彈不是？」

婦人嘆道：「那件事教人生氣，你們走後，我跟鄰居將氣得差點中風的李大伯送到醫院急診，幸好李大伯休息一下就好多了，沒被我爸氣死。」

我本想解釋那位號稱師父同鄉老友的老人不是中風，而是被暫時封住血脈，但這太麻煩了，太麻煩了。

我認真說道：「妳爸爸絕無可能會真的功夫嗎？」

婦人肯定地說：「我爸爸身體一向不好。」

我拿起杯子，遞給婦人看，杯子裡的熱茶不但很熱，還熱到蒸蒸沸騰，不斷冒泡。

婦人感到訝異，說：「怎麼會這樣？」

我小聲地說：「這是妳爸爸教我的本事，他自己的本事更大。」

婦人不可置信地說：「你剛剛加了什麼在茶裡？」

我說：「是氣功。」

婦人的臉有些不悅，說：「氣功？」

我說：「你爸爸是氣功大師。」這個說法，已經比「武林第一高手」要社會化得多。

婦人想要接話，卻一臉「不知道該怎麼接起」的樣子。

我只好轉移話題，說：「妳有沒有聽那個中風的老伯伯說過，在老人安養院裡，曾經發生過什麼事？」或許是長眠三百年的副作用之一，師父可能忘了許多事情。

婦人搖搖頭，卻又想起了什麼，我說：「什麼旁枝末節、零零碎碎的事都可以跟我說，因爲我覺得在安養院裡一定發生了什麼，妳爸爸才會變成現在這樣。」

此時，嗑瓜子的男人有些恚怒，說：「跟小孩子說這麼多做什麼？叫警察把妳爸爸帶來家就是了，把地址留下來就可以了。」

婦人想了一下，說：「我爸在安養院的期間，整天喜歡找人下棋，也喜歡找人打麻將，至於有幾個老伯伯在練太極拳跟舞劍之類的活動，他反而沒多大興趣，這些都是李大伯跟我說的。」

我邊聽邊點頭，這都沒什麼特別的。

婦人繼續說道：「後來，有幾個國際扶輪社的外國年輕人去安養院當一陣子義工，我爸爸還很熱切地招呼他們跟他下圍棋、象棋，他們都是外國人，我爸爸也眞有耐性，不只教他們學圍棋跟象棋，還同他們學西洋棋。」

師父眞是好興致。

婦人喝著熱茶，說：「爸就是這副熱腸子，聽李大伯說，爸後來西洋棋也下得挺好。」

我只是點點頭，不難想像師父逼著別人學圍棋、學象棋的那股幹勁。

婦人有些想笑，繼續說：「只是沒想到，我爸爸才剛剛教會他們下圍棋，就有一個聰明的年輕人連贏我爸爸好幾盤圍棋。」

我沒下過圍棋，不太知道這樣初學現賣的本領有多麼厲害，但我了解一個下了好幾十年圍棋的老人突然被一個新手痛宰的話，一定是幅極其慘烈的畫面。

婦人慢慢說道：「那個年輕人後來便常常跟我爸爸下棋，應該說，被我爸爸死黏著，磨著他下棋，一天總要下個十幾盤，這棋越下，我爸就越不死心，尤其是那個年輕人有時候會同時跟五、六個人下棋，其中總有一、兩盤是盲棋，或夾雜著象棋。」

我問道：「盲棋？閉著眼睛下？」

婦人也頗懂圍棋的樣子，說：「就是不看棋盤跟棋子，直接靠記憶下棋，這非常非常困難，更何況是一人對多人，那孩子眞是天賦異稟，又是個新手，這眞教人難以置信。」

婦人突然眼睛一亮，說：「那孩子有副好心腸，後來我爸爸逃出安養院後，他每年都會寄新年卡片到這裡來問候，前天還來過這裡，說是來台灣觀光，藉著機會再來看看曾經教他下圍棋的爸。」

我聽著聽著，心中盤算著如何測試師父會不會下圍棋。

後來，又同婦人聊了些師父的陳年舊事後，我便起身告辭，直到婦人送我到門口時，我才猛然想起剛剛進屋子時，婦人跟我說的話。

「妳說妳有急事要找妳爸爸，是什麼事啊？要不要我轉告他？」我說。

「我也不太清楚，總之是件大事，請你務必轉告我爸爸，催他快點回家。」婦人歪著頭，皺著眉頭。

這眞是莫名其妙，大概是思父心切吧。

「我會的，再見。」我說。

「再見。」婦人關上門。

14 情敵

回到彰化，已經快十點了。

我跳上大破洞，不見師父的蹤影，但我聽到師父的鼾聲。

「裝自閉。」我打開衣櫃，師父果然縮在櫃子裡酣酣大睡。

「怎不到床上睡？」我搖醒師父。

師父揉揉眼睛，說：「心情不佳。」

我拉起師父，指著床說：「你先睡，我跟乙晶講一下電話再睡。」

師父打了個哈欠，說：「怎麼你跟阿義今天都偷懶不練功？」說著，慢慢躺在床上。

我不理會師父的問題，只是問道：「師父，你會下圍棋嗎？」一邊拿起話筒，坐在角落。

師父閉上眼睛，含含糊糊地說：「會啊，我師父教過我的，不過他自己棋藝不精，所以我那一手也不怎麼樣。」

我點點頭，正在撥電話時，師父突然像遭到雷擊一樣，從床上彈了起來。

我嚇了一跳，說：「幹嘛？」

但，我立刻明白師父爲何會驚醒的原因。

「有殺氣。」我警覺著，拿起放在床底下的兩把鐵尺。

「是高手。」師父沉著臉道，接過一把鐵尺。

「這殺氣好恐怖。」我心驚著，這殺氣何止恐怖？簡直是鬼哭神號！

「一切小心。」師父瞇著眼。

師徒兩人辨別方向後，便竄出大破洞，往殺氣的源頭衝去。

踩著招牌、電線桿，師父將我拋在後面幾公尺，我在後面看著師父的背影胡思亂想……

這股殺氣好雜，雜亂中的雜亂。

不安的殺氣節奏。

沒有節奏的殺手氣息，更教人不安。

這年頭哪來這麼多武林高手?!

師父停了下來。

我也停了下來。

因爲殺氣不見了。

殺氣本是氣，要迅速無端端消失在空氣之中，只有兩種可能。

第一，是釋放殺氣的人死了。

第二，是殺氣超絕地急速隱匿。

第一點是不可能的，而第二點，更顯示出殺氣主人的鬼影無蹤。

師父站在已經打烊的服飾店的招牌上，眼睛盯著前方的深黑小巷。

我站在電線桿上，雙腳在發抖。

坦白說，我的武功已經挺不錯了，但我仍然無法控制雙腳的悲鳴。

因爲我感覺到一雙藏在黑暗中的手，正機械式地向我們招手。

剛剛的殺氣，只是打招呼的一種方式。

或說是一種招魂的儀式。

這跟衝殺在黑道槍火間的恐懼感，是截然二幟的。

「師父？」我怯怯地說：「你瞧那團殺氣走了嗎？」

「別跟我說你不知道。」師父的眼睛依舊盯著那條暗巷。

「那是好人還是壞人？有可能是好人嗎？」我問，手中的鐵尺輕顫。

「別跟我說你不知道。」師父的嘴角有些笑意。

「那該怎麼辦？」我問，這問題簡直亂七八糟。

「別跟我說你不知道。」師父終於笑了，又說：「你今晚話特別多。」

「沒，那就進去吧。」我咬著牙。

「你進去，一分鐘後師父就跟在你後面。」師父將鐵尺收在腰上。

什麼？一分鐘？

「別開玩笑。」我有點發冷，說：「弟子學有未逮，不克前往壯烈赴義。」

師父認眞說道：「這年頭高手不易覓得，只是跟槍林彈雨決鬥的話，武學終究會沒落的，你想變成在每個時代都適任的大俠，就要勇於跟危險纏鬥。」

我更認眞地說：「眞的不要。」

師父的眼睛發出光芒，說：「要學會戰勝恐懼，而不只是柿子挑軟的吃。」

我的眼睛發出更璀璨的光芒，說：「我發誓以後吃柿子時，一定挑最硬的吃，但不要想叫我一個人進去，你明明知道我還不夠資格進去。」

師父大笑：「只是找適合自己程度的敵人打鬥，怎麼可能當大俠呢？在江湖上打鬥講的是搏命，又不是比賽。」

這道理我當然很懂，但實踐起來不只需要勇氣，還需要不要命。

但我要命。

師父坐了下來，說：「況且，搏命之際講的不是勢均力敵，而是身心俱技。你要相信正義之心，『仁者無敵』並不是句口號。」

我也坐了下來，說：「仁者無敵，皆大歡喜，世界和平，額手稱慶。」

我看師父一臉苦笑，只好又說：「師父，說什麼我都不會一個人進去的，國文老師說得很好，上陣父子兵，打虎親兄弟。一日爲師，終生爲父，師父，咱倆一塊進去衝殺、衝殺。」

師父有些詫異地看著我，說：「兩年前你還是說話結結巴巴的老實頭，現在怎麼油腔滑調起來？」

如果可以不死，什麼話我都願意說說看。

此時，殺氣斗盛，從巷子深處激然撞出，厲厲作響。

師父抽出腰間鐵尺，站了起來，說：「人家在催我們了，要一起走，便一起走吧。」

我也站了起來，深深吸了一口氣。

師徒兩人跳在清冷的街上，慢慢地、非常緩慢地踏進死神掌裡的暗巷。

慢慢地。

慢慢地。

慢慢地。

裝餿水的塑膠桶、發呆的貓、發臭的便當、正在滾動的米酒瓶。

還有一個坐在圓圓東西上面的流浪漢。

流浪漢沒有頭。

不過他有張很像頭的椅子。

「邪惡。」我暗暗怒道。

這下子，眞的是敵非友了。

「沉住氣。」師父緩緩說道，鐵尺指著地上，這是師父的劍式。

我收斂心神，鐵尺反抓在胸前，這是名震天下的「乙晶劍法」的劍訣。

「有東西！」我心想，一件物事從天摔下，我們迅速往旁邊一閃。

「碰！」

一具屍體摔在我們面前。

屍體沒有爆炸出什麼血，因爲屍體的血已經流乾了……屍體身上都是刀傷，刀刀痛苦卻絕不致命，看樣子是被封住穴道後再行宰殺。

這樣的手法，不，應該說，這樣凶殘的獸性，只有一個人做得出來。

「在樓上。」師父冷冷地說，看著屍體被拋下來的窗口。

窗口打開著，裡面透著昏黃色的微光，漾著異樣的血腥味。

那一戶人家，該不會被屠滅了吧？

昏黃的燈光中，揮著黑色的手影，然後，一道黑影又摔出窗口。

「碰！」

是個小孩。

小孩的骨頭根根刺出皮膚，顯然被「藍金」使用重手，折盡虐殺。

我不再感到害怕。

我只覺得自己怒火奔騰，快著魔了。

「有些不對勁。」師父突然開口。

「嗯？」我應道，鐵尺炙燙。

此時，窗口邊的手影再度揚起，又丟下一具屍體。

「碰！」

屍體重重摔在我們面前，這條屍體……沒有眼睛……

「小心！」

屍體彈起，袖中彈出寒光！

此時，一道淩厲的殺氣從天驟降，兩方夾擊！

殺手有兩個！

乙晶劍法，初遇強敵！

假屍的劍平穩而單純、單純而直接……直接刺向我的喉嚨。

我的腦袋一片空白，但我的身體卻一點也不空白，平時的鍛鍊立即做出反應，鐵尺驟然彈出，身子輕輕往旁半步，閃過致命一劍之際，彈出的鐵尺削下假屍的手腕。

正當我駭然不已時，我的身體突然滴溜溜往前一傾，一掌驚天霹靂地擊在屍體身上，但假屍悍然如山，不為所動。霎時我的身體陡然往後跌倒，胸口沉悶欲昏。

假屍的手不知何時印在我的胸口，震得我五內翻騰，手腳冰涼。

而師父呢？

師父手中的鐵尺不見了，格手站在我面前。他的鐵尺釘在另一個殺手的「飛龍穴」上，那可是人體十大好穴之一。殺手捧著鐵尺，坐倒在餿水桶旁，臉上也是兩個黑色大窟窿。

「你是誰？」師父看著站著的假屍，擋在我面前。

假屍生硬地說：「藍金。」

師父搖搖頭，說：「不可能，剛剛被我殺的傢伙，武功都比你高。」

假屍舉起左手，那隻沒被我削斷的手，手掌微微震動。

師父冷冷地說：「況且，藍金不會扮屍體，不會耍計謀，他只是個行屍走肉的惡魔。」

假屍突然大叫「啊——」，往前衝出，師父殺氣大盛，雙掌往前一轟，無招無式，無巧無妙，純粹的剛猛無匹！

假屍「匡啷」一聲巨響，脊椎骨像橡皮筋般往後彈出，胸前肋骨頓時射向四方。

假屍變成眞屍，上半身一塊塊黏在巷壁上，下半身則呆呆站著。

「沒事吧？」師父蹲下來，搭著我的脈。

「痛得想哭。」我虛弱地說。

「好險剛剛沒讓你一個人進來。」師父深深吐了一口氣，揹起了我。

「你也知道？」我勉強笑著，然後就在師父的背上睡著了。

□

「我會不會死？」

這是我睜開眼睛時，第一句話。

「會。」師父斷然說道。

「好倒楣。」我又閉上眼睛。

「但不是現在。」師父笑著，然後，我的身體緩和了起來。

凌霄派關於內傷的療傷法門，就是卯起來傳送內力，然後強健筋脈。

眞是太隨便了。

幸好我的內功扎實，加上那假屍先被我劈了一掌，要不，我的肋骨穩斷得乾乾淨淨，像蝦味先一樣酥脆，散在地上。

我在師父徹夜輸功的治療下，第二天早上居然就無啥大礙，我揹上書包後，便撇下不斷打哈欠的師父，上學去。

一路上，我很認眞地在思考：爲什麼有那麼多個自稱「藍金」的無眼人？

武功奇高這問題就先擱著，但爲什麼統統都要自稱藍金？

既然自稱藍金，爲什麼要把眼窩掏空？

天底下就只有一個藍金，這是當然的。

但爲什麼一群武林高手要群起效之？甚至要把眼窩掏空？

難道是不願意讓人看見他們並沒有藍色的眼珠子，便索性將眼珠子挖掉？

況且，爲什麼會有一群超級高手要模仿藍金？

這樣一想，我的手掌登時盜出冷汗。

或許，眞正的藍金並未被師父殺過？師父殺的四個「藍金」裡，並沒有眞正的藍金？如果眞是如此，那麼，藍金究竟在玩什麼把戲？耍弄師父？但從師父對藍金的描述中可以清楚知道，藍金是一頭凶暴的殺人鬼，並不熱中於詭計的運用。

不過，這一切都非常不對勁。

不對勁的地方，不在於藍金是不是幕後的黑手，而是，師父到底是誰？這才是一切的關鍵！

師父口中的藍金，是同他一起跨越三百年時空障礙的魔物，但，師父自己可曾眞跨越三百年？師父眞的是從三百年前沉睡到一九七四年，也就是十四年前嗎？

如果師父只是一個愛幻想的現代武林高手，那麼藍金究竟是誰？

如果師父只是一個愛幻想的現代武林高手，那麼師父的武功從何而來？

既然那麼多個藍金武功都高來高去的，他們的武功又是從哪裡來的？

不知不覺，我的心情非常黯淡，這種被祕密壓迫的感覺，比起「某一天，我們這些好人要面對可怕的壞人」這種恐懼感跟使命感，要徬徨、無奈得多。

面對祕密，尤其是師父的祕密，那種無力感使我一路嘆氣連連。

我是大俠，不是偵探！

一進教室，我坐在位子上，因爲沒開始早自習，於是我一邊吃著蛋餅，一邊跟後座的乙晶聊起昨晚的兩件大事：第一件，師父女兒告訴我的零零碎碎，第二件，當然是暗巷死鬥的劫後餘生。

當然，阿義也拉了張椅子，一邊啃著飯糰，一邊大嘆錯失死鬥的機會，還慶幸我沒邀他去員林做無聊的探索之旅。

但乙晶聽著，卻沒有多大的反應，只是瞇著眼睛看著我。

「怎麼了？」我說，我有些氣餒，畢竟我期待著乙晶問我身體有沒有好一點之類的話。

「沒什麼，只是有點近視的樣子。」乙晶說著，然後繼續看她的英文單字本。

「我的胸口還有點痛。」我說，此刻，我突然聞到一股淡淡的香氣。

「乙晶，妳……妳擦了香水？」我奇道，畢竟乙晶從沒擦過香水，況且，當時的國中生要是擦香水上課，可是件不得了的大事。

「嗯。」乙晶笑著：「香嗎？」

我點點頭，硬著頭皮又問：「妳在生什麼氣？還是沒有生氣？」

乙晶輕蹙眉頭，突然說：「爲什麼要生氣？」

我只好說：「畢竟昨晚我跟師父又殺了兩個壞人。」

乙晶點點頭，說：「殺人？那樣不好。」

我點點頭，悻悻然地轉了過去，因爲乙晶的表情實在冷淡。

她一定非常生氣……

可是有什麼法子？那兩個可是殺人兇手啊！撇開我是不是自衛殺人，光是他們屠殺了那一家人的冷血手段，就應該接受終極的制裁。

但，就這樣乙晶跟我足足冷戰了一天，大部分的時間裡，我都趴在桌上睡覺練功，而乙晶連下課都在背英文單字，不來睬我。

甚至放學時，乙晶也收拾好書包，一個人默默地走在我前面，直到我送她回到她家的巷口，她都沒有回頭看我一眼，更沒說過一句話。

好慘。

我簡直想一掌轟掉自己的頭。

「謝謝你。」乙晶站在門口，終於轉身跟我說話了。

「啊？」我有些錯愕，但還是很高興。

「我家到了，謝謝你送我回家。」乙晶微笑著。

「……不客氣。」我摸著頭，又說：「吃完晚餐後，我教妳基礎的輕功好不好？很好玩的。」

「輕功？」乙晶瞇著眼，愣了一下，又說：「我等一下有家教課，再見。」

我呆在門口，看著乙晶關上門。
乙晶還是在生我的氣！
我嘆了一口氣，看著自己的影子發愁。
不知道這樣裝憂鬱裝了多久，也許，我期待乙晶可以從窗戶看到我這張苦臉吧。

□

「怎麼了？」一個清朗的聲音。
地上的影子多了一個。
我轉頭，看見一個高大的外國金髮青年，拿著幾本書，穿著鵝黃色的襯衫、刷白牛仔褲，站在我身後。
我認得他！
是兩年前，那個好狗運躲過我「紙飛機特攻」的魷魚小子！
這魷魚小子又長高了不少！外國人的ＤＮＡ是怎麼一回事！
「我認得你。」那金髮青年微笑道，說：「你是乙晶的朋友。」
「男朋友。」我悻悻地說。
黃昏的陽光灑在我倆中間，他高大英挺的身子，伸出了友誼的手。
「幸會、幸會，你我真是有緣人，我現在是乙晶的英文家教。」金髮青年親切地握住我的手，說：「還沒請教貴姓大名？」

這魷魚小子居然當了乙晶的家教！我頓時大受打擊！

說不定乙晶根本沒生我氣，而是被這洋鬼子迷了心竅！今天還擦什麼鬼香水！才教一晚就變了個人似的！

「顏劭淵。」我勉強擠出笑容，說：「你中文說得好棒！」

「我叫Hydra Smith，」金髮青年的笑無比燦爛，說：「很高興又遇見你。」

我踩著被夕陽拉長的影子，落寞地回家。

一路上，那金髮帥哥親切的微笑像斧頭般砍著我的頸椎，一直砍一直砍，砍得我抬不起頭來。

只要是女孩子，都會被那樣天真璀璨的笑容迷住，就連我，在那雙清澈藍眼的注視下，竟也不由得自慚形穢。

功夫超強跟魅力一點也搭不上邊，尤其是在這個派出所林立的現代社會。

回到家，我雙眼無神地坐在床上盤坐，無奈地喟嘆，直到滿身是血的師父躍上大破洞，我才恍然回過神來。

師父一看到我，便慢慢地坐倒在地上，不住地喘氣。

我驚訝地看著師父唐裝上暈開的血漬，還有師父身上散發出的混亂氣息。

「師父！」我將手貼在師父的背上，急運內力幫助師父調節內息。

「我受傷了。」師父一邊靜靜地說，一邊閉上眼睛。

「先別說話吧！」我倉皇地說，幸好手掌察覺到師父體內的亂流雖然不安地鼓盪，但氣道依舊強健有力，不像是深受重傷的樣子。

「我休息一下就妥當了。」師父閉著眼睛，呼吸漸漸平穩，又說：「剛剛在追查一個邪惡的省議員的劣行時，居然在大馬路上遇到三個武功高強的殺手。」

我心中一凜，說道：「都是沒有眼睛的殺手？」

師父點點頭。

我急切地問道：「都是自稱藍金的殺手？」

師父點點頭，說：「三個一同向我出手，我也不客氣，出手殺了兩個半。」

又是無眼人！

「幸虧那三個自稱藍金的超級殺手，並不像我印象中的藍金那樣，殺藝登峰造極，所以爲師斃了兩個半，只受了點小傷。」師父的臉色漸漸紅潤，緊蹙的眉頭間卻浮現出迷惘的刻痕。

「先療傷再說話吧？」我的內力已然不弱，一股股眞氣遊走在師父的人體十大好穴間。

「淵仔，你說說，爲什麼跑出這麼多個藍金？」師父困惑地說，體內的眞氣引導著我灌入的內力注入九山大脈。

「管他幾個藍金，一個一個都給斃了。」我說。

雖然有這麼多「藍金」，但我猜想，眞正的藍金未曾出現過。

這麼多「藍金」，說不定就像我一樣，是「眞正藍金」的徒弟，奉師命來追殺師父的！

「說得好，管他是眞是假，光是自稱藍金這點，就足以斃他媽的！」師父深深吸了口氣，體內百穴同時一震，骨骼喀喀作響，巨大的內力急速膨脹收縮，隨後又被吸進百穴間，看來師父的內傷幾乎已經痊癒了。

「你的身體眞是旺健。」我嘆道。

「那還用說？」師父慢慢睜開眼睛，說：「其實你的心思跟師父或許相同，這兩天出現的殺手，跟兩年前出現的殺手一樣，都不是眞正的藍金。睡了三百年，藍金說不定睡昏了頭，忘了他以前是多麼直截了當，竟開始玩起計謀。」

我點點頭，師父解開唐裝的釦子，露出背上的新傷痕，我立刻拿起廣東苜藥粉胡亂撒上半罐。

「還有嗎？」我問。

「沒了，他們只能傷到我這點皮毛。可惜我內息翻騰不暢，無法追殺另一個重傷逃走的殺手，眼睜睜看他逃了。」師父說著，眼睛再度閉上，說：「不過一個失去下半身的人，又能逃得了多久？」

「師父，我想，那些自稱藍金的無眼殺手，他們挖掉眼睛並不是偶然的，他們的目的是想讓你誤以爲自己眞殺了藍金！或者，他們想讓你不知道眞正的藍金是誰！」我說，看著師父鋪滿背上的白粉，從衣櫃裡拿出另一件唐裝。

另一件唐裝也是綠色的，是我跟阿義去年中秋，買給師父的禮物。

「你說的有理。」師父接過唐裝，慢慢地穿上。

「那些無眼殺手，恐怕是眞正的藍金訓練出來的。」我說。

「我知道。」師父慢慢睜開眼睛，銳利的目光破然而出。

師父站了起來，看著大破洞外，火紅的夕陽被紫黑的龐然壓下，說道：「你果然信守諾言，找我來了，那些邪惡的玩偶就是你派來試驗我的吧？想瞧瞧我的武功進境？」

我點點頭，心臟怦怦而跳。

師父自言自語道：「我已準備好與你最終一戰，因爲我已將正義的種子播下，即使身死，正義依舊會在這個新時代發芽，庇蔭人心。」

我有些驕傲。

原先懼怕的黑暗陰謀，在師父的背影下，我感到身上流有正義傳承的血脈。

若，功夫的眞義是除暴安良，那麼，我又何須懼怕自己的天職？

強大的責任總是隨著強大的力量而來。

這是強者應當的勇氣。

師父轉過頭來，說：「跟阿義說說，明天起向學堂請長假，凌霄派要特訓。」

我大叫：「是！」

師父笑著說：「這次，我們師徒三人，都要變得更強才行！」

當然。

要變得更強！

□

「跳！跳！跳！跳！跳！跳！跳！」

三個小身影，揹著巨大的身影，在樹上飛躍著。

阿義的背上綁著半塊水泥柱。

我的背上用鐵鍊綁著兩塊水泥柱。

師父的背上，用極粗的鐵鍊重重綁上一條大鉛塊。從工廠偷來的大鉛塊。

八卦山的初晨，澆灌百樹的不是露水，而是凌霄派的汗水。

「乙晶……小師妹……放學會不……會來看我們練功……啊?!」阿義上氣接不著下氣，在蜂群的追趕下喘著。

是的，蜂窩是練習輕功的地雷，怕被咬就不要學輕功。

「……」我實在心煩。

「會……還是……還是不會?……啊！幹你娘！」阿義的屁股已經插上幾隻勇敢的虎頭蜂。

「不會吧！」我大叫，腳下一緩，蜂群隨即逼近。

「吵架啦？師父給你們調停、調停！」師父的汗水浸透了衣服，背上的巨大鉛塊幾乎扯斷了厚重的鐵鍊。

「不要跟我說話！我要專心練功！」我說，心情又往下沉了不少。

「傍晚找你的花貓兒一起吃火鍋吧！」師父笑道：「凌霄派要和和睦睦的。」

「我們沒吵架！」我說。心想：要是只是吵架的話，那還算是幸運的了。

我害怕的是，乙晶正被那金髮帥哥迷得團團轉。

跳了一個早上後，師父選了塊荒山野地，要我跟阿義輪流跟他對招。

「淵仔，記得你前天晚上那一戰嗎？」師父說。

「記得，九死一生。」我說。

「你經過嚴格鍛鍊的身體，比起你的意念還要迅速得多，所以出招閃電，以無念勝有念。」師父說。

的確是的，要是等我謀定而後動，前天晚上我就死在假屍的突擊之下了。

我的身體至今，還強烈記得那瞬間彈出的急劍，削斷假屍手腕的快勁！

「你出招急如閃電，除了你的身體超越你的意念之外，最重要的是，你瞬間激發的殺氣，能在關鍵時刻大大提高你的武功。」師父微笑道：「這點關乎天生資質，在這一點上，我跟阿義是及不上你的。」

阿義搖搖頭，說：「師父，你大概有點糊塗。」

我回憶著那晚的血戰，說：「所以，現在我們要練習出招於意念之前？」

師父點點頭，又搖搖頭，說：「阿義的怪劍頗有創意，但出招的速度卻慢上你的乙晶劍法七成，需要練習無念勝有念的，是他不是你。」

我有些領悟，又有些迷惑。

師父看著我們兩人，說：「功夫的至高境界，是有念勝無念，而非無念勝有念。」

我嘗試地解讀：「要能做到以念運劍、以念行招，才是隨心所欲的境界，而不是無意識的攻擊防守。」

師父點點頭，說：「意念要凌駕在招式之前，招式又要能風馳電掣，才能以一敵百，才能在危機之前做出種種精細的判斷。」

阿義揉揉眼睛，說：「好深奧，總之我要練習無念勝有念吧？」

師父說：「對，你向師父進招，要有搏命對抗的覺悟喔！」

我問道：「那我呢？」

師父將樹枝丟給阿義，說：「你在一旁看著，觀想自己的身法與劍速，跟師父對抗的樣子！」

阿義嘆道：「師兄晾在一旁真是輕鬆，而我……」說著，阿義突然飛劍刺向師父眉心，大叫：

「看我的無念勝有念！」

師父輕鬆閃過，笑罵：「這叫亂七八糟劍。」

阿義的怪劍在師父的周身穴道前暴起暴落，師父的身法，則鬼魅般地貼著阿義身法的破綻滑動，彷彿隨時可以取下阿義的性命。

我在一旁觀想著自己跟師父身法相疊交錯的樣子，背上不禁冒出瀑布般的冷汗。

師父眞的非常可怕！

師父的劍尖只是指著地上微擺，但師父的身法跟殺意的念向，卻使得阿義狂風暴雨般的招式猶如土風舞般可笑，轉瞬間已經將阿義殺了七十三次。

以前師父要我跟阿義自行創建出屬於自己的劍招，因爲自己創出的劍法，才是眞正隨心而動的最強劍法，武俠小說中主角跟著破舊祕笈練功，反而是拾人牙慧，是武功的最最下層。

所以，師父從不要我們學他的身法，也極少糾正我們的身法。

因爲身法沒有什麼對錯，常常，身法的破綻僅僅是「速度」不夠，或是招式與腳步位置不協調的問題。

師父的身法跟殺意令人目眩神迷，令人寒毛直豎。

我的意念一開始還能跟得上師父的身法，還能以自己的意念跟師父對上一、兩招，但後來師父使出全力飛轉時，我說什麼也跟不上師父的影子。

時間慢慢跟著大太陽移動，阿義已經死過上萬次了。

我的武術視覺融入在師父跟阿義的劍影裡，突然，我抄起地上的樹劍，大叫：「換手！」

阿義一愣，師父隨即用樹劍點了他的「叮咚穴」，再輕輕一掌將阿義推出劍圈，迎接我的乙晶劍法！

我一劍遞出，師父的身法飛動，我意念電轉，身法低掠，先一步封住了師父的身法去勢，師父的腳步一滯，旋即飄開。

「很好！再來！」師父大喜，手中的樹劍破空飛出，我一笑，身影隨即跟著劍力衝出。

中午的烈日下，我初踏入武學最高的境界，兩柄樹劍忽快忽慢地交談著。

時而搏鬥、時而細語、時而震耳欲聾，時而，生命在光輝燦爛中消逝。

幸好，我的生命僅僅消逝了三十七次。

「很好，繼續坐在一旁觀想，等會兒再試試你的新領悟！」師父喜不自勝，放下劍看著阿義，又說道：「阿義，換你上！這次要更快、更快！」

阿義剛剛衝開穴道，早已躍躍欲試，一拿起樹劍就上。

我坐在一旁，靜靜地融入劍風中。

傍晚（是的，我們一直比劍到傍晚），師徒三人便玩起拋接大石的遊戲。

不過這種遊戲一點也不有趣，還非常地累人。

我們將清晨揹來的水泥塊用內力垂直拋向天空，然後使盡力量接住它，然後，再拋一次。

師父也顯得頗累，畢竟不斷地拋接不知重量的大鉛塊，需要極強的內力。

拋出水泥塊，一點也不難，但要垂直拋出就很難，要不斷地垂直往上拋就更是難上加難，但是，等到水泥塊急速下墜時，要接著它，就不只是力量夠不夠的問題，而是「有沒有種」的問題了。

接不好的話，輕則斷骨、內傷，重則被壓扁。

這種練功方式趨近病態，但，更病態的不是練功方式本身，而是……這個拋接巨石的遊戲，是我提出來的。也許我跟師父真有一點相像吧？這真是凌霄派愚勇的好傳統。

就這樣，師徒三人像神經病一樣，在八卦山最荒涼的地方，迎著恥笑我們的落日，不斷地向天空擲著沉重的骰子，然後更沉重地接住。

「不要停啊！」師父打氣著：「強健的臂力可以使出招更加平穩快速！」

當然。

這樣練臂力的方式，更可以激發出體內早已不存在的內力，比起海底練劍是種不同的成效。新時代的健身男女房中，地上常擺著輕不隆咚的啞鈴，有些人還在腳上綁著鉛塊慢跑健身，我只能說，他們真是一群幸福的孩子。

不過沒關係，維護他們的幸福，就是需要我在深山中進行一次又一次莫名其妙的特訓，就是需要我在一次次的土石流中逆擊滾滾而落的崩石，就是需要這樣艱苦鍛鍊下的真功夫。

「累了嗎？」師父大叫。

「不累！」我說，腳幾乎已經站不穩了。

就這樣，就這樣。

凌霄派就這樣在八卦山裡特訓了兩週，每天直到晚上七、八點，才飛踩著招牌、電線桿回到大破洞睡覺，免得我跟阿義的家人以為我們失蹤了。

也免得乙晶找不到我。

雖然我是多此一舉了……乙晶根本沒找過我。

一次也沒有。

師父一直問我乙晶跟我之間究竟是怎麼了，還要我去找她，但我就是心裡煩透了，也下不了決心去找乙晶。

我多希望乙晶能主動關心一下正在特訓的我。

特別是，這兩週我根本沒去學校，乙晶難道都不會想我嗎？還是功課真的太忙了？忙到跟家教形影不離?!

熱騰騰的火鍋。

「真是的，晶兒是女孩子家，你應當自己去找人家才是！」師父搶過火鍋，說：「還吃?!不給你吃！」

我摸著肚子，說：「我還沒飽呢！」

阿義說：「師父說的對，你快去找乙晶吧，趁我們跟藍金決一死戰前，把處男好好破掉，人生才不會有遺憾。誰知道我們會不會死掉？還是被藍金一劍切掉小鳥？」

師父疑惑地說：「什麼是處男？」

阿義說：「處男是一種虛名，師父你就別太在意了。」

師父「喔」了一聲，還是不讓我吃火鍋，說：「你去找晶兒說說話，師父才讓你吃火鍋。」

我沒好氣地說：「出去就出去，難道我沒錢買吃的？」

說著，我躍下大破洞。

慢慢地走向不曾陌生的方向。

那個方向，通往我最心愛的人。

乙晶的窗戶是亮的。

我看了看門鈴，又看了看窗戶。

然後只看著窗戶。

「妳在做什麼？」我閉上眼睛，感受著乙晶身上傳來的氣息。

乙晶的氣息，是一股能將我暖暖包圍的能量。

「我來看妳了。」

我一腳踏上她家院子前的小樹，輕輕翻上窗緣，像隻忐忑不安的小雀，偷偷在窗口窺探著。

當我的眼睛瞄向房內時，我的呼吸靜止了。

手腳也冰冷了。

乙晶躺在床上，吃吃地笑著。

這種笑，只有在我偷偷呵她癢時，乙晶才會這樣可愛地笑著。

但現在，乙晶的身邊並不是我，而是一雙清澈發亮的藍眸子。

藍眸子笑著，乙晶也笑著，笑得雙眼都發光了。

星辰般藍眸子的主人，正是高大英挺的英文家教——Hydra Smith。

Hydra坐在乙晶的身旁，任乙晶躺在他的大腿上，他兩片淡紅色的唇微動，呢喃著、呢喃著。

我運起內力，想聽個明白，卻發現Hydra突然不再出聲了，只是不斷撥弄乙晶的秀髮，而乙晶依舊看著Hydra的眼睛發笑。

此時，我發現鼻子酸得厲害。

然後，心跳也停了。

心愛的人，躺在莫名其妙的人的腿上，這樣銀鈴般的笑聲。

此刻，我只想戰死。

讓飛蝗般的飛箭釘滿我枯槁的身軀，讓巨雷般的劍氣轟垮我不再跳動的心房，讓我的頭顱隨著血花飛舞在樹林裡，滾到不知名的山谷。

我想力戰到死。

這樣的結局，才是屬於我的結局。

本來，結局不該是這樣的。

本來，我有無論如何都要血戰歸來的勇氣與自信，但現在，上天的意思我已明白了。

我會戰死。

也因爲如此，所以上天安排了一個好人，代替我照顧乙晶。

讓這樣的好人，接收了乙晶天使般的笑聲。

我看著看著，雙手飛快點了「不哭穴」，不讓眼淚奪眶而出。

我不哭，因為我想說……上天，你錯了。

你徹底錯了。

沒有人比我更愛乙晶。

也沒有人能代替我照顧乙晶。

所以，我會活著回來。

回來娶我的花貓兒。

你儘管冷眼旁觀施加在我身上的命運吧，上天。還有你這個DNA不乾不淨的洋鬼子，我在拚命特訓捍衛社會正義時，你卻在這裡抱著我的最愛。

就在我想轉身躍走時，Hydra突然低頭，輕輕在乙晶的唇上一吻，我全身一震，殺氣如原子彈爆炸。

Hydra這一吻，令乙晶慢慢閉上眼睛，像是睡著了一般。

Hydra將乙晶的頭放在枕頭上，站了起來，為乙晶蓋了條軟被子，滿意地整理他那粉紅色的襯衫，有意無意地看著窗外，看著窗簾後面的我。

我沒有迴避他的眼神。

我爲何要迴避？

Hydra笑了笑，從手提包中拿出一只木頭盒子，一只雕工相當精美的木頭盒子。

難道是求婚戒指?!

我的拳頭繃得出血。

只見Hydra將木盒子打開，我卻傻了眼。

如此精緻的木盒子裡面，放的竟然不是戒指、寶石，而是兩條藍色的蠶寶寶。

Hydra在木盒子裡養了兩條蠶？全身發藍的蠶？

可怕的是，那兩條藍蠶啃的，並不是桑葉，而是一隻小蠍子，或者說，半隻小蠍子。

Hydra笑了笑，摸著他那兩條奇怪又噁心的爛寵物，說：「It's time to play。」

It's time to play what? Play each other?

那兩條藍蠶聽了，竟拉拔起蠕蠕的身子，直條條地站了起來，像小蛇吐信般昂然。

就在我感到詭異與毛骨悚然時，我竟有種「我非殺了這傢伙不可」的衝動。

這是什麼感覺？

從站到窗口偷看屋裡到剛剛，我從未想過要以自己的功夫殺了這情敵，但現在，我卻有種難以壓抑的殺意……不，不是殺意！

我發現，我不是想殺了他。

我是想逃走！

當我發現這一點時，我簡直無法置信自己身體的第六感。

我對眼前的男人，打從心裡畏懼著，連手腳都在發抖。

「憑什麼我要怕他？怕他奪走乙晶？怕他那兩條爛蠶？」我自問著，伸手點了大腿內側的「不要發抖穴」。

兩條藍蠶持續昂然著，一動不動。

一動不動。

「轟隆！」遠方一陣巨響，一棟民宅冒出熊熊黑煙，我轉頭一看，火焰衝破窗口，隨即被屋內壓縮中的空氣吸了進去。

是瓦斯爆炸！

我翻身衝往爆炸現場，想趕往火場救人，但，我一邊飛躍一邊暗暗吃驚，那火場中有個深陷烈焰的強大殺氣！

□

這樣的情節已經上演了四次！

那強大的殺氣該不會……

該不會又是沒有眼睛的刺客吧?!

「小心！殺氣有兩個！」師父的聲音從背後傳來，隨即與我同行。

「你們等等我！不要跳太快！」阿義急切地從一旁跳出，丟了一柄開山刀給我。

「開山刀？」我微微訝異。

「對付這麼厲害的敵人，拿扯鈴或樹枝我可不放心！」阿義嚷著，自己的腰上也掛了一柄開山刀、一柄生魚片刀。

「動作快一點，那兩個殺氣正把火場裡的人殺掉。」師父感應著遠處的火場。

「來不及了。」我說，腳步停了下來。

「可恨。」師父也停了下來。

師徒三人，就站在火場的正下方，火場在三樓，黑煙不斷湧出的三樓。

「既然傷者都被殺光了，我們要不要等他們自己下來？」我問，看著師父。

師父看著越來越多的圍觀群眾，說：「不行，如果在街上開戰，必然傷及無辜！」

我點點頭，說：「那就上吧！別讓人家等太久。」

阿義拿起雙刀，說：「對，別讓他們活太久。」

三人不理會圍觀群眾的眼神，悍然拔地竄上三樓，隱沒在濃濃黑煙中。

濃煙致命，濃煙裡的劍更致命。

「閉住一半的氣。」師父說道：「這裡真適合決一死戰，跟秦皇陵底下很像。」

我跟阿義閉住氣息，凝神招架濃煙中的僞死神。

「這次會是眞的藍金嗎？」阿義的語氣有些侷促。

「就算是假的，也是強到不行。」我手中的開山刀反手橫臥胸前。

「既然都很強，不如直接掛掉眞的。」阿義說

「讓我撥開雲霧見青天！」師父雙掌齊翻、大袖裹風，黑煙頓時向我們四周急速退散，走廊的盡頭，隱隱約約可見兩個踩著屍首的凶神。

凶神目不視物，因爲他們果然沒有眼珠子。

但凶神畢竟知道我們發現他們的位置，兩柄武士刀衝出黑煙，向我們猛衝！

師父一笑，師徒三人也衝向凶神！

決戰的終點站，就在走廊的正中央。

而一切的動作，都在走廊的正中央遲緩下來，或者說，心靈上的遲緩。戰慄的感覺卻加速著。

師父手中的兩把鐵尺射出，一柄插中凶神的臂膀，一柄則被武士刀震落。

而另一個凶神的武士刀上還冒著烈焰，向阿義劈去。

阿義矮身閃過，但背上卻中了凶神一腳，整個人給踢向焦黑的牆壁，那一瞬間我的開山刀撲向凶神，凶神卻飛快地以武士刀擊開我這一刀，此刻濃煙再度將我們捲入，我心一慌，喉尖頓時微痛，趕忙縱身往後一彈，勉強躲過致命的封喉。

師父呢？

倉皇間，我無暇大叫救命，因爲武士刀斬開濃煙向我劈落！

斬開濃煙的驚天一刀！卻也露出凶神的身形！

念先於動！

我撩起開山刀，刀勁帶動身法，迎向武士刀的暴風圈！

「我先刺到的。」阿義說。

「什麼？你說什麼？」我說。

「眞的。」阿義拔出生魚片刀，血登時從創口中噴出。

「是我先得手的。」我說，不必拔出開山刀。

因爲我的開山刀沒有刺進任何凶神的身上，而是直接朝他的頸子來一記全壘打。

雖說是全壘打，但在這濃煙中我也不曉得頭飛到了哪裡。

「要不是我的刀刺進他的背心，你能砍到個屁？」阿義喘著氣，看著師父從濃煙中走出。師父太強，我也厭倦描寫被師父揍垮的凶神變成什麼樣子。

我們沒事，師父當然也沒事。如果扣掉他額上的刀傷的話。

不過，我們三人的頭髮跟眉毛，全都燒到捲起來了。

「快走！不然會被當成縱火犯。」阿義說，三人趕緊衝到屋壁，一起猛力「崩」出一個大缺口，跟著火舌噴出濃煙密佈的戰場。

「媽的，幫我把背上的火吹掉！」阿義在空中哭喊著。

「不要！」我勇敢地回絕。

「我也不要！」師父笑著說。

回到大破洞，師父拿著小刀，將我眉毛、頭髮燒焦的部分剃掉，然後換我幫阿義剃，不過我的手「不小心」滑了幾下，便將阿義的兩道眉毛剃得乾乾淨淨，還順手點了阿義的「叮咚穴」，趁他不能動彈時，拿起麥克筆在他的額頭上畫了一條很有男子氣概的眉毛。

爲什麼我只有畫一條呢？

因爲師父在一旁嚴肅地看著我畫眉毛時，說：「這樣畫好醜。」所以師父接過了麥克筆，親自爲阿義畫上另一條比較娟秀的眉毛。師父總是比較細心。

我本來還想幫阿義的額頭，畫上楊戩的「第三隻眼」，但因爲師父說阿義已經在哭了，就只好算了。

當然，阿義衝破穴道後是非常生氣的，不過他也只能像瘋子一樣亂吼亂叫，因爲他打不過我們兩個。

功夫的世界就是那麼現實，打不過人家，就只能任人擺佈。

等阿義又哭又鬧地抓狂完後，師徒三人坐在地板上發呆，師父才嚴肅地說：「剛剛我對付的那個刺客，在臨死前要我去找我那假女兒，說完才斷了氣，好像是幫人傳話的樣子。」

我這時跳了起來，懊喪地說：「啊！我居然忘了告訴你！你那個……那個假女兒，要我託話給你，說有急事找你！我一直都忘了這件事！」

師父「哼」了一聲，說：「不打緊，反正她又不是我的女兒。倒是你，你什麼時候去員林的？怎不跟我說？」

我紅著臉說：「我忘了說。」

阿義摸著光溜溜的眉毛，說道：「那個刺客要師父去找師父的女兒，喔，假女兒，到底是爲了什麼？難道他把師父的女兒給殺了？還是學眞正的藍金，把那一家子給殺光光了？」

師父的臉一陣發白，說：「殺了乾淨，省得我自己動手。」

我看出師父心中其實是很緊張的，於是我拉著師父的手，說：「雖然很晚了，但是我們還是去一趟員林吧。」

師父猶疑著，賴在地上不肯走。

我只好說道：「功夫助人不分對象，只要是好人就該救，不是嗎？」

師父點點頭，說：「但這麼晚了。」

站了起來，換了件沒被燒焦的唐裝。

我從抽屜掏出一把鈔票，說：「用錢去比較快。」

五分鐘後，師徒三人便在計程車中，吩咐司機快快衝向員林。

這是我們師徒三人，最後一次前往員林。

已經晚上十二點半了。

「幸好大家的聲息都在。」我說，感應師父的女兒一家人的氣息都在。

「按電鈴吧？」阿義按下電鈴，自言自語說：「這麼晚了，眞是不好意思。」

門後一陣聲響，拖鞋劈里啪啦地踩著，然後門打開了。

是個睡眼惺忪的男子，師父蓬頭垢面的女婿。

「爸？」男子看見躲在我們身後的師父，訝異地說。

「爸什麼？誰是你爸？」師父無奈地說道。

男子揉著眼睛，要我們進屋，大聲地說：「阿梅！妳爸！」

我們進了客廳，師父的女兒立刻跑了出來，驚喜地說：「爸！你回來啦！」

師父臉上青筋暴露，說：「爸什麼爸？」

我忙道：「妳說妳有要緊的事要告訴師……妳爸？」

師父的女兒點點頭，看著師父，說：「爸！幸好你回來了，我有很重要的事要告訴你！」

師父微怒道：「爸什麼爸？到底有什麼屁趕快放一放！」

師父的女兒用力握住師父的雙手，呆呆地說：「我……我忘了。」

我們師徒三人張大了嘴，這簡直莫名其妙！

「關太太，最近妳有沒有跟什麼特別的人接觸？或是發生什麼奇怪的事？例如遇見力氣很大的人？走路跳來跳去的人？」我一直問著，畢竟無眼刺客要師父尋她女兒，一定有什麼訊息交給她傳達才是。

師父的女兒呆呆地看著師父，搔著頭，一副還沒睡醒的樣子。

「太太？」阿義忍不住出聲。

此時，師父的女兒眼睛一亮，大聲說道：「我想起來了！等我一下！」說著，便跑進廚房裡，出來時手中竟已多了把菜刀。

「啊？」師父疑惑道。

「哈！」師父的女兒俏皮地笑了出聲，菜刀往脖子上用力一抹，速度之快、詭譎之極，竟令三個武功高手來不及出手阻止，鮮血爆出深深的傷口，像把瘋狂的紅色仙女棒，不停耀出奪目血花。

師父凌空擊點了她肩上的「老山穴」與「資本穴」，快速封住頸邊血脈，但婦人妖異地笑著，一邊跳起活潑的健康操，一邊說道：「黃駿！三百年前的血戰未結，你我終須一決勝負，今日送上大禮一份，而終戰日期，就定在三夜後吧！八卦山大佛前，零時零分見！」

婦人的聲音極爲洪亮，根本不是婦人原來的聲音，而是一個似曾相識的男子聲音……這段話從婦人的口中說出，簡直就是台錄音機，生動地演出錄音者的訊息。

更駭人的是，婦人一邊畸形地跳著健康操，還一邊笑著，看得她先生嚇得縮在椅子上，渾身顫

抖。

「對了，忘了告訴你，這樣點穴是沒用的。」婦人突然立正站好，雙手中指刺入胸前的「般若穴」、「維他穴」，師父剛剛封住的血脈頓時崩潰決堤，婦人頸子裡的暴血，就像瀑布般瀉下！

「阿梅！」師父慌忙地扶住婦人，五指飛快地在婦人周身血脈要穴上疾掃，但婦人依舊格格地笑著，雙手竟然發瘋般亂點身上的穴道，將封住的血脈又一一重新刺開，不多久，婦人的笑聲逐漸僵硬，最後只剩下微弱的乾笑。

「怎麼會這樣?!」我驚呆了。

「師父?!」阿義也跌在椅子上。

師父看著臉色蒼白的婦人，雙臂發抖，眼神流露出無法掩飾的悲慟。

婦人的笑聲停了。終於停了。

師父緊緊地摟住婦人，哽咽得說不出話來，只有抽抽噎噎的乾號。

「藍金！」師父激動地大吼，將婦人的屍身猛力地抱住、抱住，像是失去了世界上最親的人一般。

師父終於放聲大哭，這一哭，當真是斷腸裂心！

我跟阿義默默地在一旁看著，心裡的激盪跟著師父的哭聲高低起伏，我看著師父哭天搶地的樣子，白髮人送黑髮人的悲哀與悔意，我的眼眶也濕了。

「藍金！你死定了！按照師父憤怒的程度，你至少要死上一千遍。」阿義嘆道。

當時，在客廳的血泊中，我心中只有替師父難過的份，直到我們將師父架離屋子時，我才想到關於婦人幾近變態的自殘行爲，其中不可理解的不可理解。

藍金這傢伙，恐怕是以類似《大漠英雄傳》中的「移魂大法」，蠱惑了師父的女兒，要她在傳達命令時斬斷自己的喉嚨！

最後的敵人，竟如此令人不寒而慄。

說不定，那些無眼怪客，也是這樣受到藍金操弄的！甚至連眼珠子都可以挖得乾乾淨淨！

「藍金！我要將你剉骨揚灰！」師父在計程車內，齜牙咧嘴地大吼著。

□

師父躺在床上，將身子蜷進被窩深處，我從沒見過師父這個樣子。

師父哭得累了，哭得傷透了心。

所以，根本不必追問那婦人究竟是不是師父的女兒。

我跟阿義坐在大破洞洞口，雙腳在洞外搖擺著。

還有三個晚上，就到了正義與邪惡對決的末日。

只是，這個末日是屬於正義的，還是屬於邪惡的，就不得而知了。

以前在看電視影集、卡通、警匪電影時，儘管邪惡的勢力在劇情過程中不斷地打壓正義的一方，但我們都清楚明白，最後的勝利永遠是屬於代表正義出擊的英雄們。

馬蓋先永遠能用身邊的零零碎碎突圍，將壞蛋繩之以法。

無敵鐵金剛永遠站在夕陽下，站在廢墟與怪獸的殘骸上。

藍波儘管身上掛滿傷口，但他永遠記得站起來，用子彈將惡勢力打爆。

但，現在呢？

代表正義出擊的，是凌霄派掌門人，還有初窺武學最高境界的大弟子、剛剛有點心得的二弟子，至於甜美可愛的三弟子則窩在噁心養蠶人的懷中。

這次，正義能得勝？

當主角換成是自己時，相信勝利變成一種奢侈。

面對陰招百出的新藍金，師父能再度險中求勝嗎？

或者，挑明著說，我會死嗎？

「喂！我會死嗎？」阿義說著，摸摸額頭上兩條個性迥異的眉毛。

「會。」我簡潔地說。

「我就知道。」阿義苦笑，看著手掌厚厚的繭。這些繭都是苦練下磨出來的。

「人人都會死，你也會死，但不是這個時候。」我笑著。

安慰別人，比起相信勝利，要容易、也安心得多。

「我們約好以後一起病死、老死，好不好？」阿義認真地說。

「嗯，總之拖得越長越好，至少也要長過三天。」我點點頭。

「我絕不會死，因爲我還是處男。」阿義堅定地說。

「這是個活著回來的好理由。」我笑說。

「的確是的。要是我這兩天去嫖妓，我一定會有死而無憾的龜縮心態，那樣的話簡直是百死無生。」阿義笑了。

「照你這樣說，我簡直未賭先輸、有去無回。」我落寞地說：「乙晶被她的外國家教泡走了，百分之百被泡走了，我現在出戰的話一定非常勇敢。」

「不會吧？乙晶很愛你啊！連路邊的野貓、野狗都看得出來！」阿義驚呼。

「她躺在那個家教的懷裡，還嘻嘻嘻嘻地笑著，那個家教還親了她一下。」我恨恨道：「這都是我今晚出去找乙晶時偷看到的。」

「你眞的很倒楣，出征前竟發生戴綠帽的慘事，簡直是慘上加慘。」阿義指著自己的眉毛說：「比這個還慘上一百倍！」

我點點頭，哀傷地說：「眞搞不懂乙晶，怎麼一聲都不說，就這樣移情別戀，好歹我那麼愛她，她無論如何都要讓我知道才是。」

阿義拍著我的肩，說：「都怪這兩週的超級特訓，害你沒去上學，跟乙晶相處的時間少多了。」

我看著逐漸天明的深藍夜幕，說：「等到出戰前一夜，我再到乙晶面前，做一場驚天動地的演說，看看能不能打動她的心，給我活著回來的力量。」

是的，請給我活著回來的力量。

給我一個無論如何，都要拖著將死之身回來的理由。

請妳給我。

□

「爸，今天一起吃飯好不好？」

我盛好飯，擺好碗筷，走到一堆煙霧跟酒氣中，看著正在賞鑑奇石的爸爸。

爸爸驚奇地看著我，好像在打量一件稀世珍寶一樣。

畢竟，我已經有一年多沒跟他講過「借過」以外的話。

「好啊，大家一起過去。」爸顯得相當開心，那些叔叔伯伯也笑著稱讚我。

「我只想跟你和媽一起吃飯。」我的目光誠摯，也很堅定。

爸沒有遲疑，轉頭跟煙霧中的死大人們說：「你們慢慢看，我先陪小鬼吃頓飯啊！」

「謝謝爸。」我說，開心地走到隔壁房間中，轟隆轟隆作響的麻將桌。

媽正在跟一群妖怪洗著麻將牌，我走到媽的身邊，說：「媽，今天一起吃飯好不好？」

媽嚇了一跳，看著我，又看了看四周的妖怪，隨即站了起來，笑說：「你們慢慢玩，老娘要陪孩子吃個飯。」

那群妖怪不滿道：「三個人怎麼打？三缺一啊！」

我趁媽喜孜孜轉身出房時，右手抄起兩顆麻將，輕輕一捏，兩顆麻將頓時碎爛，我瞪著那群妖

魔鬼怪，說：「以後我媽打牌輸了，我會這樣幫妳們的鼻子美容。」

妖魔鬼怪遇到鍾馗，只有低頭假裝思考的份。

「想什麼？沒腦袋要怎麼想？」我冷冷道，對於這幾個整天找我媽打牌的爛人，我早就想一一除掉了。

「淵仔！快來吃飯啊！」媽熱切地叫著。

「來了！」我笑著。

三個人，完完整整的三個人，此刻終於真正坐在一起，吃著熱騰騰的晚飯。

雖然場面有些尷尬，但爸跟媽的眼中，都流露出對我的關愛與喜悅。

這才是一個家啊！

爸跟媽不斷挾給我的菜，堆得整個飯碗都是菜，我吃著吃著，眼淚忍不住就掉了下來。

「怎麼了？」媽心疼地看著我，自己的眼眶卻也微紅了。

「爸、媽，有件事我一直都想說，我不喜歡家裡整天都有一堆客人在。」我擦著眼淚，眼淚卻不斷湧出，多年來壓抑的情緒終於潰堤。

「那……」爸有些發窘，媽卻笑著說：「以後媽跟爸會注意的。」

「我想天天都在一起吃飯，就三個人。」我還是在哭：「再加上師父，就是你們一直以爲是我學校老師的老先生。」

「好好好，以後我們三個人天天一起吃晚飯。」媽也哭了，爸則傻傻地笑。

「謝謝爸，謝謝媽。」我想笑，卻還是在哭。

我不想封住「不哭穴」。

因爲，我需要痛哭一場。

因爲，我可能只會吃到，三天全家團聚的晚餐。

有些事，有些朋友，有些感情，在人的一生中都是精彩奪目的連場好戲。

但是連場好戲的幕後，是一個家。

永遠都是一個家。

這個家放逐了我好幾年，我也拋棄了這個家好幾年，甚至，我還崩落了房牆，將我心中的家打出一個大洞，這個大洞是眺望遠方的，是叛逆的，是同家庭對抗的自我意識。

於是，寒風時常颳進來，大雨時常灑進來，烈日往往燙熟一切。

我擁有的，僅是師父的恩情、阿義的友情，還有不復存在的、跟乙晶之間的愛情。

但我一直都缺少一個家。

所幸，在決一死戰的前夕，我的家又回來了，或者說，我又回到了家裡。

所幸。

15 恐怖的祕密

決戰前三天，大家所做的事，其實可以寫上好幾千字。

阿義這種鋼鐵好漢，也變得婆婆媽媽的，這三天中不斷跟學校的女孩子告白，希望亂槍打鳥，能意外得到一個價值三天時光的戀情。

不過他沒有辦到。

因爲奇異筆的墨水很強悍。

師父最不婆媽了，除了晚上跟我爸媽一起吃飯外，他整天都在外面奔波殺壞人，那三天特種行業風聲鶴唳，黑道人人自危，黑金議員紛紛出國避難。

師父是這樣說的：「要殺就要快！」

顯然，師父對這場最終死鬥的態度是相當保守的，這點尤其令我們緊張。

「師父！會贏吧？」阿義問。

「當然！」師父總是大聲說道：「我要替那女人報仇！要替師父報仇！替花貓兒報仇！」

「那爲什麼趕著把壞蛋殺光？」我問。

「殺壞蛋還需要理由嗎？」師父吼道，又衝出去掛了兩個黑道頭子。

終於，最後一天，晚飯後。

七點半，距離零時零分，只剩四個小時半。

凌霄派，江湖上第一大派，正盤坐在大破洞中，閉目養神。

「記住，打不過就逃！你們是正義的種子，不能就此覆滅。」師父語氣堅定，說：「師父有無比的信心，可以在此役誅殺藍金，但萬一有太多的無眼刺客圍攻我們的話，凌霄派恐怕……恐怕寡不敵眾，這時候就一定要逃跑，留得青山在，柴會燒不完。」

「藍金應當很自負，怎會使這種下三濫的手段？」我努力這樣想著。萬一真有五、六個無眼刺客圍攻我跟阿義，我跟阿義完全沒有生還的可能。

「就怕他轉了性。」師父慢慢吐納，說：「但放心，藍金跟師父之間的對決，不會超過半炷香，甚至在出手瞬間就會分出生死，一旦師父掛了藍金，再多個行屍走肉的無眼刺客也奈何不了師父，你們只需要撐一會兒就行了。」

「說得容易。」阿義看著三人中間的兵器。

兩把開山刀、兩把生魚片刀，還有一把從工廠偷出的長條鋼片。

長條鋼片自然是師父的兵器，質地非常剛強，稍具韌性，邊緣細薄鋒利，加上用粗繩纏住的把手，在師父的手底下絕對是把好劍。

「淵仔，還有一點時間。」師父微微笑。

「還有一點時間。」阿義附和著。

「那我走了，要等等我，大家一起上八卦山！」我站了起來，將開山刀跟生魚片刀用厚布包裹著，再用細繩綁在身上。

「替我向晶兒問聲好。」師父笑咪咪地從懷中掏出一只絨布盒子，向我擲來。

我接住絨布盒子，問道：「給乙晶的？」

師父哈哈一笑，說：「打開來看看！」

我打開盒子，一只極美的鑽戒依偎在盒子中央，閃閃發光！

我心中莫名感動。

「自己看著辦吧！聽說這是這個時代的定情物。」師父得意地說：「師父去劫惡濟貧弄來的，十足眞貨！」

我笑了笑，說：「那就試試看吧，死馬當活馬醫。」說完，我便跳出了大破洞，興奮地衝向愛的方向。

「給我一個理由！」我大聲說道，身影飛快。

乙晶的窗口，仍然透出橘黃的燈光。

我閉上眼睛，仔細地審查乙晶房間裡的動靜。

「養蠶的好像不在樓上，好極。」

我心中一喜，輕輕踏上院中的小樹，燕起燕落，停在窗戶邊。

窗戶沒有了窗簾，於是我大方地推開了窗戶，跳了進去。

乙晶呢？我心愛的乙晶呢？

乙晶抱著窗簾，躺在床上鼾睡著。

她發紅的俏臉，看得我不忍喚她醒來，而我的手中，卻幾乎要把鑽戒盒捏爆。

就這樣，靜靜地看著乙晶嗎？

還是？

正當我端詳著乙晶熟睡的模樣時，我的「叮咚穴」突然一窒，我詫異之餘，全身果然無法動彈。

我竟被暗算了！但我居然沒有發現任何聲息或殺氣!?

我無法轉過頭來，但我看見一道高大的黑影將我的影子包住，似曾相識的聲音優雅地響起：

「淵，終於等到你了。」

那個聲音……那個在我背後的聲音，是養蠱人Hydra的聲音。

但那個聲音，卻也是師父的女兒割掉自己的喉嚨時，所發出的聲音！

我的脊椎骨一陣冰冰涼涼。

「辛苦你了，接下來故事會怎麼發展，全看你的囉！」Hydra抓著我的臂膀，將我的臉朝向他，再輕輕推著我，讓我坐在乙晶旁邊。

Hydra一身雪白的長大衣，典雅地坐在書桌上，他的臉龐蒼白卻強健，他的笑容依舊迷人，他的眼神依舊藍光隱動。

他的手指細長潔淨，捧住他天使般的臉。

「It's time to play the final game。」Hydra嘻嘻笑著，仔細地看著心臟快要無力的我。

「今天深夜，就要決戰了吧？」

Hydra賊兮兮地笑著，連眼睛也在笑著。

那一對清澈皎藍的明眸，笑著。

這是什麼異樣的感覺？

爲什麼我竭力想閉上眼睛？

沒有殺氣、沒有敵意，我卻害怕得想吐。

人的一生中，或許都有另一個人是自己的勁敵。

如同毒蛇遇到獴、豹子遇到獅、鱷魚遇到巨蟒。

但是，我的勁敵給我的感覺，卻像是一隻兔子。

一隻彬彬有禮的兔子。

而我面對這隻天使潔白的兔子時，我的胃翻騰、喉乾渴。

因爲我是條胡蘿蔔。

我連逃的機會都沒有。

那一雙藍眸子。

令我想起一個戰慄的名字。

「需要自我介紹嗎？」Hydra似笑非笑地看著我。

「……」我沉默著。因爲我一旦開口，牙齒將會劇烈撞擊出顫抖聲。

「我是遠渡重洋，來到台灣驗收成果的，」Hydra咬著手指，興奮地說：「你猜猜看！你猜猜看！猜猜我是誰?!」

我看著小孩子般的Hydra，眞是詭異莫名。

我繼續沉默著，因爲我已經分不清楚眼前的人究竟是何方神聖。

這樣飛揚跳脫，這樣小孩子氣，會是我心中深深畏懼的強敵嗎？

「猜一下！包準你一猜就對！」Hydra笑得眼睛都瞇起來了。

「你……你到底是誰？」我慢慢地說，心中的懼意卻沒跟著Hydra的笑聲減弱一絲半毫。

「猜一猜！不猜的話多可惜！」Hydra笑彎了腰，吸吮著手指，笑道：「難得這麼好猜，快猜、快猜！快猜、快猜！」

猜？

我只想閉上眼睛。

Hydra的笑聲停了。

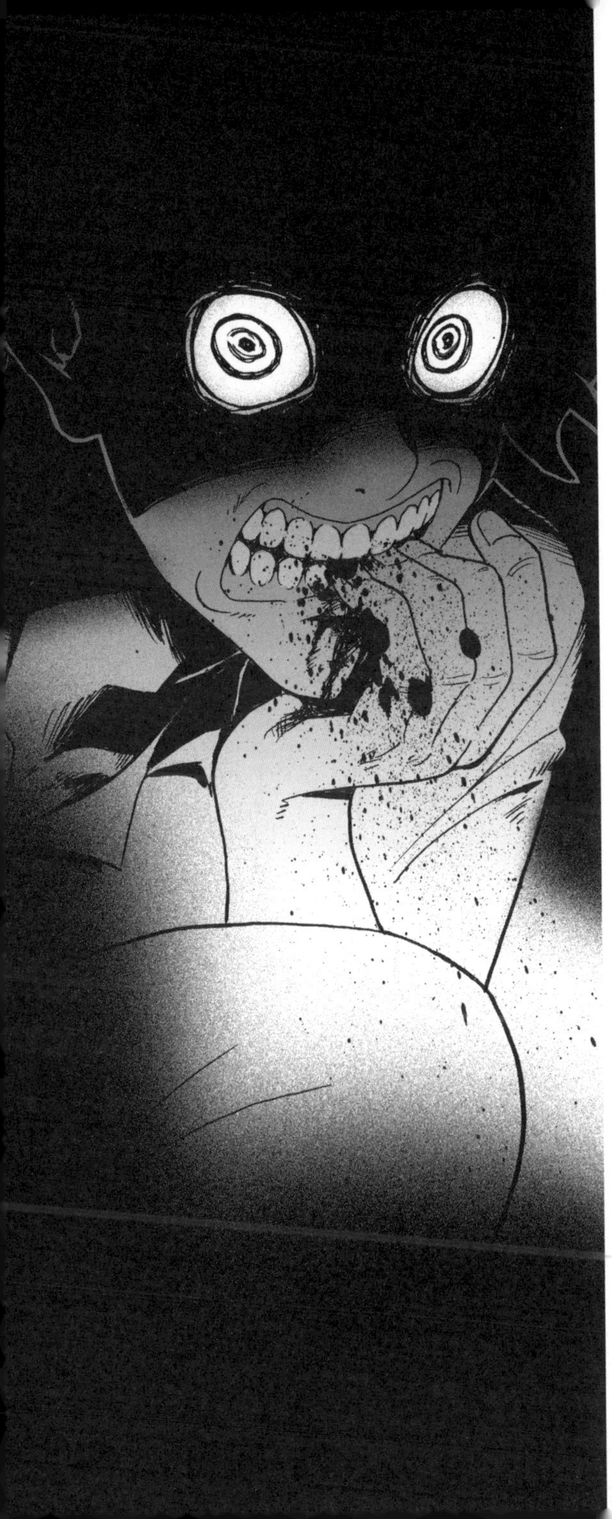

「叫你猜！你就猜！」Hydra的眼神精光暴射，手指被咬出鮮紅的血液，吼道：「快猜！快猜！有這麼難猜嗎?!」

這嚇人的模樣突兀地在Hydra的臉上擠出，我的心臟簡直要滑入胃裡。

Hydra深深吸了一口氣，臉色登然轉爲和善，竟是滿臉歉意。

「對不起。」Hydra跳下桌子，走到我面前，潔白又鮮紅的手指輕輕托住我的下巴，溫柔地說：「剛剛太兇了，是我不好，不過，你可以猜一猜我是誰嗎？」

我的下巴冰涼。

要是我不猜，我的下場不難想像。

於是，我發抖地說出我深懼的名字：「藍金？」

「答——」Hydra興奮地往後一跳，又跳回窗邊的桌子上，說：「對啦！」

我快暈了。

眼前的翩翩美男子，「居然」是屠滅百年前武林世界的「冷屠子」——藍金！

說是「居然」，是因為這樣的結果是沒有道理的。

我無法置信這樣忽笑忽怒、咬著自己手指的人，竟會是師父回憶中那冷血無情的鬼魅。

但「無法置信」，表示我不得不信了。

我竟然被藍金制服在斗室中，毫無脫險的可能，加上，床上還躺著我心愛的乙晶，更是絕無突圍而出的希望。

我的死期到了。

我的四肢百骸，就要被藍金一片一片刮了下來，每一個穴道、每一條血脈，都將被刺得稀爛，我會被迫捧住自己的內臟。

眼淚，就這樣流了下來。

也許等一下，我就沒有眼睛可以流淚了。

「哭什麼？」Hydra憐惜地看著我，說：「藍金也許很殘暴，但他總會聽我的，也許你會快快樂樂地走出這裡也不一定，當然，這都要看你的表現。」

我勉強說道：「什麼表現？」

我一點一滴，積聚著體內的眞氣，緩慢地推著被封住的「叮咚穴」。

雖然機會渺茫，但總須一試。

臨死之前，我至少要拚死將乙晶送出去。

「你問錯了問題。」Hydra神色不悅地說：「我剛剛說，藍金也許殘暴，但他總會聽我的。你不覺得這句話怪怪的嗎？你應該從這句話中發現疑問，然後好奇地問我問題才是，而不是只關心自己的死活。」

我愣了一下，眼前的殺人魔王似乎有些精神錯亂。

「那……」我含含糊糊地說著，心中卻無法思考什麼叫我應該問的問題。

人在極端恐懼之下，邏輯統統會集中在「我要怎麼生存下來」這樣的關鍵問題上打轉，因此對Hydra這種語意上的奇怪之處，邏輯是完全無法處理的。

Hydra的眼色一沉，冷冷地說：「你要仔細地聽我說話，好好向我展示你的挑戰資格，這就是你的表現，表現良好，你就是遊戲的主角，表現不好，你師父就是主角，而對於配角，在我的故事中，都是擔任被凌遲的炮灰。」

這段話依舊是莫名其妙到了極點，但我總算抓住一個大重點：要是我不好好聽他說話，然後發問的話，我就會死得很淒慘。

爲了乙晶，我一定要儘量拖延時間，衝破穴道。

藍金也許很殘暴……但他總會聽我的……？

「你剛剛說，你是藍金，但是……」我看著笑逐顏開的Hydra，說：「你既然是藍金，爲什麼又要說藍金總是聽你的？怪怪的地方就是指這裡吧。」

Hydra滿意地說：「對，請繼續保持這種好奇心，還有對問題的洞悉力。」

我看著彌勒佛般的Hydra，猜不透他到底是什麼樣的人。在他的眼中，我似乎只是他的玩具。

「一個人的一生，就只有一個可能，也就是說，人的一生就像是一條毛線，儘管人生的旅程波折起伏，也只是使得毛線彎彎曲曲，最多只是纏在一起、打結了，但，毛線終究是毛線，終究只是一條毛線。」Hydra慢條斯理地說。

「嗯。」我仔細聽著，生怕遺漏了什麼。

「嗯？」Hydra笑笑地看著我。

「雖然只有一條，但大家都一樣，也很公平。」我說，但我知道Hydra一定有什麼奇怪的謬論。

「公平？當初遇到你師父時，我才十二歲，那時我隨國際扶輪社的扶青團來台灣，在安養院陪你師父下棋解悶，應該說，你師父教我下圍棋。圍棋，哈，這麼有趣的東西，讓我著實沉迷在其中好一陣子。」Hydra閉上眼睛，回憶著。

Hydra是那個「師父女兒」口中的圍棋天才?!

不！不對！

「不對。」我趕緊說：「你在三百年前跟我師父就是師兄弟了，怎會是那個跟我師父下圍棋的孩子？」

「很好、很好，但請聽我話說從頭。」Hydra笑嘻嘻地說：「人的一生只有一條道路，不能回頭、不能重來，這實在是太殘忍了。你師父在我下棋時，常常感嘆自己的人生，他——關老先生說，他的一生自從失去伴侶後，唯一的女兒就棄他不顧，將他送到安養院了此殘生，他的人生自此走入死胡同，眞是感嘆萬千啊！」

關老先生？「師父的女兒」說的是眞的？

那麼，師父究竟發生了什麼事？

難道是三百年前的老鬼附身作祟？

「那樣的人生，就算是乖乖走完了，也沒什麼意思了不是？」Hydra聳聳肩，說：「於是，爲了報答關老先生教我圍棋的恩澤，我決定賜給你師父第二條毛線，一個嶄新的人生。」

我問：「你讓鬼魂附身在師父身上？」我暗暗衝擊穴道，但穴道裡的血脈依舊僵凝。

「這樣說還挺貼切的，但，我上哪裡找三百年前的孤魂野鬼？」Hydra撥著自己的頭髮，那一頭金光閃閃的頭髮。

「不然是怎麼一回事？師父身上的武功明明是眞的！」我說道，又說：「我身上的武功也是眞的！你點穴的位置也是凌霄派的手法，你是藍金的徒弟？」

「根本沒有凌霄派。」Hydra憐憫地看著我，說：「即便有，也是關老先生自己創的，從你開始才算第一代弟子。」

我靜靜聽著，這其中一定隱藏著武林中邪惡的大祕密。

Hydra雙手抓著桌緣，雙腳輕輕晃動，說：「你知道催眠吧？」

催眠？

「知道。」我說。

Hydra點點頭，笑說：「催眠是我此生最大的樂趣，也是我人生遊戲中最大的籌碼，催眠可以輕易地改變一個人的行爲，但那是指半生不熟的催眠技巧……你知道嗎？是技巧！僅僅只是技巧而已。但，我的催眠不是技巧，而是種藝術，登峰造極的藝術。」

Hydra的藍色眸子異常光亮，說：「登峰造極的藝術，就是編織出另一條人生的毛線，開創嶄新的人生風貌！這也是關老先生汲汲渴求的嶄新人生！新的！冒險的！宿命的！挑戰的！轟轟烈烈的！充滿熱血與理想的！」

我呆呆地看著Hydra，那一個激情中的Hydra。

Hydra哈哈大笑，說：「一個十二歲的小男孩，如何懂得變幻人生的極致藝術？這可說來話長了。總之，遇到關老先生這麼樣感嘆人生的老人，我總是要幫他一幫，讓他往後的人生能夠充滿挑戰，比起在安養院中纏人下棋的生活要來得精彩奪目！」停了一停，Hydra嘆口氣說：「教我下棋就獲得一個美好的新人生，我的人也確實太好了。」

我一愣一愣的。

Hydra催眠了師父？怎麼催眠？給師父新的人生？新的……武俠人生？

當時我聽得不明不白，所以心中的感覺甚至談不上憤怒，只有一連串的問號。

Hydra歪著頭看著我，說：「我知道你還是不懂，畢竟催眠的力量要達到這樣藝術的境界，是多麼令世人難以理解啊！」

「你是說，你催眠了師父？」我問。

「是。」Hydra祥和地說：「連他一身武功，都是我耗盡心神，陪他度過數十年流血流汗的腦中苦練，才在幾日間飛快地習得強大的力量，踏入中國人幻想中的祕境，功夫。」

腦中苦練？

「……」我癡傻地看著Hydra，不能明白他的意思。

Hydra看我一臉呆樣，忍不住笑說：「你這呆子，你不記得關老先生的女兒是怎麼死的？」

師父的女兒一邊跳著血舞，一邊傳達著「藍金」的話，那種妖笑的可怖模樣教我如何忘記?!

「是你！」我驚叫：「你催眠了她！你要她在師父面前自殺！」

催眠的力量竟然如此可怖！不是我原先想像的移魂大法！

Hydra假裝驚喜地說：「眞聰明！但這不過是基礎中的基礎，這種催眠基礎只能平時拿來玩玩，上不了大場面，因爲它只能摧毀一個人的人生，卻無法開展另一個人生，開展人生的催眠才是藝術！也就是我施加在關老先生身上的奇異力量！」

我的怒氣隨著底牌翻開的一瞬間，暴漲到了極致。

Hydra顯得十分開心，他托著自己堅毅的下巴，愉快地訴說一段令人不寒而慄的往事。

□

那一年，一九七九年，秦皇陵出土後的五年，我來到了台灣，來到這一塊將與我的多重人生，展開強烈聯繫的土地。

我可以感覺得到，這會是一塊很有趣的土地，就在我遇見圍棋高手關先生後，這種感覺就更確定了。

關老先生給了我一個美妙的靈感，使我與他之間的遊戲，從方城之戰，提升爲兩人人生中的命運對決。

我關懷關老先生內心對人生的不滿，於是，我想起了當年在蟬堡中得到的寶貴知識……非常大量的中醫原理，以及滿櫃子的武俠小說。我的中文，也就是在那陳舊的斗櫃中學習來的；至於蟬堡是什麼樣的地方，要是你有幸成爲故事的主角，那就是你必須調查的祕密了。

以前我總是利用中醫關於穴道、氣血循環的知識，爲自己的身體做些簡單的強化，並不多去鑽研，因爲在我初步的研究裡，中醫雖然能與西方醫學並駕齊驅，但在操控人體極限上，畢竟不能與巫毒系統相提並論。

但在與關老先生的談話中，我發現關老先生對於大量的武俠小說瞭若指掌，特別的是，關老先生對於「正義」自有一套獨特的見解，更是令我深感佩服。於是，我嘗試性地問他：有機會的話，願不願意當個武俠小說中的俠者？

命運使然，關老先生哈哈大笑，說：這是當然！

既然得到這麼開朗的答覆，身爲摯友的我，當然就決定實驗中醫與武術的結合，甚至，我也拿自己本身，一同參加這場創造巔峰武學的計畫。

怎麼實驗呢？

我與關老先生避處無人打擾的幽室，由我先將關老先生催眠到完全接受我一切思想的地步，再將關老先生原先的人生塞進他腦中的記憶密庫，深深鎖住。

然後，我，以一個記憶操弄師的角色，在自己的腦中劃出一塊處女地，純淨地接受一切指示，與關老先生一起進行的腦中苦練，進而形塑出與關老先生，不，是與黃駿大俠，其命運的黑暗相應者。

黑暗的相應者，藍金，我創生的另一人格就這樣誕生了。

什麼叫腦中苦練？我揣摩著穴道原理與人體強化的祕訣，將以前學會的養生氣功做了大幅度的修改，再將修改後經脈運行的修行技巧……也就是中國人所說的內功修習，灌輸到「黃駿」與「藍金」的腦中世界。

這個腦中苦練，比起創生出莫須有的記憶，要來得艱苦許多！因爲我下達的命令，往往是：這套內功，你已日夜不輟地修行了五年，特別是在海裡的艱苦練習，使你更上一層樓！

這樣長達五年的指令，必須在一天、甚至是幾個小時之間，於腦中不斷地壓縮膨脹，使大腦快速地經歷五年修習內功的歲月，使人體在深層潛意識中瘋狂學武，即使我倆都靜靜地坐著，但瞳孔像警示燈一樣快閃著、汗水大量湧出、筋脈顫抖不已，使我們都在極限中超越自己，在短時間內說服身體擁有驚人武功的假事實。

弄假成眞。

這就是人腦的祕密之一。

人體的潛能存在於腦中的祕密，這個祕密能帶給我多大的樂趣，我不知道。探索人體的極限，或說是人腦的極限，不過是爲遊戲增添樂趣罷了。

就這樣，我與關老先生每天都關在幽室裡，雙目交視靜坐，一同飛快苦練不存在的凌霄派內力絕學，今天練五年的分量，明天也許就練十年、八年，往往練到虛脫、嘔吐，我一度擔心關老先生會撐不下去，而，關老先生的確撐不下去，他的記憶完全被擠到不知名的地方。

但，黃駿活了下來，成為頂尖的武林高手。

同時，我腦中的藍金一角，也茁壯成一個足以與黃駿對抗的殺人機器，擁有跟黃駿匹敵的高強武功。

於是，我喜慰地為兩個死對頭創造出前所未有的人生，一點一滴，從小時候的生活，講述到習武的苦樂、情愛、江湖種種，甚至為兩人添上交纏三百年的悲哀命運，當作遊戲的開展。

創造人生的過程，顯然有趣多了，因為我不只掌握了他人的人生，我甚至可以憑空捏造出許許多多的悲歡離合，我，就是黃駿的上帝。

當然，我特別為黃駿多添了一段從秦皇陵爬出，在中國大陸一邊回復元氣，一邊尋徒的五年記憶，是以黃駿正式替代關老先生而活的時間，是從一九七九年當時算起，在設計上，黃駿是在台灣海峽被暗流沖到岸上昏迷不醒，醒來時竟發現自己身在安養院中，其瘋狂的行徑與說詞，當然會被當作是瘋子了。

為了增加黃駿的孤獨感，我為他設計的個性中，加入了無可救藥的死脾氣，也就是絕不肯在一般人面前展示功夫的堅持，這一點堅持會令黃駿苦無他人相信他，也令黃駿飽受被當作瘋子的對待。

當然了，我也從許多武俠小說中，隨意摘下幾個虛構的名字，拼湊成許多令人啼笑皆非的故事，塞進黃駿的武俠記憶中，讓他雖然無法展示功夫，但當他在單單講述自己的生平時，也會被認爲是老人癡呆。

因此，黃駿不斷自我孤立，只有一點點關老先生模糊的殘留記憶，引導他回到女兒的住所，儘管如此，黃駿的冒險人生還是壓倒性地侵呑關老先生無聊的人生，讓他逃離了員林，開始他的覓徒計畫。

讓他開始，與不存在的命運無窮的對抗。

讓他開始，以不存在的靈魂活著。

讓他開始，跟我玩。

□

「你怎麼可以奪走師父的人生！」我咆哮著。

「奪走？哈，我是換一個新的給他！」Hydra笑得不可開支。

八點半，距離決戰只剩三個小時半。

但決戰的凶獸，就坐在我前面，笑到眼淚都流了出來。

「你生氣的樣子眞令我滿意！」Hydra擦著眼淚，喘著氣說：「每次遇到這種時刻，都是遊戲的高潮啊！」

我的殺氣被阻遏在封住的穴道中，但我的臉已經扭曲，聲音也越來越大：「你這麼做對你有什麼好處！爲何要平白無故地捉弄我師父！」

Hydra跳下桌子，振臂喜道：「你眞是笨啊！我剛剛不是說過了嗎？我是在回報關老先生教我下棋的恩情，所以我才決定豐富他的餘生，讓他轟轟烈烈地死去！」

我大聲叫道：「師父不會輸的！」

Hydra擠眉弄眼，笑說：「那我們就拭目以待吧！」

我氣憤地說：「你等著被師父轟成碎片吧！你派出來的那些沒有眼睛的混蛋，一個一個都被師父給殺光了！」

Hydra滿足地說：「你猜到那些符屍是我派出去測驗你們的？眞是孺子可教啊！藍金跟黃駿分手後，我就無從得知黃駿武學的進境了，於是隨意派出一些符屍騷擾你們，看看這場遊戲是不是夠資格一直玩下去。」

我冷冷地說：「我不知道你所說的遊戲是什麼意思，不過我可以告訴你，遊戲到今晚就會結束了。以你的死作爲收場！」

Hydra打量著我，好像端詳一件有趣的玩具，說：「你恨我吧？」

我憎惡的表情難道沒告訴你？

我大聲說道：「再怎麼恨你也只有今天晚上了！有種你不要挾持我，午夜零時爽快跟我師父決鬥！」

Hydra點點頭，說：「我正想跟你商量此事。」

我怒道：「難道你沒種?!」

Hydra搖搖頭，笑著說：「這是一場遊戲，要是遊戲的對象死了，那就沒什麼意思了，是不是？」

我大吼：「師父不會死！」

Hydra疑惑地看著我，說：「但是你師父要是不死，那你就死定了。我正想詢問你的意見，我倆一起決定未來故事的走向，好不好？」

一起決定故事的走向？

我只覺得怒髮衝冠！

「聽我說，仔細地聽。」Hydra的聲音有種魔力，他認眞地說：「提供以下的故事走向給你做參考，第一個故事，虐殺了你跟乙晶，把你們的屍首丟在黃駿面前，讓符屍傳話給黃駿，約定十年後再戰。關於這一個故事，你覺得好不好？」

我憤怒地大叫：「不好！你根本不敢跟我師父打！」

Hydra認眞地說：「我也覺得不好玩，跟一個老傢伙纏鬥太久，搞得我興致缺缺，加上黃駿已完全認爲自己是黃駿了，也就不存在記憶矛盾的痛苦，這樣的遊戲已經該收場了，主角也該換手了是吧？一代傳承一代，讓遊戲更有史詩味道。」

我的眞氣一直衝撞著「叮咚穴」，嘴裡嚷著：「總之你跟我師父打過先！不要窩在這裡欺負我們兩個！」

Hydra皺著眉頭，說：「所以第二個故事就得換個主角，當然了，這主角不能是武功低微的阿義，而應該由你大力擔綱。這個故事的主軸是復仇，而不是黃駿故事中的主軸正義，而這個故事的發展以黃駿的慘死作爲開始，以你我再度相逢的未來作爲結束，你看怎麼樣？這個故事好多了吧？」

我簡直無法體會眼前的魔物在想什麼！

我恨恨地說：「你到底要什麼？錢？權力？還是只是想殺人！」

Hydra微微笑，說：「都不是，那些我說要就要的東西，都只是遊戲的籌碼，而不是遊戲本身。我要的，就是遊戲，作樂於人間，享受在規則邊緣，浸淫在計畫良好的遊戲世界。」

Hydra頓了頓，藍眼深澈不可探知，說：「一切都要按照計畫來，不過若是遊戲中的角色能偶有佳作，突破我的精密設計，那也是遊戲的重大樂趣之一。淵，你願意擔任故事二的主角嗎？讓我們一起將遊戲無限開展，從今以後，你就爲了復仇活下去，踏著我的影子追上來！」

我沒有辦法思考。

因爲我的語言能力已被怒火燒光。

回應Hydra的，只剩一對火紅眼睛。

「看樣子，答案已經心照不宣了，你的確是復仇的最佳人選。」Hydra「咯咯咯」地笑著，又說：「那我們來討論一下故事的細節吧。關於阿義這類角色看似可有可無，不過他可以扮演觸媒式

的關鍵要角。」

我不說話，我的內力已經漸漸侵入「叮咚穴」。

「你是那種看見重要的人死掉，就會變強的那種主角嗎？」Hydra雙手合十，期待地說：「讓我們實驗一下，說不定暴漲的殺氣能讓你的武功更上一層樓，就讓阿義在黃駿的故事裡死掉吧。」

我語氣冷淡地說：「故事二的開頭，是你跟師父的死鬥？」

Hydra搖搖頭，說：「我規劃好了，是我殺死黃駿，不是死鬥。」

我冷笑，說：「只要師父掛了你，阿義就不會死，我也不用當復仇者，乙晶一醒來，就可以在你身上吐口水了。」

Hydra苦笑道：「你怎麼這麼偏執？我怎麼可能讓故事走到那種地步？你瞧瞧，我有這麼多被我蠱惑的符屍，他們全是將人生輸給我的遊戲輸家，有了這群殺人鬼部隊，就算有三個黃駿也是死路一條。原本上次我來台灣時，我就打算跟黃駿決戰，但瞧他收了你做徒弟，我覺得這或許是個新的遊戲契機，便讓他多教你兩年功夫，這兩年間我也製造出更多個幫手。」

說著，Hydra從懷中掏出一個木盒子，這一個木盒子比上次的大了三倍，Hydra打開木盒，裡面居然爬滿了一團藍色的怪蠶！至少有十幾隻怪蠶！

Hydra笑嘻嘻地說：「上次讓你偷看過一次，你卻還不知道箇中奧祕，這是身為主角必須改進的，當我遊戲的主角不能只有一腔熱血，還得聰明才有看頭。這些蠶是海地蠱術的法寶，每一條蠶，都代表一個無眼殺手，也就是符屍。必須透露給你知道一些資訊，以免你不知道自己肩負的挑戰有多麼艱鉅。」

Hydra繼續說道：「這些蠶咒所控制的符屍，都是武功高強的上佳殺手，為我在世界各地執行各種任務，而他們的誕生取代了第一代效率低微的符屍，這當然要感謝黃駿跟我共同研發出的武學速成法，讓我在短時間之內產製足以跟世界上所有的軍隊匹敵的特戰隊。你以後想接近我，想殺了我，就要通過重重難關，他們有些在我活動的城市棲伏，有的散佈在世界各地，隨時接受我的符令召喚。」

我不禁打了個冷顫。

十幾個武藝高強的符屍，的確不是師父所能對抗的。

但……

「仁者無敵。」我靜靜地說。

相信正義，相信正邪對抗的必然結果，這是我對師父、對正義的絕對信任。

「眞天眞。」Hydra幽幽地說：「不過要當一段熱血故事的主角，的確，就是需要天眞，需要無論如何都要勝利的傻勁。」

Hydra好像突然想到什麼，說：「對了，我們正談到黃駿故事的最後高潮，你說說，除了師父跟阿義，還要死哪些人你才會奮發圖強練武，以消滅我爲終生職志？你家人？整個彰化？乙晶？」

要死哪些人？

這是個絕不能夠回答的問題。

Hydra詭異地笑著，說：「都不想，是不是？談談乙晶的下場吧？你覺得乙晶的屍首應該怎麼處理，才能擴張黃駿這階段的故事最後高潮的戲劇張力？像不存在的花貓兒那樣一半掛在彰化東邊，一半掛在彰化西邊？」

「你動不了乙晶的。」我冷冷地說。

「怎麼說？」Hydra興致盎然地問。

「因爲……」我說，最後一步了！

「啊？」Hydra疑惑道。

因爲我已經衝破穴道了！

「崩！」

這是絕無僅有的一掌。

帶著無限希望，肩負所有機會的霹靂一擊！

Hydra中掌！

沒有分毫猶豫，我使出剛剛在腦中千迴萬轉、排練再三的動作。

一得手，左手飛爪勾住乙晶，甩身往牆上一劈！

破牆而出！

我在星空下沒命似地奔逃，心跳得好快！

眞是不可思議！我居然眞的逃了出來！

我一邊撒尿，一邊抱緊熟睡的乙晶，在大街上狂奔，唯恐一旦衝進小巷小弄，反而稱了Hydra的意。

我甚至不敢往後看，不敢確定Hydra是否就在身後一招的範圍內。

我甚至可以感覺到他的呼吸就在我的耳邊！

就這樣咬著牙，竭盡力量地飛躍著，直到大破洞裡的光芒映在我的臉上，我才感受到師父跟阿義柔和的氣息。

我猛力將乙晶往大破洞一擲，喊道：「師父接住！」

乙晶平穩地飛進大破洞中，我跟著衝進大破洞中，回身就是傾力一掌！

「你殺空氣啊？」

阿義感到莫名其妙。我的身後並沒有人。

「怎麼了？乙晶她？」師父抱著乙晶，關切地問。

我驚魂未定，剛剛與Hydra在乙晶房中的一切，依舊在我腦中盤桓不去。

更令我不安的是，我拒絕回憶的那一瞬間。

那一瞬間，我的右掌烙印在Hydra心口的那一瞬間，Hydra好像笑了。

整個晚上Hydra都在笑，但在那一瞬間，Hydra的笑多麼自信，多麼理所當然。

他知道我解穴的時間！我很清楚，但我拒絕承認。

那太可怕了。

我彷彿一掌打開Hydra精心設計的棋盤，坐在他對面，按照他指示的步驟搬動旗子。

我走進了Hydra莫名其妙的遊戲。

「怎麼回事？你又遇到無眼殺手？」師父急切地問：「乙晶怎麼搖都搖不醒？」

「搖都搖不醒？」我愣了一下，隨手在乙晶可能被封住的穴道上翻了一翻，說：「乙晶沒被點穴啊！」

這時，師父輕輕拍著乙晶的臉，但乙晶依舊睡意香濃。

我感到一陣冰冷的寒意。

「我剛剛遇到了藍金，是他把乙晶弄成這樣的。」我試著冷靜下來，摸著乙晶的臉，說：「也許他點了一個師父不知道的穴。」

師父急問：「怎麼會這樣呢？天啊！還有什麼穴可以點得乙晶昏迷不醒？綿羊穴、早睡早起穴、鎖夢穴都沒被點中啊！」師父一陣手忙腳亂，搭著乙晶的手脈說：「脈像平和穩健，乙晶只是睡得很熟？會不會不須解穴？等到十二個時辰後，穴道就會自解？」

不！穴道不會自解！

因爲根本不是點穴的手法，是催眠！

Hydra催眠了乙晶！

我回想起兩週前夜探乙晶的畫面，乙晶倒在Hydra懷中發笑的模樣，乙晶的笑其實頗爲呆滯……我心中一凜：Hydra到底對乙晶說了什麼？到底催眠了乙晶什麼?!這兩週以來，Hydra到底對乙晶做了什麼?!

「師父，我有件事要說。」我急促的呼吸竟無法平靜下來。

「快說！是關於藍金的事？」阿義警戒地看著洞外。

我愣了一愣。

怎麼說？

說：「師父，你是不存在的，你是被藍金製造出來的！你取代了關老先生的人生，但，你無須與藍金一鬥！因爲你跟藍金根本沒有三百年前的恩怨糾葛！」

要這樣和盤托出？

或是說：「師父，我們快逃！藍金手底下有好多好多怪物！我們鬥不過他的！留得青山在，柴會燒不完，你自己也說過的！」

要這樣逃得一乾二淨？

這就是我所相信的正義？

我登時明白Hydra中掌時那詭異一笑的自信。

Hydra早就決定讓我帶著乙晶逃走，因爲他知道，即使我逃了，對他的遊戲計畫也無所妨害。

Hydra知道，若我向師父說出我所知道的一切，師父一定會在決戰前一刻陷入迷惘與痛苦，師父堅信的大俠身分將會被絞碎，也就絕無勝機。

Hydra也知道，我是無法逃了。因爲他施在乙晶身上的睡眠魔咒，恐怕還需要他提供解咒的法門，也就是……打倒他再說！

「快說啊！」阿義緊張地說。

師父的眼神也非常熱切。他等這一刻，已等了三百多年。

對師父來說，這三百多年再眞實不過。

我甚至聽到師父的心跳怦然作響，他的鬥魂在血液裡燃燒。

「藍金帶了很多他的手下，也就是那些無眼怪物，師父，看來這是一場血戰，避無可避。」我說，眼淚快流了下來。

「嘿！我就知道老子就要死在今晚了。」阿義爽快地說。

師父一笑，抓著我的肩膀，說：「避無可避，說得好。今次凌霄派即使要死絕，也要殲滅這爲禍國家社稷的首惡！」

阿義大大方方地說：「我從沒想過自己是這麼重要的人，能夠用這麼屌的名義死掉，總比當個流氓被槍殺，要划算多了！」

我看著師父，看著阿義，看著床上的乙晶，一股無力感湧上心頭，雙膝一跪，我癱在地上。

爲這個無意義的遊戲死掉，多麼不值！

面對遊戲巨大鋼鐵的齒輪，多麼無助！

時間，十點半。

我摟著昏睡的乙晶，蜷縮在床上。

師父，端詳著手中的尖銳鋼片，默然。

阿義，正在看著傍晚租來的漫畫，他說：「再不看，就沒得看了。」

我不知道阿義現在在想什麼。

面對這樣傲慢、空虛的正邪對抗遊戲，年紀輕輕的我們，可歎。

□

一天前。

「以前我的夢想，是當一個很厲害的流氓，不過最近我卻跟你掛掉不少個流氓，哈！想起來就覺得很好笑。」阿義這樣笑著。

「現在呢？現在的夢想呢？」我問。

「我想當一個大俠，就跟師父一樣，或許沒有師父厲害，但是可以活得很痛快！活得很踏實！」阿義的眼睛閃耀著光芒，說：「所以我並不怕死，因爲我的夢想一直在實現著，我並沒他媽的捨棄夢想，剛好相反，我是以大俠的名字，隨時可以死掉！」

「謝謝你。」我說，我的心突然也覺得很暢快。

「謝啥？」阿義說。

「我也要以大俠的身分死去，或是，以大俠的身分活下去。」我說。

阿義猛然醒悟，說：「對喔！還是以大俠的名字活下來才對，我們約好要老死的！」

□

十一點。

我緊緊抱住乙晶，感受她未能表達的一切。

我的四周彷彿下起傾盆大雨，乙晶拿著荷葉躲在我懷中，兩隻大熊正在我們身旁纏綿。

那場大雨，叢林中，我跟乙晶的第一個吻。

「等我回來時，妳就醒了，好不好？」我吻著乙晶。

乙晶的眼淚滑出緊閉的雙眸。

十一點半。

師父背起了鋼劍。

阿義將漫畫放進袋子裡。

「幫我還。」阿義說。

「自己還。」我跳下床。

師徒三人互看一眼，忍不住都笑了起來。

「很高興師父收我當徒弟，三生有幸。」阿義說。

「這兩年多來，是我這輩子最快樂的時光。」我說。

「師父沒白收你們，你們一定要活下去，繼續散播正義的種子。」師父說。

三人擊掌，輕輕跳出大破洞。

16 跨越夢境的決戰

八卦山，大佛前廣場，十一點四十二分。

終於到了這個時候。

我們站在大佛的頭頂，俯瞰著底下的環境，以及無眼怪物可能進擊的方向。

沒有夜遊的路人，沒有談情說愛的情侶，Hydra自然將一切都佈置妥當。

但，突兀的是，廣場下方有一大群西裝革履的紳士、淑女，正坐在鐵椅子上竊竊私語著。

這些紳士、淑女，手中各自拿著樂器，小提琴、大提琴、小喇叭、橫笛、豎笛、手風琴、小鼓、大鼓、銅鈸……甚至，還有一架大鋼琴！

不過，這個奇怪的樂團，都是有眼珠子的。

他們的神色之間透露著古怪，但即使古怪，他們仍像平常人一樣聊著天，談論著今晚的怪異音樂會。

於是，我們側耳靜聽著底下的談話。

「到底要我們做什麼？一個觀眾也沒有？」拿著指揮棒的男人，摸著自己的翹鬍子，神色迷惑。

「不過團長，大家都收到支票了，雖然沒有觀眾，但……」抱著大提琴的女人說。
「收了人家的錢，當然要準時開演啊！」拿著指揮棒的團長坐在石階上說。
「會不會……是奏給死人看的那種啊？」拿著銅鈸的男人在發抖。
「傻子，你看到墳墓了嗎？」拿著豎笛的女人不屑地說。
「不管這麼多了，連鋼琴也搬上來了，就當作練團也好！今晚零時準時開演。」團長說。
「也是，一個人三十萬元一晚，就算是奏給空氣聽也值得。」拿著小提琴的鬈髮男笑著。
「不過等一下要奏什麼啊？」打大鼓的胖子問。
「不知道，那外國人也沒說，我想想……就奏命運交響曲吧？反正下個月就要公演了。」團長說。
就這樣，樂團七嘴八舌地亂聊，在大佛前亂成一團。

「藍金搞這些人來的？」阿義戒備著，彷彿這些紳士、淑女隨時都會化身殺手似的。
「我看是的。」我看著手錶，十一點五十二分。
「耍花招就是沒眞本事，大家別慌，慢慢下去，別驚動了這些老百姓。」師父冷靜地說，帶著我們從大佛背面游下，再漫步接近樂團，樂團的椅子圈跟樂師，就聚在大佛前廣場台階的下方。
團長看見我們走近，忙走過來說：「請問……等一下是要演奏給你們聽嗎？」
我搖搖頭，說：「請你們來演奏的人，等一下就會到。」
團長點點頭，整個團開始有點朝氣，畢竟現場已有三個觀眾。

突然，一大群白鴿從遠方的夜空振翅飛來，煞白了星空！

「好多鴿子！」阿義呢喃。

「小心，零時將屆。」師父不理會蓋滿半個夜空的鴿群，眼睛盯著廣場下的長階梯。

「嗶嗶嗶嗶嗶嗶……」我的錶響了，今晚才校正過的。

零時零分。

該來的，來了。

我所能期待的，只有一個結局：正義得勝，遊戲終止。

期待強悍的師父能就此終結這個傲慢的遊戲，讓悲劇停留在今晚，不再有謎題，不再有迷惘，不再有人犧牲自己的人生，跟虛無的自我搏鬥。

「仁者無敵！」我默念著，手中緊握著刀。

白衣。

一個穿著長白大衣，紮起短馬尾的金髮男子，慢慢地從廣場下方拾階而上。

慢條斯理地、不疾不徐地，他的步伐輕飄，有著自信的節奏感。

「好久不見，你老了。」Hydra露出動人的笑容，站在樂團旁。

「藍金？」師父的眼神飄過一縷疑竇，卻隨即沉斂，說：「你不是藍金，我永遠都不會忘記那一雙殘酷的藍眼睛，你不是他。」

兩個宿敵的中間，只隔著一排階梯。

「你眞有眼光，我的確不是藍金。」Hydra頑皮地笑著，說：「請容我安排藍金的出場，稍安勿躁。」

「你就是……」樂團團長躬身問道。

「你好，我就是聘請你們的雇主。請你們等一下開始表演，不要間斷，不要走調，不要中途離席，我想這樣的要求應當很低。」Hydra笑著。

「這樣的要求一定能令你滿意。請問要演奏什麼曲子？我們帶了許多樂譜，有莫札特的……」團長正要接下去說，卻被Hydra揮手阻止。

「想聽些什麼？駿兄？」Hydra問道，看著臉色肅穆的師父。

「隨意。」師父的眼睛一直沒離開過Hydra的眼睛。

「那就來一首，天龍八部港劇，虛竹傳奇的主題曲『萬水千山縱橫』吧！」Hydra整理著白大衣，聳聳肩，說：「這樣的氣勢才適合跨越三百年的命運對決啊！」

團長聽了曲名，有些傻了，但隨即應聲說：「沒問題，這曲子我們也練過，熟得很。」

Hydra突然又開口：「對了，還要請你們預備演奏『兩忘煙水裡』，我會再給你們指示。練過嗎？」

團長忙說：「練過、練過。」

Hydra若有所思地說：「有些場面需要有稱景的好曲子，悲悲涼涼的味道。」

我冷言道：「那首歌講的不是悲涼，而是兒女情長。」

Hydra一笑，說：「那也無妨，味道夠就行了。何況，你待會抱著乙晶小姑娘時，大可以再哼哼。團長，等到我一上台階，就開始演奏！」

團長趕緊舉起指揮棒，所有團員振奮精神，蓄勢待發。

師父點點頭，我跟阿義立刻跳上旁邊的兩頭石獅子，爲這場驚天動地的對決護法。

「你要代替藍金出戰？」師父淡淡說道，揚起手中的鋼劍。

「來了，別急。」Hydra的笑容急速內斂，上身突然下墜，彎著腰，駝了背，雙手沒有骨頭般擺動，而英挺的長大衣垂喪到地上，好似一片發顫的白羊皮，這樣的體態似乎壓窄了骨架，整個身體縮了起來。

羊皮下，是一雙陰藍狠戾的狼眼。狼的骨頭正「劈里啪啦」暴響，長大衣的袖口彈出一柄血紅軍刀。

藍金。

「是你。」師父痛聲說道：「我等今天，等了三百年啦！」

「拿你練劍，再好不過。」藍金的眼神暴射出我無法想像的戰意，血紅軍刀指著地，鮮紅得彷若隨時都會滴下濃血。

好驚人！

狂暴的殺氣從藍金的身上排山倒海地轟出，我幾乎無法站穩。

阿義蹲了下來。

連感覺遲鈍的阿義，也感受到了藍金撕裂天地的殺氣！

師父的雙眼一瞇，大叫：「藍金！」身上頓時爆發出極為悲愴的殺氣。天地同悲的殺氣。

兩股舉世無雙的殺氣，在彼此的眼神交會下，炸開！

藍金的血紅軍刀奔上台階！

師父的森然鋼劍竄下台階！

萬水千山縱橫！

石階，登時在兩個絕世高手的腳下碎開！

師父等了三百年的，不是雙刃交鋒的光輝燦爛。

他要的，只是藍金的命！

刀劍悍然轟疊在一起！

鋼劍沒有漫天飛舞，師父的劍招單純追著藍金的要害，凌厲。

藍金的軍刀就像一條靈動的毒蛇，纏住師父的鋼劍，隨時攀上劍身索命。

兩個人都沒有避開對方的招式，一刀換一劍，一劍回一刀，交擊出的火花就像兩人身旁千百隻的螢火蟲，致命的螢火蟲。

轉眼間，兩人在氣勢磅礡的「萬水千山縱橫」下向彼此遞出上百招，駭人的是，兩個人的腳從未離開破碎的地板，四隻腳釘在石階上，絕不退讓，絕不閃躲，只有狂猛的轟殺。

師父的下巴爆裂，右肩灑出烈血，左耳不知道飛到哪裡，但師父的雙腳依舊強悍地踩在地上，他的雙眼從不看著翻飛的血紅軍刀，他只盯著一雙藍眼。

師父手中的鋼劍從未替自己著想，每一劍都力求殲敵斃命，毫無保留地直取要害。我簡直無法置信。藍金似乎也無法置信。

所以，藍金怪叫一聲，往旁跳開師父狂風暴雨的劍圈。

師父並沒有立刻追擊，他只是看著逃開的藍金。

「師父他……」阿義緊張地看著師父。

師父周圍的地上，都是霧狀的血滴，但藍金看起來卻毫髮無傷。

那些血，都是從師父身上噴出來的。右肩、右前臂、左耳、下巴、左大腿，都滲出鮮血。

但師父在笑。

「藍金，你變弱了！」師父大笑，額頭流下汩汩血紅。

藍金的眼神露出不屑，軍刀平舉齊胸，低聲說：「不瞧瞧地上的血，是誰的？」

師父深深吸了一口氣，笑說：「不瞧瞧逃開我手中利劍的，是哪隻王八?!」

藍金冷冷說：「死吧。」左肩驟低，整個人向師父捲來，師父猛力一跳，在空中舉起鋼劍，奮力往藍金頭上一劈！

藍金並不架招，長白大衣往後急縱，避開師父的青天霹靂。

「當王八當上癮啦！」師父大叫，尚未落地，鋼劍即追著藍金的喉嚨疾刺。藍金突然縮身，往師父的左側掠去，師父立即往右滑走，但藍金的軍刀已帶上師父的左胸，師父一笑，左指凌空一點，藍金立刻往後一彈。

師父的左胸大概斷了幾根肋骨，我擔心斷骨會傷及心臟。

藍金也不好過，他的臉十分蒼白，胸口劇烈地起伏著，看樣子是被師父的無形氣劍給震傷了。

「再來過！」師父長嘯，右手鋼劍暴起，左掌鼓袖飛拍！掌劍雙絕！

藍金右手軍刀橫劈，左手飛指擊氣！兩人身影飛快地纏鬥，眼花撩亂，石階頃刻間崩壞，碎屑飛舞在廣場間，我的臉上也被噴到了尖銳的石屑，還有，熱熱的血花。

劍氣、掌氣，劍勁、掌勁，只要結結實實挨上一記，立刻死得不能再死。

「崩！」

兩人齊叫，雙掌在半空中緊密相疊，隨又轟然分離。

師父左腳尖猛力按住破碎的地面，穩住，鼻孔劃出兩道鮮血。

藍金左膝微屈，軍刀低鳴，耳孔冒出血泡。

此時，兩人靜止不動，師父將鋼劍插在石階上，伸手封住心口附近的小血脈，慢慢閉上了眼睛。藍金也將血紅軍刀斜插在階上，單膝跪下，死盯著師父，緩和呼吸。

兩個絕世高手，就在兩把凶器的後面，一站一跪，等著什麼。

下一次他們拔起刀劍，就是其中一方再也拿不起刀劍的時候。

樂團，「萬水千山縱橫」開始走調。

「天啊！」抱著大提琴的女人終於忍不住大叫，丟下大提琴開跑。

「我不行了！」大鼓停了下來，大胖子拿著鼓棒也要逃。

團長蒼白著臉，說：「快回來！拿了錢管他們做什麼！」

其他的團員猶疑不定著，個個臉色驚惶地演奏著壯闊的武俠經典。

「跑了錢就拿不到啦！」團長一邊指揮著，一邊大聲說。

此時，開跑的女人不跑了。

大胖子也不跑了。

因爲沒有頭的人，很難跑……

兩個無眼怪物，Hydra口中的符屍，正提著兩顆背信的頭顱，站在樂團前面。

我跟阿義暗暗心驚：終於來了！

團長看見團員個個睜大眼睛，疑惑地轉頭一看。這一看，團長嚇得跌坐在地，兩個無眼怪物將兩顆頭顱在手中用力一壓，頭顱頓時破裂碎爛，血水跟腦漿稀哩嘩啦地落在地上。

「請繼續。」一個無眼怪物生硬地說。

「是……是……」團長嚇壞了，卻沒嚇傻，趕緊跪在地上大叫：「大家別停下來！」

不會有人停下來的。

每個團員都鐵青著臉、流著淚、吞著口水，用力地演奏著「萬水千山縱橫」。

兩個無眼怪物，就直挺挺地站在樂團前，僵硬地聽著不敢走調的武俠配樂。

我跟阿義分站在兩座石獅子上，在波瀾壯闊的配樂中，看著音樂無法侵入的破碎石階區。

軍刀的氣勢畫出一個圓。

鋼劍的氣勢也畫出一個圓。

兩個圓無形地對戰著。

軍刀厲厲，魔鬼的氣燄大盛，立刻就被鋼劍射出的正氣給壓制；正氣的氣圓一旦向外奔馳，也馬上被邪氣的魔掌推開。

兩人的內力正無影無蹤地較量著，也許，獲勝的關鍵不在於內力本身，而是氣勢。

偏偏，這兩人絕非容易氣餒的草料。或說，絕不氣餒。

師父的眼睛依舊閉著。

藍金的眼睛依舊狠戾地盯著師父。

「我很想再問問你。」

師父突然嘆了一口氣，打破劍拔弩張的緊繃氣氛。

藍金沒有說話。

師父深深說道：「我們小時候雖然話不多，可也是一塊習武、一塊玩耍長大的，但，你為什麼突然變得喪心病狂？」

藍金愣了一下，過了好一會兒才說：「我忘了。」

藍金當然忘了。因為這段往事根本不存在。

身為Hydra的人格之一，藍金，只是為了遊戲而存在，為了遊戲不得不凶殘，說起來，藍金只是師父的影子，他的存在只是一個虛無。

師父還有正義，但藍金有的，是什麼呢？

「忘了？」師父的眼皮微微晃動，語氣悲哀。

「我只記得，我很壞、殘忍。」藍金的眼睛藍光鑠鑠，強烈的殺意中，竟有一抹莫名的淒涼，又說：「不過不重要，你我今夜，一定要有一個人躺下。」

師父微微點頭，說：「不錯。」

藍金難得露出一絲笑意，說：「那就拔劍吧。」

一觸即發的態勢！

「等一下！」

我大聲吼道。

師父的指尖已經微微碰到鋼劍。

藍金的指尖也靠在軍刀握柄。

「幹嘛？」師父的眼睛慢慢睜開。

藍金不語，低頭怒目。

「藍金！我有話問你！」我鼓起勇氣。

「說。」藍金面無表情地說。

「藍金！要是你戰勝我師父，你接下來要做什麼?!」我大聲問道。

師父的眼睛微瞇，藍金的眉頭一皺。

「消滅天下群雄，獨霸武林！」藍金大聲說，手指竟輕輕發顫。

有機會！

我有機會破解Hydra安排妥當的遊戲結局！

「天下的群雄就我們師徒三個！天下再也不是以前的天下！根本沒有武林！」我大聲喊道：「再沒有其他的高手了，你心裡明白！」

藍金默默聽著。

師父也靜靜聽著。

「敗盡天下英雄，然後嘗盡無窮寂寞？」我吼著這個武俠小說中的老問題。

不論藍金多麼凶殘，但，他究竟會厭倦屠殺沒有武功的常人吧！這或許是Hydra設計這個人格時所犯的錯誤。

希望這個問題，能在生死交錯的瞬間，困惑住藍金千分之一秒。

時間，竟這樣停住了，許久，廣場中只有精神百倍的「萬水千山縱橫」。

「若是你勝了，你要做什麼？」藍金突然開口。

這個問題，當然是問師父來的。

「我要繼續維護正義，殺光天下姦淫擄掠之徒。」師父的眼睛充滿自信，說：「只要有不義的地方，就會有凌霄派的正義之劍。」

「如果壞人都給你殺光了，你又要做什麼？」藍金的聲音有些寂寥。

「你今天的話特別多。」師父的臉上有些寂寞。

「你、又、要、做、什、麼？」藍金一個字一個字，努力地說完整個句子。

「真有那麼一天，我會自盡。」師父的眼睛波光流動。

「自盡？」藍金疑惑。

我也很疑惑。

「花貓兒等我等了三百年，」師父流下眼淚，竟伸手慢慢擦去，又說：「我捨不得讓她再等下去了。」

在這個生死關頭，師父竟慢慢地拭淚，而藍金，竟不動聲色地看著師父將眼淚擦乾。

「既然如此，」藍金慢慢地說：「我就送你去見她吧！」用力抓住握柄。

「不急！」師父用力握住鋼劍。

最後的最後。

再沒有多餘的最後。

就這一擊！

刀躍起！

劍飛仙！

我永遠也忘不了這一刻。

對於習武之人來說，看見這樣精彩絕倫的決鬥，勝過苦練多年。

我看著最後這一擊，感受著最後這一擊。

這一擊，原只存在於中國人的幻想中，只存在於天馬行空的小說裡。

師父手中的利劍，已成爲虛幻的物事，整個人都融入凜冽的劍氣中。

藍金白袍揚起，刀氣侵吞了魔鬼的靈魂，全身化身成一柄血紅的狂刀！

「信以爲眞」的力量，讓這鬼哭神號的一擊，跨越出夢境。

跨越出夢境，轟在彼此的身上！

兩條深深的皺紋，撕裂了廣場的石板，長及大佛的跟前，與樂團裂成兩塊的大鋼琴。

脆碎的裂縫上，依稀還冒著血煙。

一條手臂，在地上掙扎、痙攣。

「匡啷！」

一把軍刀，斷成兩截的軍刀，在天空螺旋盤桓，許久才落在地上。

師父的鋼劍，卻仍緊緊握在手中，即使師父的左臂只剩下血紅的斷袖，但，師父沒有倒下！

倒下的，是藍金！

師父強悍地挺起胸膛，目光炯炯有神，英氣逼人。

藍金的臉原本就蒼白，倒在地上的他，整張臉更呈現迴光返照的死灰，他的白色襯衫與白大衣上，鋪滿了玫瑰色的味道。

師父的罕世神劍，已經在藍金的胸口到丹田處，殺出一條深長的致命創傷。

鮮血不斷從藍金的創口中汩汩湧出，我幾乎要振臂狂呼！

師父破解了Hydra的邪惡遊戲！

一切都結束了！

師父看著倒在地上的強敵，等了三百多年，終於，師父能夠俯瞰著藍金，多麼令人痛快的視角！

藍金冷冷地看著師父，連爲自己點穴止血的力氣都沒有，漠然。

師父也沒有說話，只是將劍輕輕插在腥紅的地上，爲自己的斷臂封穴止血。

「結束了。」我對自己這麼說。

剩下的無眼怪物再多個，我也心無所懼了，何況廣場下方，只有兩個沒有靈魂的空殼。

「哈哈哈哈哈哈哈……」

是誰在笑？

藍金低著頭，輕輕晃著腦袋，暢快地歡笑。

他的身體像斷了線的木偶，躺在一堆血紅中，但他在笑。

我可以感覺到，藍金的生命正在消失中，而躺在血泊中的軀殼，正替換進遊戲的始作俑者——Hydra。

應該的。

應該由他來迎接死亡。

但Hydra迎接死亡的方式，卻是充滿讚嘆的歡笑聲。

「你不該笑的。」師父淡淡說道。

「但我笑了。」Hydra努力停止笑聲，臉上的表情變得古怪。

「那就死吧！」師父右手握住鋼劍，拔起的瞬間，Hydra全身要害已籠罩在師父的劍氣中。

我睜大了雙眼，眼看師父的劍將地殼削開。

但原本倒在地上、垂死的Hydra已經不見了！

不對！

「在上面！」我大叫！

師父吃驚地往上看，Hydra正掛在夜風中，沾染著鮮血的長白大衣迎風搖曳，好像跟地心引力完全脫軌地飄盪著。

Hydra妖異地微笑，兩隻腳像是踩著柔軟的空氣墊，不可思議地滯空飄盪！

「好高強的輕功！」我感到訝異，卻不怎麼擔心。

不過是垂死的掙扎罷了。

但，我的脊椎骨馬上感到莫名的壓迫感。

Hydra的藍色眸子慢慢縮在瞳孔裡，他胸前的致命傷口，也不再湧出鮮血，那歡暢的笑聲也停止了。

Hydra，已經不再是Hydra了，而是另一個「人格」。我知道，我強烈知道。

師父瞪大眼睛，鋼劍橫胸，看著掛在清爽夜風中的「Hydra」，不能置信。

「Hydra」淺淺地笑，散發出貴族般優雅的氣質，和一身白色與血紅形成的絕望，產生令人不安的對比。

阿義發愣道：「媽呀，這是怎麼一回事？他的眼珠子變了！」

眼珠子變了！

「Hydra」那一雙皎藍的眼眸，已經消失了。

「Hydra」的眼睛，正發出碧綠色的晶芒！

「凡吃我肉喝我血的人，就有永生在他們裡面，到末日我會叫他們復活。」「Hydra」輕輕念道，他的聲音極富磁性，字字清晰。

驚怖的是，他始終沒有落下地面！

「你不是藍金！」師父隱隱發覺不對，大叫：「你是誰！」

「Hydra」優游在夜空中，彎下腰，右手平放在腰前，左手擺到背後，彬彬有禮地來個西洋式的鞠躬，說道：「夜的王者，亡靈的嚮導，時間長河中靜謐的存在，初次見面，再見。」

我的手腳冰冷。

因爲，我看見「Hydra」口中尖銳的犬齒。

完全出乎意料的強敵……

但，師父的殺氣暴漲，絲毫沒有半點懼色，鋼劍隨身躍上夜空，大叫：「把你劈下來！」

師父的鋼劍劈出，「Hydra」卻再度在師父眼前消失了。

「後面！」我驚叫！

這一次，人在半空中的師父，卻沒能來得及回身防禦……天啊！

師父的腹部，伸出一隻血淋淋的細手，師父張大嘴巴，慢慢地轉過頭，看著身後的眞正魔物。

「Hydra」倒立著，在空中倒立著，慢慢抽出叉住師父身體的血手，任師父迷惘地墜落，摔在地上。

「師父！」

「師父！」

我跟阿義同時衝到師父身旁，阿義抱起師父，我火速封住師父腹腔的血脈，叫道：「師父！撐著！」說著，阿義跟我一人一掌，各自貼住師父的背心，灌輸寶貴的真氣續命。

「嘿……」師父搖搖手，示意我們別白費力氣了，他的心脈正凌亂地悲鳴。

「師父！」我終於哭了出來，趕緊用內力護住師父的心脈。

阿義氣急敗壞地大叫：「混蛋！」看著「Hydra」緩緩降落，他的碧綠眼眸，在一次睜眼、閉眼中，又瞬間恢復成原先的水藍。

他身上的傷痕、原本孱弱的氣息，也一同消失了，奇異的力量使他完全走出死亡的召喚，以完美的姿態站在我們眼前。

Hydra又回來了。

Hydra喜慰地說：「想不到，黃駿真能擊敗他命運中的宿敵。」

「你說什麼！你這個卑鄙的小人！」阿義怒道：「你使妖術害死師父！」

Hydra不理會阿義，笑笑地看著我說：「你也幫了你師父一把，看來，我是該修改藍金的個性，使他完全沒有一點感情？無論如何，恭喜你師父達成畢生的心願，可喜可賀。」

我怒目盯著Hydra。

Hydra神色歉然，說：「對不起，為了與下一個主角，你，繼續我們之間正邪對抗的遊戲，所以雖然藍金幾乎沒命了，我也只好喚出我另一個更強大的存在，將你師父的角色清除，免得我死了，就沒辦法繼續跟你玩了。」

阿義忍不住拿起開山刀，大吼：「聽不懂！」衝向Hydra，一刀刺向Hydra的心窩，我大叫：「快逃！」

但，Hydra已經將阿義的右手臂抓住，用力折斷，阿義慘叫中卻奮力飛腳踢向Hydra的鼠蹊部，Hydra放開阿義的手，避開這一踢，轉身往阿義的脖子上輕輕用手刀飛快一斬，阿義口吐鮮血，倒在地上亂滾。

「放過他！我陪你玩！」我嘶吼著，左手貼著師父背心，右手的開山刀卻抵著自己的脖子，大叫：「你殺了他，我就自殺！你就找別人玩！」

Hydra看著我，讚嘆道：「好有魄力！好險我沒有藍金厲害，出手輕了許多。」

此時，阿義大叫，左手拿起開山刀，搖搖晃晃地站了起來，惡狠狠地看著Hydra，Hydra聳聳肩，看著我苦笑說：「可惜，你是那種死了越多人，就會越強悍的那一類型。」

Hydra手指劃出！

「不！」我竭聲嘶吼。

阿義的開山刀掉在地上，脖子噴出鮮血，Hydra笑嘻嘻地舔著手指，站在阿義身旁。

「幹……」阿義摀住脖子，堅強地罵道，眼睛漸漸翻白。

「阿義！」我痛哭失聲，Hydra拎住阿義的脖子後，往我這邊輕蔑一拋，我用力接住阿義，封住他的頸脈，哀慟得發不出聲音。

「嘿。」阿義有些得意地看著我，我卻無法擠出一點微笑送他。

師父的身體突然一震。

「坐下。」師父氣若游絲地說。

我哭道：「我要替阿義跟你報仇！」

「坐下。」師父細聲說道。

「師父叫你坐下，一定是大有道理的，快快坐下。」Hydra認眞地說，拍拍手，大聲喊道：「樂隊，兩忘煙水裡！」

「坐……」師父的嘴角發顫，嚴肅地說。

樂團曲風丕變，奏出哀柔輾轉的兩忘煙水裡。

「師父，我不知道該怎麼辦，嗚……」我抱住師父，眼淚決堤。我完全不知道該想什麼、該做什麼，我只是哭。

天啊！

怎麼會是這種下場！

「淵……」

師父的眼神頗有責備之意，慢慢說道：「總是……這樣的……一個傳一個……」說著，師父勉力將手掌貼在我的胸口，示意我好好扶住他。

我胸口一震，暖洋洋的磅礴眞氣流瀉進我的飛龍穴裡，我登時明白我該做什麼。

我看著奄奄一息的師父，無法拒絕他的好意。

因爲從師父掌中傳進我氣海的，不是單純的好意，而是一份艱鉅的責任。

我的飛龍穴無法容納如此精純博大的內力，於是我深深吸了一口氣，將師父的內力引導進九山大脈，再散至周身百穴。

師父看著我，微笑說：「你懂事了。」又看看躺在我腿上得意的阿義，說：「你……眞是的……也……也好……」

阿義的眉毛上下跳動作樂，師父忍不住笑了出來。阿義用奇異筆畫出的怪眉毛還是沒能擦掉。

我看著他們倆，眼淚與鼻涕再度爬滿臉上，我緊緊扶著師父，用力拉著阿義的手，師父的浩瀚內力與他的生命力，川流不息地闖入我的氣海。

「淵……師父……知道你明白了……嘿……」師父的內力突然疲軟，斷斷續續地抽動，我咬著嘴唇，說道：「我明白！」

師父點頭，慈父般的眼神，說：「不要被復仇……沖昏了頭！你……求的是……」

我點頭如搗蒜，哭說：「我知道！求的是正義！」

師父滿足地說：「有種東西……叫……叫正義……正義需要高強功夫！」

我「哇」一聲哭了出來，因爲師父的手垂了下來，慢慢地放在阿義的手心上，阿義用力抓住師父的手，不肯放開。

師父的頭靠在我的肩上，細聲呢喃著：「師父帶阿義走啦！阿義，你瞧見了嗎？站在村口大樹下的，就是花貓兒啊！你聽聽，花貓兒唱著我們的曲兒，拿……拿著我摘給她的……小菊花……跟我揮揮手……三百年……了……花貓兒……花貓兒終於等到我……我……」

我孩子般地大哭，不能壓抑地大哭，聽著師父逐漸模糊的氣語，聽著師父孱弱地吟著小曲，他跟花貓兒的小曲，漸漸地，我再也聽不到師父的聲音。

「來世英雄再見！」我大聲喊著，中氣十足，衝破樂團的靡靡之音。

我喊得很大很大聲，因爲，我要將聲音喊到天上。

師父走了。

兩年半的歡樂歲月，隨著師父的歌聲，消散在夜風裡。

師父就是師父，不是任何人創造出來的師父。

任何人都無法創造任何人。

師父他終於如願，與他牽掛三百年的花貓兒在一起了。

「來世英雄再見！」我再次哭喊著，震撼大地地喊著。

□

一九八六年。

那年，我十三歲，一個不吉利的年紀。

那年，張雨生還沒死，王傑正紅，方季惟還是軍中最佳情人。

他們的歌整天掛在我的房間裡。

那年，我遇見了他。

那年，功夫。

□

「感人。」Hydra擦了擦眼淚，悲傷地說：「為什麼是這種結局？上天弄人啊！」

我沒有說話，只是低頭看著逐漸冰冷的阿義。

「我跟即將新生的藍金還有點事要忙，你要是能走出這裡，以後，就跟著我的影子追上來吧。」Hydra抽抽噎噎地說完，拿出一個木盒子摔在地上，隱沒在團團殺氣裡，消失無蹤。

盒子的蓋子彈開，散出十幾隻藍蠶。

聲音消失了。

不知道什麼時候，「兩忘煙水裡」已經停止了。

樂團所有的樂師，橫七豎八地坐在鐵椅子上，歪歪斜斜地死了。

廣場的四周，陰風怒吼。

十三個符屍，或前或後，或近或遠，將我跟阿義層層圍住。

「聽……我……」阿義瞥眼看見這麼多無眼怪物，要我拊耳聽他說話，我抱住他，阿義微弱卻頑皮地說：「逃，我可以幫你架住五個，你不要回頭。」

我搖搖頭，說：「給我三分鐘，我們一起走出去。」

阿義笑笑，閉上了眼睛。

我一急，用手指撥開阿義的眼皮，說：「不要閉！」

阿義硬氣地在我耳邊說：「我沒那麼容易死，我會看著你出去。」

我點點頭，與阿義雙目交視。

十三個符屍，既不走近，也不離開，就這樣圍著我們兩人，身上逼發出懾人心魄的殺氣。

我將師父最後交給我的強大力量，慢慢地與自己的內力交融在一起，心中回憶著師父與藍金對決的一招一式。

「快……我有點暈了，別讓我等太久……」阿義的牙齒發顫。

「嗯，你仔細看著。」我勉強笑道：「再撐一時辰，師兄帶你去嫖妓。」

我拿起繩子，將阿義綁在背上，緊緊打了一個結，站了起來，冷冷環視著沒有靈魂的殺手。

「你行的。」阿義趴在我的肩上。

「我知道。」我說，拿起師父落在地上的鋼劍。

師父，你也一起看著，這就是正義的繼承人，眞正的力量。

殺氣，慢慢地流出我身上每一個毛孔。

慢慢地流著。

我是天賦異稟的武學奇才。

我是天生好手。

「阿義，走了喔。」我說。

阿義沒有回話。

「睜大眼睛，你要跟師父報告你看到的一切。」我說，慢慢踏出。

阿義沒有回話。

我知道我很快。

但沒想到會那麼快。

超越乙晶劍法的乙晶劍法！

從四面八方向我遞招的十三名殘暴殺手！

「中！」

一劍刺穿符屍的胸膛，我隨即自兩名從背後夾擊的符屍中間悠然一盪，避開兩柄武士刀的快斬。

但，兩股殺氣自左右衝來，我毫不畏懼，鋼劍連續往兩旁飛擊，架開兩柄狂亂追殺的利刃。

「中！」我大吼，兩個符屍的頸子應聲而斷，隨即將鋼劍往前一遞，貫穿前來撲殺的符屍的腦袋，此時，我的右肩一痛，被遠處一道劍氣劃傷。

「要劍氣！我給你！」我發狂大吼，左足定住，鋼劍飛快往四周劈出一個猛烈氣陣，鮮血瞬間在廣場上爆炸開來，滿天血雨。

僥倖躲過凌厲氣陣的符屍，及時一躍上天，往我的頭上攻下。

我將鋼劍奮力釘在地上，雙掌朝天推出，這是我們師徒苦練的推石好戲。

你行的。
我知道。

「喀！」符屍的手臂被我震碎，兩條臂膀飛向天空，血肉模糊；其餘從天而降的符屍，刀、劍、掌，卻只劈到一團空氣。

因爲我已經往旁邊躍出，掄起鋼劍一斬，將來不及回頭的符屍斬成兩截，霎時兩把武士刀脫手向我擲來，我挪身躲過一把，左手卻接住另一把，立刻甩了出去，將符屍的半邊臉削掉。

「碰！」此時，我胸口中了一掌，往後一摔，兩道劍氣朝我額上襲來，我右手舉劍一擋，左掌悍然擊出生平第一道尚無法完全凝聚的氣劍，氣劍轟進符屍的飛龍穴，倒下。

我將鋼劍暴擲出，捲起無儔殺氣，剩下的三個符屍不敢硬接，趕忙躲開；我躍上夜空，雙掌往下紛飛，氣劍暴漲如大雨，傾洩在三個舉臂抵抗的符屍身上。

「啪啪啪啪啪啪啪啪啪啪啪啪啪啪啪啪啪啪……」

不是掌聲。

是，血從符屍身上不斷滴下的啪噠聲。

我輕輕落在地上，看著成爲人間煉獄的大佛廣場。

「看到了嗎？」我轉頭，伸手將背上阿義的眼睛闔上，哭著說：「要告訴師父喔！」

阿義沒有說話，默默答應了。

我蹣跚走到師父面前，抱起師父強健的身體，看著混濁的夜空，一步一步，慢慢走下石階。

從今以後，再沒有師父跟阿義了。

凌霄派，虛幻、不存在的凌霄派，只剩下我跟乙晶。

但，正義依舊存在。師父已經將正義的種子播在我的心裡。
正義不是虛幻的，正義結結實實地，扎在我的心裡。
只是，正義變得孤獨，我的腳步伴隨著從未止歇的號啕大哭，一步一步，終於跪了下來。

我揹著阿義，抱著師父，要去哪裡呢？
我搖頭晃腦、神智模糊地在凌晨兩點多的市區，踩著家家屋頂。
好鹹。
好苦。
我只想躺在乙晶身旁，靜靜睡著。

Hydra？
我距離Hydra有多遠？
那一隻穿出師父身體的血手，我要如何跟他對抗？
不要被復仇沖昏了頭，因爲，我根本無力復仇。
無論如何，我已被迫踏進這個變態的遊戲裡，面對我無從估計的敵人。
即使我知道，我要著，我需要成長，我需要擁有更強大的正義。
但今晚，我只想痛哭。

跳著跳著，我站在鄰居家的屋頂上，看著燈光微弱的大破洞。

我隱隱感到一股死亡的氣息，我一驚，想起Hydra臨去時說的：「我跟藍金還有點事要忙……」心慌意亂地躍進大破洞中。

幸好，乙晶依舊躺在床上熟睡著，我探了探她的鼻息，鬆了一口氣。

但，還是不對！

我爸、我媽！

我將師父跟阿義放下，打開房門，衝到樓下。

「爸！媽！」我慘叫，看見爸跟媽坐在餐桌旁的椅子上，手牽著手。

我張大了嘴，看著他們遭到百般凌虐的身體，全身如墜冰窖。

「淵……淵……」爸啞啞發出孱弱的聲音，兩眼空洞地看著我。

「嗚……」媽想哭，但……

我嚇得說不出話，本欲替他們點穴續命的手指，也僵硬地停在半空中。

爲什麼要這樣對付我的家人？

無仇無恨，爲什麼要用那麼殘酷的手段對付我的家人？

殺了師父跟阿義，難道還不夠！

一切都爲了……你那個莫名其妙的遊戲?!

爲了將我擺進遊戲的最佳位置?!

不願跳進復仇火焰的我，此刻，卻自己走進復仇的地獄。

「啊……啊……」爸含含糊糊地念著什麼，我趕緊拊耳傾聽，只聽見爸重複著：「……痛……好……痛……」

我探了探爸跟媽的血脈，發現爸跟媽的穴道被藍金用重手法強行封住，所以一直無法脫離苦海死去，受盡折磨，只爲了讓我看到爸跟媽在痛苦中掙扎匍匐的樣子？只爲了……逼我親手結束他們慘遭凌遲的生命？

媽似乎知道我來了，舉起沒有手指的手，在黑暗中刺探我的存在，我哭著抱住媽，任媽撫摸著我的臉，我又抱了抱一直喊痛的爸，許久，終於，我跪在地上，哭喊：「爸！媽！我好愛你們！我好愛好愛你們！我一定會替你們報仇的！你們的兒子一定會替你們報仇的！對不起！」

我顫抖地伸出雙手，輕輕地、輕輕地，在他們的眉心……

就在飯桌上，我找回了我失去已久的家人。

就在飯桌上，我再度失去他們……用我自己的手……

一個十六歲的男孩，能承受的打擊已經到了極限。

我卻沒有辦法讓自己就此瘋掉。

我甚至懷疑，我是否沒有崩潰的資格。

就因爲我感受到了師父的殺氣，所以，我失去了最好的朋友，失去了我的爸爸媽媽。

我後悔嗎？

要是能重來，我仍會拜在師父面前，磕下那三個響頭嗎？

我不願意去想。

我怕，無論是怎麼樣的答案，我都會憎恨我自己。

凌晨三點半了，我依舊跪在爸跟媽面前，手裡拿著早已燒光的香。

過了幾個小時，就算我不報警，每天早上都會來打掃煮飯的王媽也會報警的。

警察來了，我要說什麼呢？不知道。

我會被當成兇手嗎？不知道。

樓上師父跟阿義的屍體，我該作何解釋？不知道。

八卦山大佛廣場幾十具的屍體，我要出面嗎？不知道。

我該就此遠走他鄉，丟下無法解釋的一切嗎？不知道。

既然不知道，我就眞這樣跪著，直到王媽尖叫後，大批警察在我家走來走去爲止。

出乎意料的，警察根本無視我的存在，只是機械式地拿著屍袋，將我爸媽的屍首裝進袋子裡，拉上冰冷的拉鍊。

「警察大人啊！好可怕啊！我今天早上開門進……」王媽拉著警察，歇斯底里地叫鬧著，但，警察個個就像機械人似的，拿著拖把、掃把、抹布，在家裡塗塗抹抹，專心致志地將血跡擦拭乾淨，從頭到尾都沒有交談，也沒有上樓去。

我站著，心裡明白這是怎麼一回事。

這個遊戲的最可怕對手，恐怕不是藍金，也不是掛在空中的妖人，而是操控記憶的惡魔。

爸跟媽後來被警方送到殯儀館火化，死因是車禍，親朋好友聞之辛酸。

而王媽卻成爲街談巷議的瘋婆子，一個老是講述某天早上目睹顏家血案的瘋婆子。

至於八卦山大佛廣場前的成堆屍體，也從未見於任何媒體上，沒有人質疑大塊毀壞的石板，也沒有人談論憑空消失的樂隊。一切，彷彿從未發生，只存在我的噩夢裡。

阿義的漫畫，我幫他還了，但他的屍體，我卻沒有交給他的家人，因爲，藍金將關於阿義的一切都埋葬了。埋葬在一場不存在任何時空的火災裡。

於是，我將阿義跟師父葬在一起，埋在八卦山的最深處，墓碑上，我用滾燙的內力炙下我對他們的思念：

黃駿，一代宗師，跟花貓兒在黃家村，成了親，請在天上照看著我。

陳明義，一生摯友，以大俠的身分戰死，可能的話，請保佑我。

墓碑旁邊，我用手刀劈了一塊大石立著，寫上「黃家村」三個大字，師父追尋的一切，我都爲他相信著。

在我離開台灣前，我常常坐在他們兩人的墓碑前，向他們展示我新創的劍法，或是往空中推著大鉛塊練習，他們總是偷懶，在一旁默默看著。

有時候，我會拿一個鍋子，和包著窗簾的乙晶，坐在他們的墓碑旁，用內力煮上一鍋野菜湯，淋在冰冷的碑石上。

最後，我在阿義的墓碑上，畫上兩道眉毛，再燒掉最新的上百本漫畫後，我帶著乙晶，踏遍全世界。

□

乙晶呢？

那天早上警察走後，我茫然地走到樓上。

推開門，看見乙晶已經醒來，將窗簾包住自己全身，坐在床上默默不語。

初晨的陽光，照在乙晶白皙的臉上，霎時，我感到一絲希望，這是連夜噩夢後，我唯一的希望。

「乙晶！」我拖著疲憊的身軀，縮在乙晶身旁，握著她溫暖的手。

乙晶皺著眉頭，輕斥道：「你是誰？怎麼如此無禮？」

我愣了一下，抱著乙晶說：「乙晶，師父跟阿義都……」

乙晶推開我的手，害怕地縮在床角，兩眼無神地說：「你是誰？是信二嗎？」

乙晶的動作、表情不像是做作，況且師父跟阿義的屍體就擺在床下，乙晶應該早就看到了。

我的牙齒竟「喀喀」打顫，擔心著一件我絕對不想擔心的事。

「信二呢？」乙晶害怕地重複這個怪名字，雙手遮住自己的嘴巴。

「誰……誰是信二？」我心中的害怕不下於乙晶。

「你是誰？」乙晶警戒地問，眼睛卻一直沒看著我。

一直沒看著我。

「我是淵仔，劭淵啊！」我不敢再靠近乙晶，看著乙晶空洞的眼睛，又說：「妳的眼睛怎麼了？」

「我要找信二！」乙晶哭了出來，叫道：「不管你是誰，不要再靠近我！我要找信二！」

我的心臟幾乎要炸開了！

Hydra！你對乙晶做了什麼！

你塞給乙晶什麼樣的記憶！

「我……我……」我支支吾吾，全身顫抖。

「我要找信二！他回來了沒!?父王！你在哪裡!?」乙晶哭著說：「信二怎麼還沒回來？他會不會出事了！」

父王？

我大慟，握緊乙晶的小手，哽咽地說：「我就是信二！信二回來了！」

乙晶開心地說：「那你剛剛幹嘛騙我？你就是喜歡鬧我！」

我擦著眼淚，強笑道：「沒事了！一切都沒事了！信二就在妳的身邊！」

乙晶急道：「那我的眼睛呢？」

眼睛？

我急忙說：「眼睛？」

乙晶的眼睛很奇怪，從剛剛到現在就沒正眼看過我，呆滯而無神。

「你說過會把眼睛拿回來給我的！」乙晶放聲哭號，雙手揮打著我，哭道：「你說過、你說過的！」

看著心愛的女孩這樣哭著、急著，還有那雙再也無法閃閃發亮的眼睛，我突然痛苦地大吼：「Hydra！藍金！你們太過分了！」

乙晶嚇得不敢再哭，將自己完全包進窗簾裡，抽抽噎噎的。

我懊喪地跪在地上，欲哭無淚。

英雄的故事，竟是如此收場？

「對不起，我不哭了。」乙晶咬著嘴唇，心疼地說：「你在哪裡？讓我摸摸你。」

我伸出虛弱的雙手，乙晶摸索著，然後緊緊握住我的手，歉然道：「對不起，你在外面一定很辛苦，一定受傷了，對不對？是藍金打傷的？我太任性了，我會叫父王好好賞賜你的。」

我眼前發黑，緊緊握住乙晶的手。

我唯一存在的證明，就在我的眼前。

我的珍愛，就在我的眼前。

但乙晶再也不是乙晶了。

乙晶變成了誰？

誰替代了乙晶的人生？

乙晶喚著「父王」，難道她的身分是某個虛幻國度的公主？

爲什麼乙晶的眼睛好端端的，卻會瞎掉呢？

信二是誰？爲什麼是他要尋找乙晶失去的眼睛？

這些疑問，我一時無力招架，只是跪在充滿朝氣與希望的陽光下，看著心愛的女孩蒸散在自己的面前。

「公主，信二一定會找到妳的眼睛，請放心。」我堅定地說，眼淚，卻又不爭氣地滑下。

「謝謝。」乙晶，公主，甜甜地笑著，將我的手拾起，輕輕捧住自己的小臉蛋。

「我一直一直都深愛著妳……公主。」我泫然淚下。

「我知道。」乙晶，公主，呆呆地看著前方，笑容綻放在陽光燦爛的臉上。

「我好愛妳，好愛妳。」我痛哭著，緊緊握著虛幻卻又眞實的手，說：「我好希望妳能夠知道，我好希望妳能夠知道。」

「我一直一直都知道，」乙晶，公主，憐惜地說：「我一直一直都知道，我勇敢的武士。」

後記

「志龍，那個怪人又出現了！」連生奇道，指著櫥窗外。

「幹，眞的是他。」我說：「每次我看到他，我全身都不舒服。」

我跟連生坐在「漫畫王」裡看著《七龍珠》。

這一期的《七龍珠》裡，悟空第一次變成超級賽亞人，把弗力扎嚇得半死，情勢超級大逆轉。但怪人的出現，完全吸引了我的眼光。

關於櫥窗外的怪人，他的傳說非常非常多。

他是彰化有名的怪叔叔，滿頭亂髮、鬍子不刮，還常常用鐵鍊綁著巨大的保麗龍在街上走路，胸前還用項鍊吊著兩個紅包袋，怪異得不得了。他身上更常常發出一股汗臭味，非常噁心。

有時候，他還會拿著一個裝滿怪東西的鍋子，坐在路邊吃晚餐，但他總會遇到好心人給他熱騰騰的食物吃，因爲他的鍋子總是冒著香噴噴的熱氣。

但怪人的心腸似乎不錯，他總是拉著一些流浪漢跟他一起吃東西，路邊的流浪狗也常常跟在他的腳邊與他一起分享晚餐。

有時候，怪人還會著魔似地衝進火場裡，把所有的人統統救了出來！也有人看過他把當街扁人的流氓揍到昏迷……

這大概是他總是有東西可以吃的祕密吧。

「聽說他家以前超有錢的，後來他家人死掉後，他就瘋了，住在一個破了大洞的房子裡。」連生說道。

「我還看過有個女生，很漂亮喔！她全身包著一塊布，好像是窗簾還是什麼的，常常跟在怪人旁邊有說有笑的，可惜是個瞎子。」我說。

「我媽說，那個女的也是瘋子，因爲她看見她爸爸、媽媽自殺的樣子，所以嚇傻了。還好她是瞎子加瘋子，不然怎麼會跟怪人在一起？」連生說完，又繼續埋在《少年快報》裡。

我摸摸口袋裡的零錢，看著怪人坐在櫥窗外的路上，吃著7-11難吃的肉包。

等一下給他幾個零錢吧，跟他比起來，我算是闊少了，只要我少看幾本漫畫就可以讓他吃個完整的便當了。

突然，那個怪人突然抬起頭來，與我四目交接。

我的心臟突然跳得好快，我竟喘不過氣來。

「怎麼了？」連生問道。

「我的心臟好痛。」我彎下了腰，冷汗直流，嘴巴嘔出酸水。

「碰！」

漫畫店的門突然被撞開，怪人竟臭氣衝天地闖進店裡，站在我的面前。

我的天，好臭！

「想學功夫嗎？」怪人的眼睛發出奇異的光芒，好像是淚光。

《功夫》完

正義的姿態

GIDDENS 九把刀
二〇〇四年六月

我想翻到這頁的你眼睛應該濕濕的，所以我來胡說八道一番吧。

重大事件足以影響一個人的人生。

有個密西根州的農夫被外星人抓去跟母牛交配實驗了大半年，據說這位農夫被送回地球時變得很神經質；一位小男孩在十歲那年看見了尼斯湖水怪，於是他花了二十五年造了艘單人潛水艇，不務正業成了搞笑專家。而我在二〇〇二年寫了《功夫》。

華人世界嚮往武學由來已久，想像著武功可以超越人類極限到什麼境地，想像身懷絕藝的俠者能夠追求到何種道德完滿；武功與武德之間被要求高度協調，如果不能達到爲國爲民俠之大者，便只是個不羈武客、遺世浪人，而不是政治正確的武學家。但爲國爲民篤定要揹上殺孽，需要無比的勇氣、近乎鋼鐵的堅忍，追求正義的過程絕對是殘忍的，也是絕對的危險。

正義是什麼？以目的論來看，正義若是爲了絕大多數人的幸福，岳飛就算接到一百二十道金牌也不該將自己人頭奉回京上，班師回朝只是對皇上盡忠，卻是對黎民無義，徒留芳名不能稱之爲善。同理，文天祥若揹負罵名效忠元朝，或許能夠替南宋遺民爭取微薄福利，但他卻寧願寫〈正氣歌〉、將人頭奉上。史可法一心一意死守揚州，可曾問過揚州人民是否願意爲了搖搖欲墜的暴虐明朝被屠個屁滾尿流？歷史記得這些禍及萬民的忠臣，可沒有交代是誰的血淚成就了這些忠臣。

正義是什麼？以手段論來看，當今唯一可稱正義的手段叫做法律，據說是弱勢者對抗強權者所依憑的偉大發明，但制定法律、通曉法律的人往往站在弱勢者的另一方張牙舞爪。法律不全是正義的延伸，它試圖講究平衡，卻暴露出許多的不公義。

功夫，是一種足以無視法律障礙的能力。用這種能力當作執行正義的手段，那麼該用什麼標準當作正義的目的？後者才是核心，掌握了什麼是正義，或者說信仰什麼樣的正義，功夫才能在任何時代為自己突圍，就像黃駿師父念茲在茲的「就求正義，就要有奪取一個人性命的覺悟」，雖然真正硬幹的人都會被視為瘋狂、犯罪者。

正義不僅有質量之分，更有許多鬼扯淡的見解。在我眼中的正義與凌霄派創始人（感謝東海社會學首席大師高承恕老師借小生此名）的看法一樣，正義不是拿來用在無盡的報仇迴圈，整個武林消失了也沒什麼了不起，因為正義之心未必跟隨功夫典籍消失，尋常販夫走卒也可擁有浩然正氣，小人物捍衛正義的模樣格外動人，那是一種比武者更大無畏的姿態，也是我一直嚮往的熱血分鏡哲學。也許「有一種東西，叫正義，正義需要高強功夫！」這句話中的功夫兩字，解釋成豪邁激昂的情懷是最好的吧。

所有關於正義的字句都很迷人，每每談到正義我就會坐立難安、非得站起來對著鏡子揮幾拳不可，寫下功夫的那段時間我活在醉人的俠客、夕陽、決鬥中，十分享受，十分痛快，在故事結局夜也見識了數百位屏息等待的讀者朋友，讓我感動莫名。

下一個故事，英雄再見。

今生一戰，來世英雄再見！

GIDDENS 九把刀
二〇一三年四月十日

二〇〇八年10月8日，我在南陽街拍下了短片「三聲有幸」的第一顆鏡頭。

26分鐘長的「三聲有幸」歸併到「愛到底」，是一個四段式的組合長片。

二〇〇九年2月，「愛到底」上映的時候，電影線的幾個記者一起聯訪我，問我拍了一個短片之後，會不會想拍長片？我說電影那麼好玩，當然會啊，接下來我要拍我的小說《那些年，我們一起追的女孩》，我會開始寫劇本，把劇本拿去投稿優良電影劇本獎，然後申請長片輔導金新人組，預計兩年內正式開拍。

當時所有記者一邊似笑非笑地聽，一邊慵懶地抄下我說的內容。

我知道爲什麼記者們會似笑非笑，所以我乾脆笑了，我補充說：「大概你們採訪過很多只會嘴砲的人吧，可能你們覺得我剛剛拍完一個短片，現在我會有拍長片的衝動跟熱情也是可以理解的，過一陣子熱情冷卻了就算了。但我不是，至少這件事不是。我一定會拍『那些年』，兩年後你們再來採訪我的時候，就知道我是什麼樣的人了。」

二〇一〇年，8月1日，我們對著彰化八卦山大佛拍下第一顆鏡頭。

二〇一一年，6月30日，「那些年，我們一起追的女孩」在台北電影節初登場。

此後的故事大家都耳熟能詳了。

很多記者問我下部電影什麼時候拍啊？

我說，兩三年後吧。

每一個記者都很驚訝，問我爲什麼不打鐵趁熱？

我說，首先拍電影太累了，這段時間眞的消磨我太劇烈了，我想好好寫一下小說，導演我隨時可以放棄，因爲有很多導演都比我優秀，我只是比較幸運，小說才是我一直會做下去的事。

再來，我太了解自己的缺點，我很容易浮躁，我很愛亂講大話，我自信心過剩，我很容易迷失，我很好勝——擁有這些缺點的我，在「那些年」在整個華人圈全都大受歡迎的情況下，我若馬上拍第二部電影，我一定很在意第一次取得的好成績，我覺得那樣的我很容易忘記，當初一群幾乎從未拍過電影的團隊在拍那些年的時候，那種乾淨純粹的的心情——其結果，我一定，會，拍出，大，爛，片。

所以我要做很多跟電影無關的事，直到我眞的想拍第二部電影爲止。

我猜想，我需要兩三年的時間去做跟電影無關的事，然後重新出發。

記者的表情也不讓我意外，畢竟不打鐵趁熱的人實在太笨了，我大概只是說說。

我還是說一樣的話：「反正到時候，看看我什麼時候拍第二部電影就知道了。」

然後我就跑去寫小說了，一邊用我的方式去理解電影跟我之間的關係。

我是一個不專業的導演，這是缺點也是優點。

缺點顯而易見，我在所有已知的拍攝技術上都很拙劣，甚至我在技術上的要求也很笨拙，我不知道是否我的要求可以讓品質更好，抑或只是帶給我的工作人員困擾與不滿加不解。優點就是，由於寫小說太快樂太自由了，我隨時可以不當導演，因此我永遠可以用最單純的理由去拍電影，即使是「我覺得拍某個電影很酷」這種想法也是很純粹乾淨不是嗎。

不過有件事我沒有料到的是，「那些年」的確是我最想拍出來的電影，「那些年」就是「我的夢想」，而我第一部電影長片就直接完成了我的夢想，這很大程度稀釋了我繼續拍電影的熱情。老實說，我完全可以不再當導演凌虐我自己……跟身邊的人。

日子一天天過，幾經不同版本的舊小說與新故事在我腦中遷徙、演化與競爭，在思考題材的過程中我真的是很迷惘，不過我自己說過：「迷惘並不可怕，可怕的是，除了迷惘，什麼事也不做。」所以我就是竭盡腦汁去思考其中最不可能的一種可能性。

我一定很幸運。某次在深圳羅湖的一趟車程上，我的腦袋裡忽然破解了一個由小說改編成電影的大障礙，那一瞬間，我知道第二部電影是什麼了。

如果說，「那些年，我們一起追的女孩」，是「我的夢想」。

那麼，我的第二部電影，肯定就是「大家的夢想」了吧。

我的小說讀者，最期盼能夠由我自己當導演，改編成電影的作品，百分之百，絕對的絕對，肯定就是這個故事了！

功夫。

都市恐怖病，功夫。

那一瞬間，我看見了淵仔穿著制服，揹著書包，高高站在電線桿上微笑的畫面啊！

又一瞬間，藍瞳一現，金髮飛動，來自三百年前的超級魔王也笑了！

是不是！

是不是！

是不是！很！棒！啊！

我想探索復仇與正義之間的界線。我想拍出師父黃駿所說的「要求正義，就要有奪取他人性命的覺悟！」那種正義的艱難，以及其滿手血腥所背負的罪惡感。我想拍出三百年前江湖覆滅的哀傷。我想拍出藍金的寂寞。我想拍出師父的哀愁。我想拍出淵仔與阿義熱血沸騰的並肩作戰。我想拍出乙晶守護淵仔的溫柔剛強。我想拍出夕陽下大佛前的正邪對決——以及最後那一聲響徹雲霄的「師父！來世英雄再見！」。我想拍出一個即使被視為獨立故事，也依然很暢快淋漓的「都市恐怖病之，功夫」。

我想改編《功夫》的故事，讓功夫的故事超越功夫的故事。

故事是我的擅長，但技術就是我的弱項了，「功夫」作為我的第二部電影，需要強大的武術指導，以及頂尖的特效後製，技術上極艱難，而作為一個知名的系列故事，它在劇本改編的路上也充滿了障礙。這也是二〇〇五年我將功夫的電影改編版權賣給某位香港知名導演後，過了三年，這些巨大的困難依然沒能克服，功夫版權只好又重新回到我的手上的原因。

「功夫」太難改編成電影了。

尤其對我這種經驗值超低落的嫩咖，更是難上加難。

我要拍「功夫」，只找到了怎麼破解系列的枷鎖、去讓它成爲一個獨立、且更好看故事的敘事方法，甚至我也想到了電影最後十分鐘的關鍵拍攝方式，但，在龐雜的技術上我實在是不知道該怎麼做，我想，我應該要更實際去了解一下這道技術壕溝有多深，才能在眞正拍攝電影正片的時候找到克服的方法，更精確的說，找到能夠幫助我克服這些困境的頂尖高手。

因此，拍攝一個可以測試武術與特效的前導影片作爲實驗，是很有必要的。

那天晚上，二〇一二年11月25日。

我與那些年幾乎原班人馬的的拍攝團隊再一次合作，有我兩位執行導演好朋友雷孟與廖明毅，有陰莖神燈美名的攝影師阿賢，燈光師嘉譽哥，美術展志與忠憲，有製片公司精漢堂扛霸子小玫，製片組Tommy老師、俊瑋，從場記變助導的小敏，劇照龍五，側拍羅比，武術指導超級賽亞人龍哥，神之配樂侯志堅，神之音效杜哥，更茁壯了的台北影業特效團隊，等等等等都是讓我安心兼開心的那些年老面孔，根本就是開同學會了。這次更多了新加入劇組的副導演曉璇（製表超厲害），以及來自英國的特效導演Dicky（不喜歡被說英國的東西難吃，切記！切記！），我們浩浩蕩蕩於西門町拍了一個前導影片，代號「諾曼地計畫」。

現在是二〇一三年，4月10日。

經過數個月，先是慢條斯理、然後火燒屁股爆肝無數的後製流程，終於完成了夢想的第一個輪廓，就是我們交出來的前導影片。

雖然花費了我個人四百多萬元，以及遠超過四百多萬元的工作人員的超值努力，影片仍有許多不成熟與不足的地方，有許多「早知道我就怎樣怎樣」的遺憾，但我反而覺得彌足珍貴，因爲透過這一場前導影片的實戰，我們得到很多寶貴的關於電影技術上的知識，而這些學習的結晶都會拿來與「功夫」正面對決，拍「功夫」正片的時候就沒有「早知道我就怎樣怎樣了」——這就是前導影片的意義。

同時，前導影片也是電影的第一張名片。

希望大家喜歡這張名片。

在這裡我也要特別感謝我的經紀公司提供的強大支援，大家都很挺我，所以出動了尚在培訓中的新人擔任影片中部分的飆車族臨演，而戴著面具演出兩神祕英雄的侯彥西（就是勃起鄰勝宇的藝名啦）以及王大陸（彎道情人喔喔喔），我更是深深感謝，他們吊鋼絲跳來跳去，跳了超級無數次，跳了好幾個小時，那份認眞與熱血眞的不是蓋的。太感謝！

還有，我想謝謝那天跟我們一起在半夜寒風中熬夜拍片的飆車族臨演大軍，謝謝小煜跟梨子，謝謝鄭志偉大哥，大家都辛苦了。謝謝超級可愛甜美又有耐心熬過49次ＮＧ的小花（超級像小時候的周迅吧！），我眞的是超愛妳的，小花現在也是我的小師妹了喔哈哈哈哈哈！因爲太可愛了就忍不住請經紀公司簽下來了！

還有一年，要做的事還有好多。

幸好我們拍了前導影片，讓一切更有方向。

我的電影劇本在去年七月的紐約就寫好了大綱，在去年八月的澎湖寫好了第一稿，此後刪刪改改，直到今天已經改了十幾次，不過還沒改完，我會持續跟劇本戰鬥。劇本是電影的靈魂，我相信——反覆花時間在劇本上面是電影裡最值得的浪費。

就是這樣了，接下來我就是一邊繼續寫小說，一邊籌備戰鬥力更強的劇組，尋找合適的演員——目前爲止所有的主要角色都還沒有確定，唯一確定的是我一定要在電影裡看到小花～～～小花～～～小花眞是太可愛了～～～小花～～～小花～～～

總之明年我來拍功夫，拍得好看我這輩子就不當導演啦，專心寫小說。

你問我眞的假的。

我說啊，二〇一五來看看我們如何將「大家的夢想」實現在大銀幕上吧！

有一種東西，叫正義。
正義需要高強功夫！

國家圖書館出版品預行編目資料

功夫／ 九把刀(Giddens) 作.
--二版.--台北市：蓋亞文化，2013.02
面； 公分. ——(九把刀．小說；GS010)

ISBN 978-986-319-035-6 (平裝)

857.83　　　　102000262

九把刀・小說　GS010

功夫　CITYFEAR 5　全新插畫版

作者／九把刀（Giddens）
插畫／漢寶包
封面設計／永真急制
出版／蓋亞文化有限公司
地址◎台北市103赤峰街41巷7號1樓
電話◎（02）25585438　　傳真◎（02）25585439
部落格◎gaeabooks.pixnet.net/blog
服務信箱◎gaea@gaeabooks.com.tw
投稿信箱◎editor@gaeabooks.com.tw
郵撥帳號◎19769541　戶名：蓋亞文化有限公司
法律顧問／十方法律事務所
總經銷／聯合發行股份有限公司
地址◎新北市新店區寶橋路二三五巷六弄六號二樓
電話◎（02）29178022　　傳真◎（02）29156275
港澳地區／一代匯集
電話◎（852）27838102　　傳真◎（852）23960050
地址◎九龍旺角塘尾道64號龍駒企業大廈10樓B&D室
二版二刷／2012年04月
定價／新台幣 299 元
Printed in Taiwan

GAEA　ISBN／978-986-319-035-6

GS010
GAEA

功夫

蓋亞文化　讀者迴響

感謝您在茫茫書海中選擇了蓋亞，您的支持是我們最大的動力。
不要缺席喔，讓我們一起乘著夢想的羽翼，穿越時空遨遊天地！

姓名：　　　　　性別：□男□女　　出生日期：　年　月　日

聯絡電話：　　　　　手機：

學歷：□小學□國中□高中□大學□研究所　　職業：

E-mail：　　　　　（請正確填寫）

通訊地址：□□□

本書購自：　　　縣市　　　　書店

何處得知本書消息：□逛書店□親友推薦□DM廣告□網路□雜誌報導

是否購買過蓋亞其他書籍：□是，書名：　　　　□否，首次購買

購買本書的動機是：□封面很吸引人□書名取得很讚□喜歡作者□價格便宜
□其他

是否參加過蓋亞所舉辦的活動：
□有，參加過　　　場　　□無，因爲

喜歡出版社製作什麼樣的贈品：
□書卡□文具用品□衣服□作者簽名□海報□無所謂□其他：

您對本書的意見：
◎內容／□滿意□尚可□待改進　　◎編輯／□滿意□尚可□待改進
◎封面設計／□滿意□尚可□待改進　◎定價／□滿意□尚可□待改進

推薦好友，讓他們一起分享出版訊息，享有購書優惠
1.姓名：　　　　e-mail：
2.姓名：　　　　e-mail：

其他建議：

◎請沿虛線剪開、對摺、裝訂後寄出

◎請沿虛線剪開、對摺、裝訂後寄出

廣告回信 郵資免付
台北郵局登記證
台北廣字第675號

蓋亞文化有限公司　收
103　台北市赤峰街41巷7號1樓

Gaea

GAEA